蘇辛詞說

周汝昌抄本顾随代表作

苏辛词说

顾随／著　周汝昌／抄校　周伦玲／整理

河北大学出版社

周汝昌抄本顾随代表作《苏辛词说》

ZHOU RUCHANG CHAOBEN GU SUI DAIBIAOZUO SU-XIN CISHUO

顾随／著　周汝昌／抄校　周伦玲／整理

出 版 人：朱文富
选题策划：何　东
责任编辑：何　东　赵彩霞
特约编辑：赵林涛　赵旭旭
装帧设计：傳新 BOOKs DESIGN
责任印制：闻　利

图书在版编目（CIP）数据

周汝昌抄本顾随代表作《苏辛词说》 / 顾随著 ; 周汝昌抄校 ; 周伦玲整理. -- 保定 : 河北大学出版社, 2021.9
ISBN 978-7-5666-1652-4

Ⅰ. ①周… Ⅱ. ①顾… ②周… ③周… Ⅲ. ①宋词－诗词研究 Ⅳ. ①I207.23

中国版本图书馆CIP数据核字(2020)第010669号

出版发行：河北大学出版社
地址：保定市莲池区七一东路2666号　邮编：071000
电话：0312-5073033　0312-5073029
邮箱：hbdxcbs818@163.com　网址：www.hbdxcbs.com
经　　销：全国新华书店
印　　制：保定市正大印刷有限公司
幅面尺寸：210 mm × 280 mm
印　　张：22.5
字　　数：180千字
版　　次：2021年9月第1版
印　　次：2021年9月第1次
书　　号：ISBN 978-7-5666-1652-4
定　　价：298.00元

目录

蘇辛詞說小引

《苏辛词说》小引

周汝昌

先师羡季先生平生著述极富，而东坡稼轩两《词说》具有很浓厚的独创特色与重要的代表意义。我是先生写作《词说》之前后尝预闻首尾并且首先得见稿本的二三门弟子中的一个，又曾承先生欣然首肯，许我为《词说》撰一序言。此愿久存怀抱，固然种种人事沧桑，未遑早就，但事关赏析之深微，义涉文章之精要，言说至难，落笔匪易，也是一个原因。今日回首前情，四十年往，先生墓门迢递，小生学殖荒芜，此刻敷楮搦管，不觉百端交集。其不能成文，盖已自知矣。

先生一身兼为诗人，词人，剧曲家，文家，书家，文艺鉴赏家，哲人，学者，——尤其出色当行、为他人所难与伦比的，又是一位传道授业、最善于讲堂说『法』的『教授』艺术大师。凡是听过先生的讲课的，很少不是惊叹倾倒，欢喜服膺，而且永难忘掉的。我常想，

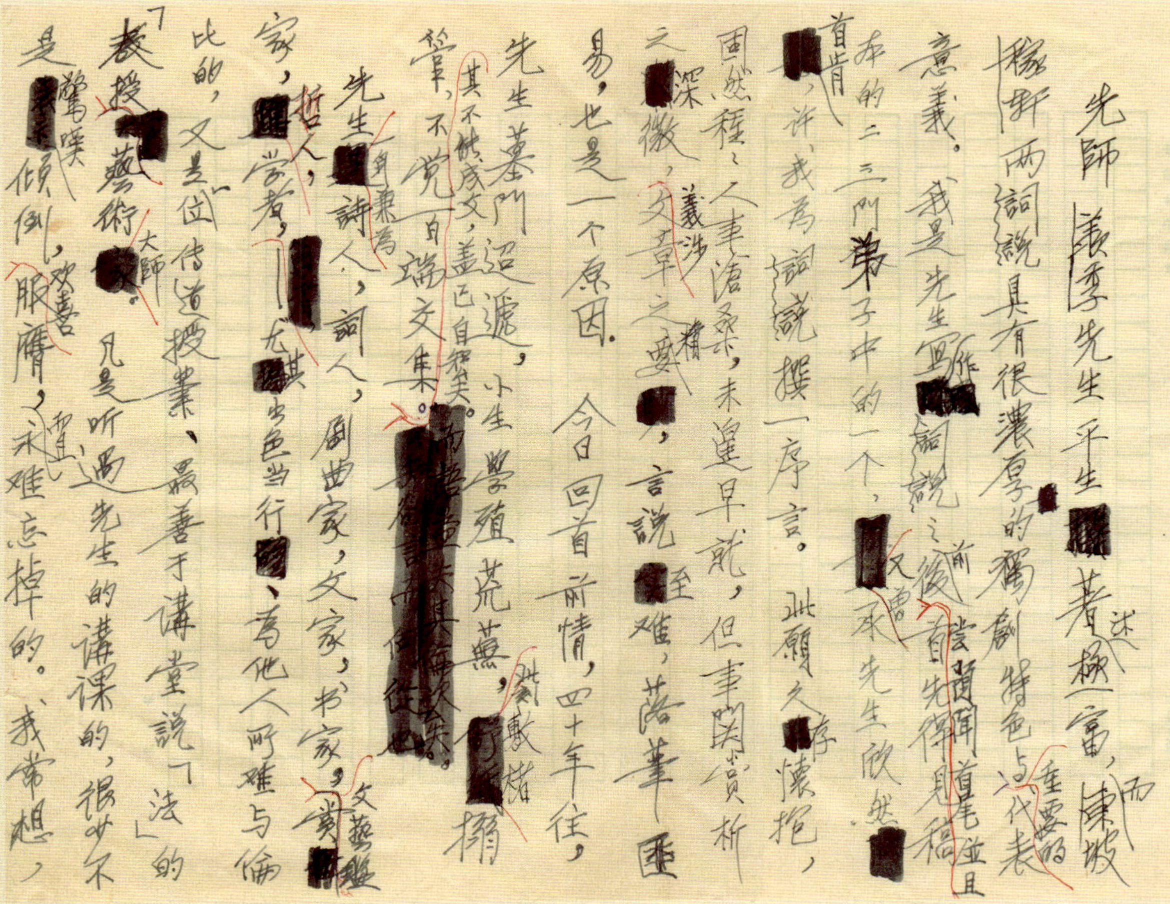
蘇辛詞說小引

先師羨季先生平生[redacted]著述極富，而東坡稼軒兩詞說具有很濃厚的[redacted]獨創特色与代表重要的意義。我是先生寫作[redacted]詞說之前後嘗首先得見稿首尾並且本的二三門弟子中的一个，[redacted]又曾承先生欣然[redacted]首肯[redacted]，許我為詞說撰一序言。此願久存懷抱，固然種種人事滄桑，未遑早就，但事關賞析之[redacted]深微，文章之精要義涉[redacted]，言說[redacted]至難，落筆匪易，也是一个原因。今日回首前情，四十年往，先生墓門迢遞，小生學殖荒蕪，[redacted]擱筆，不覺一百端交集。其不能成文，蓋已自知矣。[redacted]

先生[redacted]身兼為詩人，詞人，劇曲家，文家，书家，文藝鑒賞[redacted]家，[redacted]哲人，學者，[redacted]尤其[redacted]出色当行[redacted]、為他人所难与倫比的，又是位传道授業、最善于講堂說「法」的「[redacted]教授[redacted]藝術[redacted]大師」。凡是听過先生的講課的，很少不是[redacted]驚嘆傾倒，欢喜服膺，和且永难忘掉的。我常想，能集如许诸家众长于一身的，在那许多同时先后的名家巨擘中，也不易多觏；倘由先生这样的讲授大师撰写艺林赏析的文章著作，大约可以说是世间最能予人以教益、启沃、享受、回味的宝贵『精神营养品』了，——因为先生在世时，方便使用的录音、录像之机都还不似如今这样人人可有，以致先生的笑貌音容、欬唾珠玉，随风散尽，未能留下一丝痕迹，所以仍须就先生的遗文残简而求其绝人之丰采，不朽之精神。循此义而言，《苏辛词说》就不妨看作是先生的讲授艺术的自家撰为文字的一种『正而生变』的表现形式，弥足珍贵。

先生一生致力最多的是长短句的研究与创作，『苦水词人』是大家对先生的衷心敬慕的称号；但先生自言：『我实是一个「杂家」。』旧的社会，使先生这样的人为了衣食生计而奔波不停，心力交瘁，他将自己的小书斋取名为『倦驼庵』，也许可以使我们从

能集如许衆長諸家於一身的，在[redacted]那许多同时先後的
名家巨擘[redacted]中，也不易多觏；尚由先生這樣的讲授
大师撰[redacted]写[redacted]赏析的文章著作，大约可以
說是[redacted]世间最能予人以教益、启沃、享受、回味的
宝贵精神营養品了，—因爲先生在世时，[redacted]方
便使用的錄音、錄相之機都還不似如今這樣人人可有，
以致先生的音容笑貌、欬唾珠玉，随風散尽，未能留下一[redacted]缕
痕迹，所以仍[redacted]須就先生的遺文片簡而求其絶
人之丰采，不朽之神精。循此義而言，蘇辛
詞说[redacted]就不妨看作是先生的讲授藝術的一種自家撰为文字的「正而生
变」的表現形式，弥足珍貴。
先生一生致力最多的是[redacted]長短句的研究与創作，「苦
水詞人」是大家对先生的敬慕的称号；但先生自言：「我实
是一个雜家」。旧的社会，使先生這樣的人为了
衣食生计而奔波不停，心力交瘁，他将自己的
小书斋取名为「倦駝庵」，也許我们以從[redacted]

中体会出一些『境界』——那负重致远的千里明驼，加上了一个倦字为之形容，这是何等的『历史语言』啊！由于时代的原因，先生于无书不读之间，也颇曾留意佛学典籍与禅宗语录。凡是真正知道先生的，都不会承认他的思想中受有佛家的消极影响。正好相反，先生常举的，却是『透网金鳞』，是『丈夫自有冲天志，不向如来行处行』，其精神是奋斗不息、精进无止的。他阅读佛经禅录的结果，是从另一个方面丰富了他的文学体验，加深了他的艺术修养。他写《词说》，行文参用语录之体，自然与此不无关系。但采此文体，并非是为了『标新立异』或文人习气喜欢掉弄笔墨之故。今日读者对于这些事情，已然比较陌生得多了，便也需要稍稍解释一下了。

说采语录体而行文是否是为图一个『标新立异』，自然是从晚近的眼光标准来讲话的。语录语录，原本就是指唐代的『不通于文』的僧徒直录其师辈的口语而言，正是当时最普通的俗语白话的记录。到得宋代，理学家们也喜采此体，盛行于时，于是『语录』竟也变成了一种

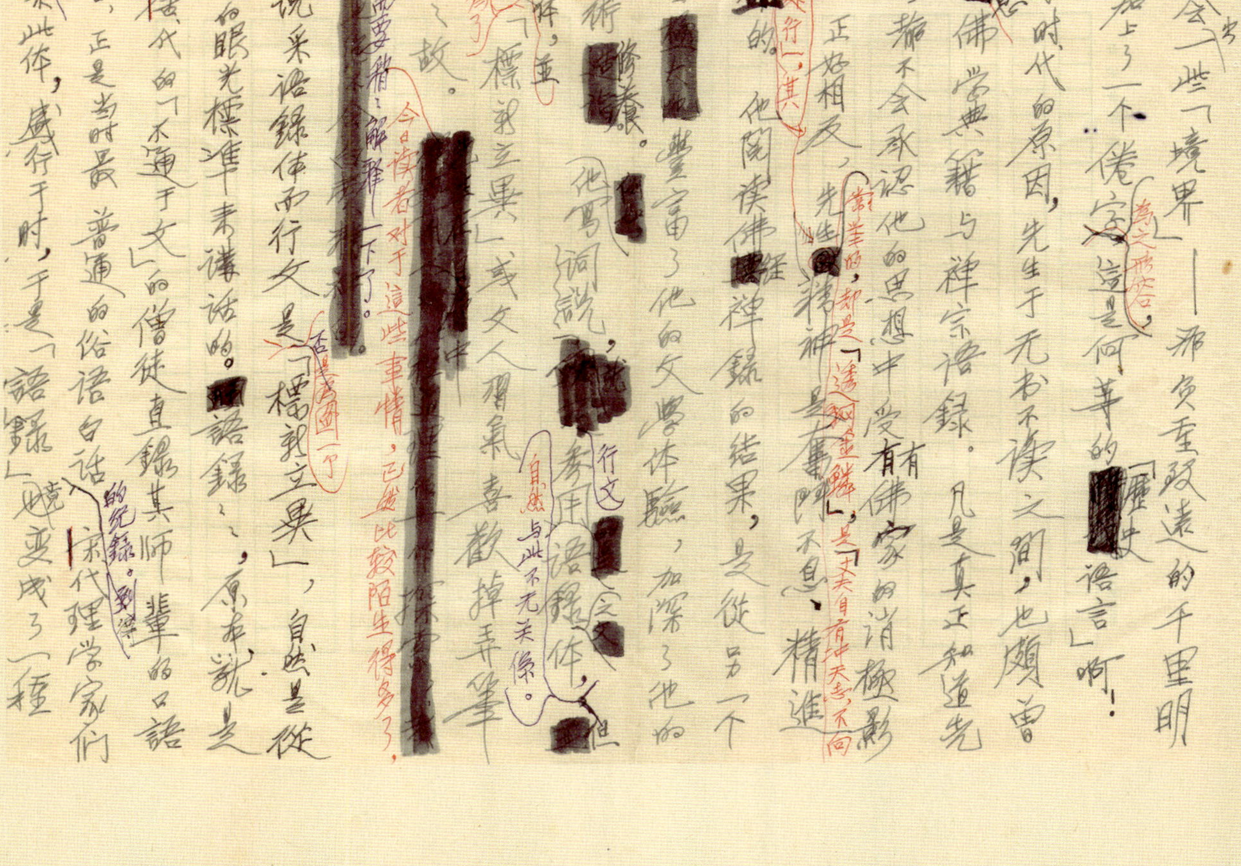

中体会出一些「境界」——那负重致远的千里明
驼，加上了一个「倦」字为之形容，这是何等的[redacted]「历史」语言」啊！
由于时代的原因，先生于无书不读之间，也颇曾
[redacted]留意佛学典籍与禅宗语录。凡是真正知道先
生的，谁不会承认他的思想中受有有佛家的消极影
响。正好相反，先生[redacted]精神是奋斗不息、精进
当年的，都是「透网金鳞」，是「丈夫自有冲天志，不向
如来行处行」，其
无止的。他阅读佛经[redacted]禅录的结果，是从另一个
方面[redacted]丰富了他的文学体验，加深了他的
艺术[redacted]修养。他写词说[redacted]，[redacted]参用语录体，但行文[redacted]之文[redacted]
自然与此不无关系。
采此文体，并非是「标新立异」，或文人习气喜欢掉弄笔
为了
墨之故。
便也需要稍稍解释一下了。
今日读者对于这些事情，已然比较陌生得多了，
[redacted]
说采语录体而行文，是「标新立异」，自然是从
否是为图一了
晚近的眼光标准来讲话的。[redacted]语录，原本就是
指唐代的「不通于文」的僧徒直录其师辈的口语
而言，正是当时最普通的俗语白话。宋代理学家们
的纪录。到
也喜采此体，盛行于时，于是「语录」竟也变成了一种

『文体』之名了。为什么语录盛行呢？说它在讲学传道上具有其优越性，大概是不算大错吧。那么羡季先生讲说宋词而参采语录之体，其非无故，便已晓然。还应当看到，先生的《词说》，也并非就是一味模仿唐沙门、宋诸子，而是取其所长，更加创造——也就是一种大大艺术化了（的）『语录文体』。这些事物，今天的读者恐怕会感到十分新奇，甚至觉得『阴阳怪气』，其妙莫名了。假如是这样的话，那便会妨碍他很好地领会先生的苦心匠意，而那将是一大损失和憾事。故此不惜辞费，先就此一义，略加申解。

然而，上述云云，又不可只当作一个『文体问题』来理会。这并非是一个单纯的形式体裁的事情。它的实质是一个如何表达思想感情、道理见解的艺术问题。盖禅宗——语录的艺术大师们的流派——是中原华夏之高僧大德将西土原始佛法大大加以民族化了的一门极其独特的学问，它对我们的文学艺术，发生了极其巨大深远的影响。不理解这一层关系，那中国文艺全史就是不好讲的了。写

「文体」之名了。为什麽语録盛行呢？[redacted]说它虽[redacted]讲学传道④
上具有其優越性，大概是不算大錯吧。那麽羨季
先生講說宋詞而參采語錄之体，其非无故，便已曉
然。讀者应当看到，先生的詞說，也並非就是一味模仿唐
[redacted]沙門、宋諸子，而是取其所長，更加創造——也就是
一種大大藝術化了「語錄文体」。這些[redacted]事物，今天的讀
者也怕会感到十分[redacted]新奇，甚至覺得「陰陽怪氣」其妙莫名了。
假如是這樣的話，那便会妨碍他很好地領会先生的
苦心匠意，而那將是一大損失和憾事。故此不惜
辭費，先就此一義，略加申解。
然而，上述云云，又不可只当作一个「文体問題」來理
会。
這並非是一个单純的形式体裁的事情。它的实质
是一个将表[redacted]達思想、感情、道理[redacted]見解的藝術問題。蓋
禪宗——語錄的[redacted]藝術大师們的流派，是中華真之高僧大德
將西土原始佛法大大加以民族化了的一門極其獨特的學問，
它对我們的文学藝術，發生了極其深遠鉅大的影響。
不理解這一[redacted]層關係，那中國文藝全史就是不好講的了。[redacted]寫

意画的兴起和发展，诗歌理论和创作中的神韵、境界的探索和捕捉，都和禅宗精神有千丝万缕的牵连。禅家论学，讲究破除一切形式的障碍阻阂，而『直指本源』。它的意思是必须最直截了当地把握事物的最本质的精神，而不要为任何陈言俗见（传统的、久惯的、习以为然的『定了型』的观念见解）所缚所蔽。因此，禅宗最反对烧香念佛，繁文缛节，形式表面，而极端强调对任何权威都不可迷信，不惜呵佛骂祖，打倒偶像（将木佛劈了作柴烧！），反对缀脚跟，拾牙慧，具有空前的勇敢大胆、自具心眼、创造精进的新精神。不理解这个十分重要的一面，一听见说是禅宗属于『佛法』，便一股脑儿用一个什么标签了事，那也会对我们的百世千年的民族文化精神的真面全貌造成理解上的许多失误。读先生的《词说》，更要细心体味他行文说理的独特的词语和方式，以及采用禅家『话头』『公案』的深刻而热切的存心用意，才不至于像《水浒传》里的黑旋风李逵，听了罗真人的一席话言，全『不意画的兴起和发展，诗歌理论和戏剧小说中的神[redacted]韵、境界的探索和捕捉，都和禅宗精神有[redacted]千丝万缕的牵连。禅家论学，讲究破除一切形式的障碍阻[redacted]间，而直指「本源」。它的意思是要直接了当地把[redacted]握事物的最本质的精神，而不要为任何陈言[redacted]俗见（传统的、[redacted]习惯的、习以为然的「定型」的观念见解）所结所蔽。因此禅宗最反对烧香念佛，繁文缛节，而极端强调对任何权威都不可迷信，[redacted]不惜呵佛骂祖，打倒偶像（指木佛劈了作柴烧！），具有反对教条的勇敢大胆、[redacted]自具心眼、创造精进的新精神。[redacted]不理解这[redacted]十分重要的一面，一听见说是「禅宗」「佛法」，便[redacted]老脑儿用[redacted]一个什么标签了事，那也会[redacted]理解[redacted]对我们的百世千年的民族文化精神的真面貌[redacted]上的许多失误。读先生的词说，更要细心体味他行文说理的独特的方式，以及采用禅家话头「公案」的深刻而热切的用意，才不致于像水浒传里的黑旋风李逵，听了罗真人的一席话言，全「不晓得他说些甚的』。那岂不有负先生的一片热情，满怀期望。

我国文艺传统上，对作家作品的平章赏析，本亦有我们自己的独特的方式，这又完全是中华民族的，而不应也不能是与西方的一模一样；加上禅家说法传道的尤为独特的方式，就成为了一种濬发灵源、溉沃智府的高超的艺术和学问。其最主要的精神是诱导启示，使学人能够自寻蹊径，独辟门庭，而最忌硬套死搬，灌食填鸭，人云亦云，照猫画虎。以是之故，先生的《词说》里是找不见什么时代、家世、生平、典故、训诂……这些『笺注性』的死知识的——这些都不难从工具书上查他一个梗概。先生所说的，全是以一位诗人的细心敏感，去做一位学者的知人论世，而在这样的相得益彰的基础上，极扼要地、极精彩地抉示出了文学艺术的原由体性，评骘了名家巨匠的得失高低，——而这一切，只为供与学人参考借镜，促其精思深会，而迥异乎『唯我最正确最高明』『天下之美尽在于斯』的那种自居自炫和人莫予毒的心理态度。

先生的讲说之法，绝不陈米糟糠，油盐酱

不曉得他說些甚底」。那豈不有負先生的一片熱情，
満懷期望。我國文藝傳統上，对作家作品的[redacted]一平章、賞析，本
亦有我們自己的独特的方式，这又完全是中華民族的，而
不[redacted]這也不能是与西方的一模一樣[redacted]；加上禅家说法传道的尤為
独特的方式，就成為了一種[redacted]借鑒[redacted]源[redacted]流沃智府的
高超的藝術和学問。其最主要的精神是诱導
啟示，[redacted]讲学人能够自[redacted]尋蹊徑，独辟門庭，而最忌
死搬硬套，灌食填鴨，人云亦云，照貓画虎。以
是之故，先生的詞說裡是[redacted]找不見什麼時代、家世、生平、
典故、訓诂……這些「箋注性」的死知識的——这些都
[redacted]不难從工具书上查[redacted]他一个[redacted]梗概[redacted]。先生所说的，全是以一位
诗人的细心敏感，去做学者的知人論世，而在這樣
的基礎上，相得益彰的極托要地極精彩地扶不出了文學藝術的[redacted]原由本体
[redacted]性，評騭了[redacted]名家巨匠的得失高低，——而這一切，
只為供与学人參考借鏡，而[redacted]適異乎促其精思深會[redacted]，「唯我最正確最
高明」「天下之美尽在于斯」的那種自[redacted]居自炫和
[redacted]人莫予毒的心理態度。
先生的講说之法，絕不陈米爛糟，油盐醬醋

醋，流水开账，以为『美备』；也绝不同于较短量长，有意翻案，以耸动世人耳目为能事；他只是指头一月，颊上三毫，将那最要害、最吃紧的关节脉络，予以提撕，加之勾勒，使作者与讲者的精神意度，识解胸襟，都一一呈现于目前，跃然于纸上，——一切都是活的。他不像那些钝汉，专门将活龙打作死蛇来弄。须知，凡属文学艺术，当其成功出色，无不是虎卧龙跳、鸢飞鱼跃样的具有生命的东西，而不善讲授的，却把作死东西来看待，只讲一串作者何年生、何年卒、何处人氏、何等官职，以至释字义、注故实、分段落、标重点……如此等等，总之是一大堆死的『知识』而已，究其实际，于学子的智府灵源，何所裨益？又何怪他们手倦抛书、当堂昏睡乎？——然而，正是习惯于那种引困的讲说之法的，总以为那才是天经地义，乍一见先生的《词说》，无论文体语调，还是方法方式，都会使他吃惊不小；『离经叛道』，『野狐参禅』，『左道旁门』，以及其他疑辞贬语，也许就不免啧啧之言了。比如，有

醉，流水開賬，以為「美備」；也絕不[redacted]同于[redacted]

[redacted]有意翻案，敲短量長，以聳動世人耳目為能事；他只是指头一月，頰上三毫，將那最要害、最吃緊的關節脈絡，[redacted]予以提撕，加之鉤勒，使作者与講者的精神意度，識解胸襟，都一一呈現于目前，躍然于紙上，——一切都是活的。

[redacted]他[redacted]不[redacted]像那些鈍漢，专門把活龍打[redacted]做死蛇来弄。須知，凡屬文学藝術，當其成功出色，無[redacted]不是虎卧龍跳、鳶飛魚躍様的具有生命的东西，而不善講授的，却[redacted]把作死东西来[redacted]看待，只講一串作者何年生、何年卒、何[redacted]处人、任何官職等，以至釋字義、注故实、分段落、標重点，如此等等，總之是一大堆死的「知識」而已，究其实际，于学子的智府灵源，又何所裨益？又何怪他們手倦拋书，一堂昏[redacted]睡乎？——然而，正是習慣[redacted]于那種講說的，总以為那才是天經地義，乍一見先生的詞說，无論[redacted]文体[redacted]語[redacted]調，方法方式，还是[redacted]却会使他感到不小，「離經叛道」，「野狐参禪」，「左道旁門」，以及其他疑難非語，也許就不免[redacted]嘖嘖之言了[redacted]。比如，有

人看了《词说》，会诧异诘问：为何不见一句是讲思想性与艺术性？他却不能懂得：先生字字句句，都在讲那真正的思想性和艺术性，只不过这一切都是中华民族的文艺概念、美学观点，并且也是中华的表现法、讲说法，而非照搬舶来之界说与词句罢了。当然，讲我们中华民族的文艺特色，除却人们常用的思想性与艺术性而外，是否就没了别的可讲——或者一讲了别的就是『错误』的了？这正是一个问题。读《词说》而引起认真严肃的思考的学人，定会想上一想，并试行研寻解答这些课题。对这一点，我是深信而不疑的。

《词说》正文，篇篇珠玉，精义名言，络绎奔会，给读者以极大的启迪与享受。然而两篇《自序》，同样十分之重要，这都是先生数十年覃思渊索的结晶之作，最堪宝贵。就我个人的感觉，从行文的角度来说，《东坡词说》卷尾的《自序》笔致又与『说辛』的《自序》不同。后者绵密有余，而不无缓曲之患；前者则雄深雅健，老笔益见纷披矣，盖得力于汉魏六朝高文名手者为多。我还想试为拈出的是先生写到《东坡词说》之时，思致

人看了词说，会诧异地[redacted]诘问：为何不见[redacted]一句是讲
思想性与艺术性？：他都不能懂得：先生字字句句，都
在讲那真正的思想性和艺术性，只不过这一切都是中华
民族的美学概念、美学观点，并且也是中华[redacted]的表现法讲说法，而非照搬舶来之界说与词句罢了。
当然，讲我们中华民族的文[redacted]艺特色，除却们常用的思想性
与艺术性际，是否就没有了别的可讲——或者一讲了别
的就是「错误」的了？ 这正是一个问题。 读词说而引起
认真严肃地思考的学人，会想一想，并试行研寻上定
解答[redacted]这些课题，我是对这一点深信而不疑的。
词说[redacted]正文，篇篇珠玉，精义名言，络绎奔
会，给读者以极大的启[redacted]迪与享受。然而每篇自序
同样十分之重要，这都是先生数十年覃思润索的结晶
之[redacted]作，最堪宝贵。就我个人的感觉[redacted]，从行文的角度
来说，东坡词说卷首的自序，笔致文与「说辛」的自序
不同。后者[redacted]从容有余，[redacted]而不迫缓曲；[redacted]之态前者[redacted]则雄
深雅健，若笔益见纷披矣，盖得力于汉魏六朝高文名手者为多。
我最想试为指出的是：先生写到东坡词说之时，思致

更为深沉，心情益觉严重，哲思多于感触，笔墨倍形超脱，已经是逐步地脱离了开始写『说辛』时的那一种心境和文境了。两部《词说》，本系姊妹为篇，同时相继，一气呵成，而其异同，有如是者。说辛精警，说苏深婉。精警则令人振奋而激动，深婉则令人叹喟而感怀。苏辛之不同科，于此亦可概见，而顾世之评者犹然『苏辛豪放』，众口一词，混然不别，先生言之之切，亦已晓然。破俗说，纠误解，原非《词说》之主体，而举此一端，亦足见先生借禅家之宗旨，提倡自具心眼，自行体会，于学文之人为何等重要了。

凡了解历史、尊重历史的，都会承认，王静安的《人间词话》是一部词学理论史上的重要著作，而且影响深远，又不限于词之一门，实是涉及我国广义的诗学理论与文艺评论鉴赏的一部具有世界声誉的著作。先生之于王氏《词话》，研索甚深，获益匪鲜，也是可以看得出的事实。但先生的《词说》，其意义与价值，远过于静安之《词话》，我在四十年前初读《词说》时，即如此估量。估

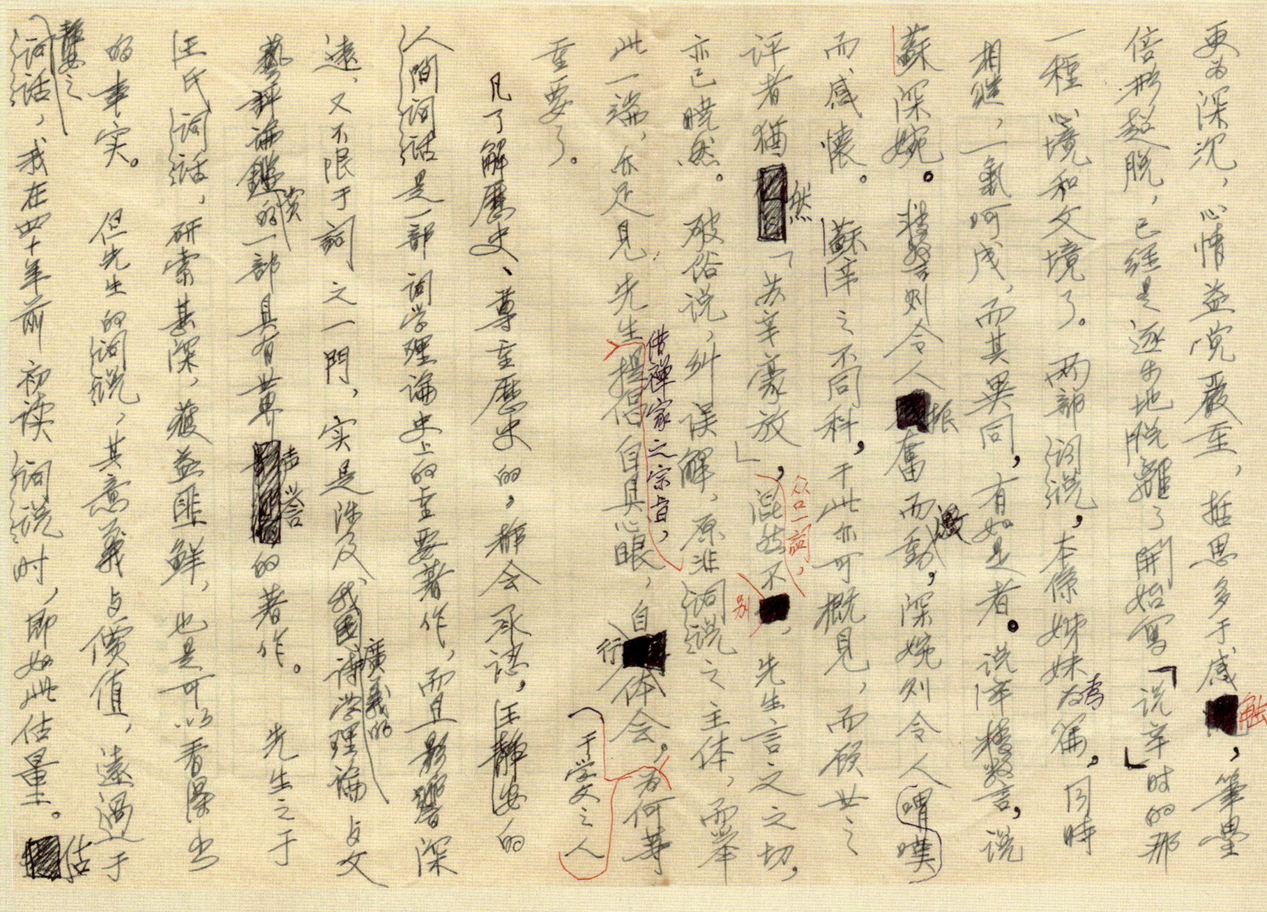
更为深沉，心情益觉严重，据思多于感[redacted]慨，笔墨
倍形超脱，已经是迥出地脱离了开始写「说辛」时的那
一种心境和文境了。两部词说，本係姊妹之篇，同时
相继，一气呵成，而其异同，有如是者。说辛稼轩言，说
苏深婉。稼轩则令人[redacted]振奋而动，深婉则令人嗟叹
而感怀。苏辛之不同科，于此亦可概见，而顾世之
评者犹[redacted]然「苏辛豪放」，混若不[redacted]别，先生言之之切，
亦已晓然。破俗说，纠误解，原非词说之主体，而举
此一端，亦足见先生借禅家之宗旨，揭得自具心眼，自[redacted]行体会，于学文之人为何等
重要了。
凡了解历史、尊重历史的，都会承认，王静安的
人间词话是一部词学理论史上的重要著作，而且影响深
远，又不限于词之一门，实是涉及我国诗学理论与文
艺评论鉴赏的一部具有[redacted]的著作。先生之于
王氏词话，研索甚深，获益匪鲜，也是可以看得出
的事实。但先生的词说，其意义与价值，远过于
词话，我在四十年前初读词说时，即如此估量。[redacted]估

量是否得实，岂敢自定。以余所见，先生之《词说》，视静安之《词话》，其所包容触发，无论自高度、广度而言，抑或自深度、精度而论，皆超越远甚。先生之论词，自吾华汉文之形音义说起，而迄于高致之生焉。所谓高致，先生自谓可包神韵与境界而有之。窃尝与先生书札往还，商略斯事，以为神韵者何耶，盖人之精神不死者为神，人之意致无尽者为韵，故诗词文章，首须具有生命，而后济以修养——韵者即高度文化修养之表现于外者也，神者则其不可磨灭而蕴于内者也。至于境界者又何谓耶？盖凡时与空之交会，辄一境生焉，而人处其间，适逢其会，而有所感受，感而写之，是即所谓境界。先生尔时，深致赞许，以为能言人所未能言。及今视之，境界为客观之事，人之所感乃主观之事，境固有自性，不以人为转移，然文学艺术，并非单纯反映客观如镜面与相机也，必其人之所感，表于文字，而览者因其所感而又感焉，此或谓之共振共鸣，互为激越，互为补充也。循是以言，其有感之人，品格气质，学识胸襟，必有浅有深，有高有下，——由是而文艺作品之浅深高下量其是否得实，岂敢自定。
以余所见，先生之词说，视静安之词话，其所包
容触[redacted]数，无论自广度（高度、）而言或自深度、精度
而论，皆超越远甚。先生之论词，自吾华汉文
之形音义说起，而迄于高致之生焉。所谓高致，先
生自谓可包神韵与境界而有之。窃尝与先生书札
往还，商略斯事，以为神韵者何耶，盖人之精神
不死者为神，人之意致无尽者为韵，故诗词文章，
[redacted]首须具有生命，而後济以修养——韵即高度文化
修养之表现于外者也，神则不可磨灭而蕴于内者也。
至于境界者又何耶，盖凡时与空之交会，[redacted]一境，
而人处其间，適逢其会，而有所感受[redacted]是即所
谓境界。先生[redacted]时，[redacted]赞许，以为[redacted]言人所未能言。
及今视之，境界为客观，人之所感乃主观，境固有
[redacted]自性，不以人为转移，然文学艺术，并非[redacted]反映
客观如镜面与相机也，必其人之所感，表于文字，而
览者因其所感而又感焉，谓之共振共鸣，互为滋越也。
循是[redacted]言，其有感之人，品格气质、胸襟[redacted]，有浅
有深，有高有下，——由是而文艺作品之浅深高下

分焉。徒言境界，则浅深高下皆境界也，有境界果即佳作乎？殊未可必。（二三页原稿中★以下文字见二六页）

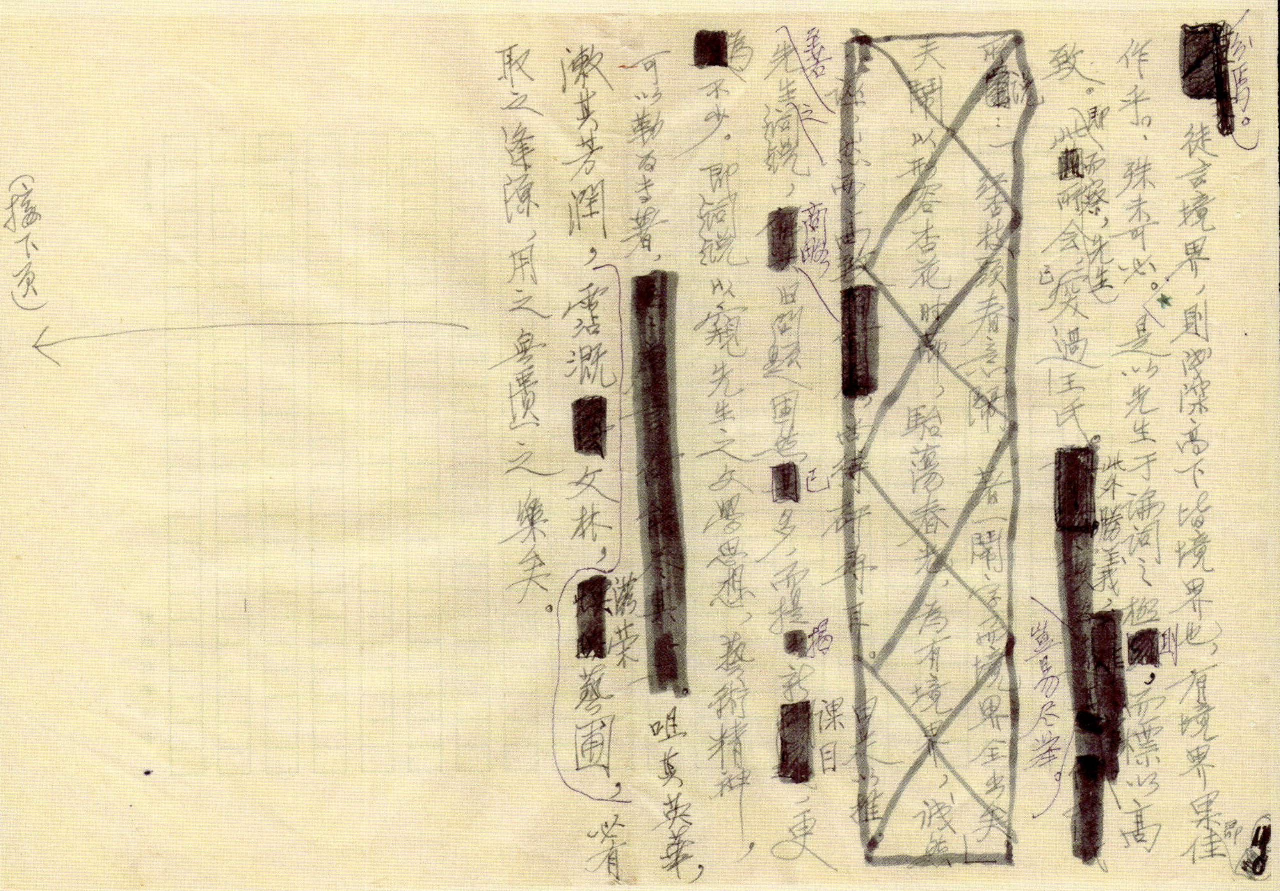

[redacted]矣。徒言境界，則深淺高下皆境界也，有境界果佳作乎，殊未可必。是以先生于論詞之極則，而標以高致。即此所謂全變過王氏[redacted]此卒勝義，蓋易尽举。

所說：綠楊枝頭春意鬧，著一鬧字而境界全出矣。天開以形容杏花時節，駘蕩春光，為有境界，誠然[illegible]

先生之詞說，[redacted]商略[redacted]旨已多，而提揭[redacted]綱目，更為不少。即詞說以窺先生之文學思想，藝術精神，[redacted]可以勤而去著，[redacted]咀其英華，漱其芳潤，溉[redacted]文林，[redacted]藝圃，必有取之逢源，用之無盡之樂矣。

（接下頁）

况静安自言：有写境，有造境。其所谓写境，略近乎今之曰『反映』云者。若夫造境，余常论温飞卿之《菩萨蛮》，率不同于实境之反映，而大抵词人以精美华贵之物象而自创之境也；境既可造，必其所造之境亦随造者心性之浅深高下而大有不同。是以太史公之论屈大夫也，椽笔大书：『其志洁，故其称物芳。』然则《楚骚》之境界，盖因屈子之高致而始有矣。志洁、物芳，二者之间，具有辩证法的关系，是以读者又每即词中之物芳，而定知词人之志洁。此则先生所以标高致之意，可略识焉。盖高致者何？吾中华民族之高度才情、高度况静安自言：有写境，有造境。其所谓写境，略近乎今之曰「反映」云者。若夫造境，余常谓温飞卿之菩萨蛮，[redacted]辛不同于实境之反映，[redacted]而大抵词人以精美（華贵）之物象而自創之境也；境既可造，必其所造之境亦随造者之心性浅深高下而大有不同。[redacted]是以太史公之论屈大夫也，標举大者：「其志潔，故其称物芳。」然则造境之境界，盖因屈子之高致而始有矣。志潔、物芳，二者之间，具有辩证的关系，是以读者又每[redacted]即词中之[redacted]物芳，而[redacted]推知词人之志潔。此则先生所以標高致之意，可略識焉。盖高致者何？吾中華民族之高度才情、高度文化、高度修养之一种表现是也。先生举高致为对词人词作之第一而最后之要求，而不徒取境界一词，根由在此。昔者龚定庵戏拈『柳绿桃红三月天，太夫人移步出堂前』以为笑枋。夫此二句，岂果一毫境界亦无可言者乎，实又不可谓之绝无。然则其病安在？曰：苦无高致耳。无高致，纵然字句极工，乃不得为诗为词，于此可见矣。东坡尝笑『认桃无绿叶，辨杏有青枝』，而云：『诗老不知梅格在，谓言绿叶与青枝！』而『疏影横斜水清浅，暗香浮动月黄昏』之句，传为咏梅绝唱者，岂不亦即系乎高致之有无哉。

（下面一段文字见二三页手稿中★以后部分）是以先生于论词之极则，而标以高致。即此而察，先生所会，已突过汪氏。此外胜义，岂易尽举。至若先生之《词说》，商略旧问题固然已多，而提揭新课目，更为不少。即《词说》以窥先生之文学思想，艺术精神，可以勒为专著，咀其英华，漱其芳润，滋荣艺圃，沾溉文林，必有取之逢源，用之无匮之乐矣。

文化、高度修养之一种表现是也。先生举高致为对词人词作之第一而最后之要求，而不徒标境界一词，根由在此。昔者龚定庵戏拈「柳绿桃红三月天，太夫人移步出堂前」以为笑柄。夫此二句，岂无境界可言乎？实又不可谓之绝无。然则其病安在？曰：苦无高致耳。无高致，纵然字句极工，乃不得为诗为词，于此可见矣。东坡讥笑「认桃无绿叶，辨杏有青枝」，而云：「诗老不知梅格在，谓言绿叶与青枝」！而「疏影横斜水清浅，淡香浮动月黄昏」之句，传为咏梅绝唱者，岂不亦即系乎高致之有无哉。

但四十年来，国内学人，知先生《词说》者尚少，其意义与价值毕竟如何，当然有待于公论。唯是四十年前之历史环境，与今大异，先生此作，又未能广泛流布，其一时不获知者，原不足异；今者行将付梓，固是深可庆幸之盛事。然而词坛宗匠，半已凋零，后起来哲，能否快读先生之《词说》而领其苦心，识其旨趣？又觉不无私虑。实感如此，无须讳饰；但念江河万古之流，文章千秋之业，如先生之所说，与吾中华民族文化精神无有一合，虽我一人爱奉之，维护之，又有何济。如先生之所说，实与吾中华民族文化精神甚合甚切，则民族文化精神长存，即先生之《词说》亦必随之而不可没，而我又何虑乎？

回忆先师撰作《词说》之时，吾辈皆居平津沦陷区，亡国之痛，切肤割心，先生之词句有云：『南浦送君才几日？东家窥玉已三年。嫌他新月

[redacted]但四十年来，国内学人，知悉苏辛词说者尚少，[redacted]其意义与价值毕竟如何，当然有[redacted]待于公论。唯是四十年前之历史环境，与今大异，先生此[redacted]作，又[redacted]今者未能广泛流布，其一时不获知者，原不足异；付梓行将，固是可[redacted]深庆幸之事。然而词坛[redacted]宗匠，[redacted]半已凋零，后起[redacted]未能，能否快读先生之词说而领其苦心，识其旨趣？又不无私虑。实感如此，[redacted]无须讳饰；但念江河万古之流，文章千秋之业，如先生之所说，与吾中华民族文化精神[redacted]合，虽我一人爱奉之，维护之，又有何济。[redacted]如先生之所说，实与吾中华民族文化精神甚合，则民族文化精神长存，即先生之词说亦必随之而不可没，而我又何虑乎？

回忆先师撰作词说之时，吾辈皆居平津沦陷区，亡国之痛，切肤剜心，先生之词句有云：「南浦送君绝笔日。东家窥观玉已三年。嫌他新月似眉弯！』先生之诗句又曰：『秋风瑟瑟拂高枝，白袷单寒又一时；炒栗香中夕阳里，不知谁是李和儿？』〔李和儿，宋汴京炒栗驰名，金陷汴都，李流落燕山（今北京也），尝语人：我东京李和儿是也。〕爱国之丹心，隐耀于宫徵之间，此情谁复知者？尔时吾辈书生，救亡无力，方自深惭，顾犹以研文论艺相为煦沫，盖以为中华民族文化精神不死，则吾中华民族岂得亡乎？嗟嗟，此意之于《词说》，又谁复知者！

吾为先师《词说》作序，岂曰能之，践四十年前之旧约也。文已冗长，而于先生之精诣，曾无毫发之发挥，而可为学人之津渡者。抚膺自问，有负先生之所望，为愧何如！然迫于俗事，吾所欲言正多，而又不得不暂止于此。他日或有第二序，以报先生，兼以印证今昔识解之进退，可也。

癸亥端午佳节　受业周汝昌谨述于北京东城

似眉彎”，先生之詩句又曰：“秋風動地排萬枝，白袷秋風又一時，炒栗香中夕陽裡，不知誰是李和兒。”（李和兒，宋汴京炒栗馳名，金陷汴都，李[redacted]瀚嘗語人：我东京李和兒也。）于故國愛國之丹心，隱耀于宮徵之間，誰復此情知者？今時吾輩書生，救亡無力，方自深[redacted]愧，[redacted]猶以研文論藝相為呴沫，蓋以為中華民族文化精神不死，則吾中華民族豈得亡乎？嗟々，此意于之詞說之文，誰復知者！

吾[redacted]先師詞說，作序，豈曰能之，識四十年前之舊約也。文已冗長，而于先生之精[redacted]皆，曾[redacted]無毫[redacted]髮之發揮，而于[redacted]為學人之津渡[redacted]者。攖摩自問，有負先生之所望，春愧何如！然迫于俗事，吾所[redacted]欲言正多，而又不得不暫止于此。他日，或有第二序，[redacted]以報先生，兼以印證今昔識解之進退，可也。

癸亥端午佳節 受業周汝昌謹述 於北京東城

稼軒詞說

苦水拈古之一

倦驼庵稼轩词说 卷首

自序

苦水曰：自吾始能言，先君子即于枕上口授唐人五言四句，令哦之以代儿歌。至七岁，从师读书已年余矣。会先妣归宁，先君子恐废吾读，靳不使从，每夜为讲授旧所成诵之诗一二章。一夕，理老杜《题诸葛武侯祠》诗，方曼声长吟『遗庙丹青落，空山草木长』，案上灯光摇摇颤动者久之，乃挺起而为穗。吾忽觉居室墙宇俱化去无有，而吾身乃在空山中草木莽苍里也。故乡为大平原，南北亘千余里，东西亦广数百里，其地则列御寇所谓『冀之南汉之阴无陇断焉』者也。山也者，尔时在吾，亦只于纸上识其字，画图中见其形而已。先君子见吾形神有异，诘其故，吾略通所感，先君子微笑，已而不语者久之，是夕遂竟罢讲归寝。吾年至十有五，所读渐多，始学为诗，一日于架上得词谱一册读之，亦始知有所谓词。然自是后，多违庭训，负笈他乡。廿岁时始更自学为词。先君子

倦駝菴稼軒詞說　卷首

自序

苦水曰：自吾始能言，先君子即於枕上口授唐人五言四句，令哦之以代兒歌。至七歲，從師讀書已年餘矣。會先妣歸寧，先君子恐廢吾讀，靳不使從，每夜為講授舊所成誦之詩一二章。一夕，理老杜題諸葛武侯祠詩，方曼聲長吟遺廟丹青落空山草木長，案上鐙光搖搖，顫動者久之，乃援起而為穗。吾忽覺居室墻宇俱化去無有，而吾身乃在空山中草木莽蒼裏也。故鄉為大平原，南北亘千餘里，東西之廣數百里，其地則列禦寇所謂冀之南漢之陰無隴斷焉者也。山也者，余時在吾，亦只於紙上識其字，畫圖中見其形而已。先君子見吾形神有異，詰其故，吾略道所感，先君子微笑已而不語者久之，是夕遂竟罷講歸寢。吾年至十有五，所讀漸多，始學為詩，一日於架上得詞譜一冊讀之，之始知有所謂詞。然自是後，多違庭訓，負笈他鄉。廿歲時始更自學為詞。先君子未尝为词，吾又漫无师承，信吾意读之，亦信吾手写之而已。先君子时一见之，未尝有所训示，而意亦似听之也。顾吾其时已知喜稼轩矣。世间男女爱悦，一见钟情，或曰宿孽也。而小泉八云说英人恋爱诗，亦有前生之说。若吾于稼轩之词，其亦有所谓宿孽与前生者在耶？自吾始知词家有稼轩其人，以迄于今，几三十年矣。是之间，研读时之认识数数变，习作之途径亦数数变，而吾每有所读，有所作，又不能囿于词之一体，时而韵，时而散，时而新，时而旧，时而三五月至三五年摈词而不一寓目，一著手。而吾之所以喜稼轩者或有变，其喜稼轩则固无或变也。意者稼轩籍隶山东，吾虽生为河北人，而吾先世亦鲁籍，稼轩之性直而率，戆而浅，故吾之才力、之见识、之学业，虽无有其万之一，而习性相近，遂终如针芥之吸引，有不能自知者耶。噫，佛说因缘，难言之矣。然自是而友好多目余填词为学辛，二三子从余治词者亦或以辛词为问，而频年授书城西校中，亦曾为学者说《稼轩长短句》。卅年冬，城西罢未嘗為詞，吾又漫無師承，信吾意讀之，亦信吾手寫之而已。先君子時一見之，未嘗有所訓示，而意亦似聽之也。顧吾其時已知喜稼軒矣。世間男女愛悅，一見鍾情，或曰宿孽也。而小泉八雲說英人戀愛詩，亦有前生之說。若吾於稼軒之詞，其亦有所謂宿孽與前生者在耶？自吾始知詞家有稼軒其人，以迄於今，幾三十年矣。是三十年之間，研讀時之認識數數變，習作之途逕亦數數更，而吾每有所讀，有所作，又不能囿於詞之一體，時而韻，時而散，時而新，時而舊，時而三五月至三五年擯詞而不一寓目、一著手。而吾之所以喜稼軒者或有變，其喜稼軒則固無或變也。意者稼軒 籍隸山東，吾雖生爲河北人，而吾先世亦魯籍，稼軒之性直而率，戇而淺，故吾之才力，之見識，之學業，雖無有其萬之一，而習性相近，遂終如鍼芥之吸引，有不能自知者耶？噫，佛說曰緣，難言之矣。然自是而交好多目余填詞為學辛，二三子從余治詞者亦或以辛詞為問，而頻年授書城西校中，亦曾為學者說稼軒長短句。卅年冬，城西罷讲，是事遂废。会莘园寓居近地安门，与吾庐相望也，时时过吾谈文。一日吾谓平时室中所说，听者虽有记，恐亦难免不详与失真。莘园曰：『若是，何不自写？』吾亦一时兴起，乃遴选辛词廿首，付莘园抄之，此去岁春间事也。然既苦病缠，又疲饥驱，荏苒一载将半，始能下笔，作辍廿余日，终于完卷。亦足以自慰，足以慰莘园，且足以慰年来函询面问之诸友也。夫说辛词者众矣，吾尝尽取而读之，其犁然有当于吾心者，盖不数数遘。吾之说辛，吾自读之，亦自觉有稍异夫诸家者。吾之视人也既如彼，则人之视吾也，其必能犁然有当于心也耶？彼此是非，其孰能正之？虽然，既曰说，则一似为人矣。吾之是说，如谓为为人，则不如谓为自为之为当。此其故有三焉。其一，吾廿余年来读辛词之所见，零星散乱，借此机缘，遂得而董理之。其二，吾初为上卷时，笔致甚苦生涩，思致甚苦艰辛，情致甚苦板滞，及至下卷，时时乃有自得之趣。其三，吾平时不喜为说理之文，于是亦得而练习之。为人之结果若何，吾又乌能知諱，是事遂廢。會葦園寓居近地安門，與吾廬相望也。時時過吾談文。一日吾謂平時室中所說，聽者雖有記，恐亦難免不詳與失真。葦園曰：若是，何不自寫？吾亦一時興起，乃遴選辛詞廿首，付葦園鈔之，此去歲春間事也。然既苦病纏，又疲饑飢驅，荏苒一載將半，始能下筆，作輟廿餘日，終於完卷。亦足以自慰，足以慰葦園，且足以慰年來亟詢而問之諸友也。夫說辛詞者衆矣，吾嘗盡取而讀之，其犂然有當於吾心者，蓋不數數遘。吾之說辛，吾自讀之，亦自覺有稍異夫諸家者。吾之視人也既如彼，則人之視吾也，其必能犂然有當於心也耶？彼此是非，其孰能正之？雖然，既曰說，則一似為人矣。吾之是說，如謂為為人，則不如謂為自為之為當。此其故有三焉。其一，吾廿餘年來讀辛詞之所見，零星散亂，藉此機緣，遂得而董理之。其二，吾初為上卷時，筆致甚苦生澀，思致甚苦板滯，艱辛，情致甚苦板滯，及至下卷，時時乃有自得之趣。其三，吾平時不喜為說理之文，於是亦得而練習之。為人之結果若何，吾又烏能知之，若其自为，则吾已有种豆南山之感矣。胜业虽小，终愈于无所用心耳。或有笑既以自为而非为人，又何必词说之为？曰：既非为人而以自为，又何不可为词说也？陶公诗时时言酒，而人谓公之意不在酒，借酒以寄意耳。夫其意在酒，固须言酒；若其意不在酒，而陶公之诗乃又不妨时时言酒也。且夫宇宙之奥，事物之理，吾人其必不能知耶？苟其知之，吾人又必能言之耶？孔子为天纵之圣，释迦为出世之雄，是宜必能知矣。孔子循循善诱，诲人不倦，而曰：『予欲无言。』释迦在世，说一大藏教，超度众生，而曰：『如说佛有所说法，是名谤佛。』以圣人与大雄，尚复如是，则说之难欤？抑说之无益欤？月固月也，人不识月，而吾以指示之，则有认指为月者矣。水固水也，析之为氢二氧，无毫发虚伪于其间也，说之确当无加于是矣。然既氢二氧矣，又安在其为水也？若是夫说之难且无益也。孔子与释迦所说者道，而今吾所欲言者文。道无形而文有体，则说道艰而说文易。古来说文之作，吾所最喜，陆士衡《文赋》，刘彦和《雕龙》，是真意能转笔，文能达意之，若其自為，則吾已有種豆南山之感矣。勝業雖小，終愈於無所用心耳。或有笑既以自為而非為人，又何必詞說之為，曰：既非自為人而以自為，又何不可為詞說也？陶公詩時時言酒，而人謂公之意不在酒，藉酒以寄意耳。夫其意在酒，固須言酒。若其意不在酒，而陶公之詩乃又不妨時時言酒也。且夫宇宙之奧，事物之理，吾人其必不能知耶？苟其知之　吾人又必能言之耶？孔子為天縱之聖，釋迦為出世之雄，是宜必能知矣。孔子循循善誘，誨人不倦，而曰予欲無言。釋迦在世，說一大藏教，超度衆生，而曰如說佛有所說法，是名謗佛。以聖人與大雄，尚復如是。則說之難與？抑說之無益與？月固月也，人不識月，而吾以指示之，則有認指為月者矣。水固水也，析之為輕二養，無毫髮虛偽於其間也，說之確當無加於是矣。然既輕二養矣，又安在其為水也？若是夫說之難且無益也。孔子與釋迦所說在道，而今吾所欲言者文。道無形而文有體，則說道難而說文易。古來說文之作，吾所最喜，陸士衡文賦，劉彥和雕龍，是真意能轉筆，文能達意者。然士衡曰：『是盖轮扁之所不得言，故亦非华说之所能精。』又曰：『盖所能言，具于此云。』则有欲言而不能言者矣。至刘氏之《文心雕龙》，较之《文赋》，加详与备。然其《序志》亦曰：『虽复轻采毛发，深极骨髓，或有曲意密源，似近而远，辞所不载，亦不胜数。』以二氏之才识与思力，专精于文，尚复如是，吾未见说文之易于说道也。是故知之愈多，言之愈寡；知之弥邃，说之弥艰；文与道无殊致也。彼孔子与释迦，陆机与刘勰，皆知道与知文者也，宜其言之如是。吾于道无所知，自亦不言。至今之说辛词，词亦文也，说词亦岂自谓知文？陆氏与刘氏，维其知文，虽不能忘言，要不肯易言，故有前所云云耳。若夫苦水维其不知文，故转不妨妄言之，是亦陶公饮酒之别一引申也。夫子之言性与天道，不可得而闻。彼村氓山樵，释耒弛担，田边林下，亦间谈性天。此岂能与夫子并论？彼村氓山樵，不独无方圣人之意，亦并无自谓有知性天之心，要之，亦不能不间或一谈而已，亦更不须援刍荛之言，圣人择焉而为之解嘲也。于是乃不害吾说文，又不害吾说辛词也。而吾又将奚以者。然士衡曰：是蓋輪扁之所不得言，故亦非華說之所能精。又曰：蓋所能言，具於此云。則有欲言而不能言者矣。至劉氏之文心雕龍較之文賦，加詳與備。然其序志亦曰：雖復輕采毛髮，深極骨髓，或有曲意密源，似近而遠，辭所不載，亦不勝數。以二氏之才識與思力，專精於文，尚復如是，吾未見說文之易於說道也。是故知之愈多，言之愈寡；知之彌邃，說之彌艱；文與道無殊致也。彼孔子與釋迦，陸機與劉勰，皆知道與知文者也，宜其言之如是。吾於道無所知，自亦不言。至今之說辛詞，詞亦文也，說詞亦豈自謂知文？陸氏與劉氏，雖其知文，雖不能忘言，要不肯易言，故有前所云云耳。若夫苦水雖其不知文，故轉不妨妄言之，是亦陶公飲酒之別一引申也。夫子之言性與天道，不可得而聞。彼邨諺山樵，釋耒耜擔，田邊林下，亦閒談性天。此豈能與夫子並論；彼村諺山樵，不獨無方聖人之意，亦並無自謂有知性天之心，要之亦不能不閒或一談而已，亦更不須援芻蕘之言，聖人擇焉而為之解嘲也。於是乃不害吾說文，又不害吾說辛詞也。而吾又將奚以说也？于古有言：文以载道。若是乎文之不能离道而自存也。然吾读《论语》《庄子》及大雄氏之经，皆所谓道也，而其文又一何其佳妙也？《论语》之文庄以温，《庄子》之文纵而逸，佛经之文曲以直，隐而显。如无此妙文，则其书将谁诵之？而其道又奚以传？若是乎道之有赖于文也。彼载道之文，且复如是，则为文之文将何如邪？古亦有言：诗心声也，字心画也。夫如是，则学文之人将如何以涵养其身心，敦励其品行乎？殆必如儒家之正心诚意，佛家之持戒修行而后可。虽然，审如是，即超凡入圣，生天成佛，于为文乎何有？且吾即将如是以说耶？则虽谈天雕龙，辨析秋毫，于说文又何有？奈学文者又决不可忽视上所云之涵养与敦励。然则如之何而可？于此而有简当之论，方便之门，夫子之忠与恕，初祖之直指本心，见性成佛是。所谓诚也。故曰：『修辞立其诚。』故曰：『诚于中，形于外。』吾尝观夫古今大文人大诗人之作，以世谛论之，虽其无关于道义之处，亦莫不根于诚，宿于诚。稼轩之词无游辞，则何其诚也。复次，文者何？文也，文采也。无『采』，即不成其为文矣。吾之所谓說也。於古有言：文以載道。若是乎文之不能離道而自存也。然吾讀論語、莊子及大雄氏之經，皆所謂道也，而其文又一何其佳妙也。論語之文莊以溫，莊子之文縱而逸，佛經之文曲以直，隱而顯。如無此妙文，則其書將誰誦之？而其文道又奚以傳？若是乎道之有賴於文也。彼載道之文，且復如是，則為文之文將何如耶？古亦有言：詩，心聲也；字，心畫也。夫如是，則學文之人將如何以涵養其身心，敦勵其品行乎？殆必如儒家之正心誠意，佛家之持戒脩行而後可。雖然，審如是，即超凡入聖，生天成佛，於為文乎何有？且吾即將如是以說耶？則雖談天雕龍，辨析秋毫，於說文又何有？奈學者文者又決不可忽視上所云之涵養與敦礪。然則如之何而可？於此而有簡當之論，方便之門，夫子之忠與恕，初祖之直指本心，見性成佛是。所謂誠也。故曰：脩辭立其誠。故曰：誠於中，形於外。吾嘗觀夫古今大文人大詩人之作，以世諦論之，雖其無關於道義之處，亦莫不根於誠，宿於誠。稼軒之詞無游辭，則何其誠也。復次，文者何？文也，文彩也。無彩，即不成其為文矣。吾之所謂文采，非脂粉熏泽之谓。脂粉熏泽，皆自外铄，模拟袭取，非文采也。而欲求文采之彰，又必须于文字上具炉捶，能驱使，始能有合。小学家之论小学也，曰形，曰音，曰义。今姑借此固有之假名，以竟吾之说。曰义者，识字真，表意恰是，此尽人而知之矣。然所谓识字，须自具心眼，不可人云亦云。否则仍模袭，非文采也。曰形者，借字体以辅义是。故写茂密郁积，则用画繁字。写疏朗明净，则用画简字。一则使人见之，如见林木之蓊郁与夫岩岫之杳冥也。一则使人见之，如见月白风清，与夫沙明水净也。曰音者，借字音以辅义是。故写壮美之姿，不可施以纤柔之音；而宏大之声，不可用于精微之致。如少陵赋樱桃曰『数回细写』，曰『万颗匀圆』。『细写』齐呼，樱桃之纤小也；『匀圆』撮呼，樱桃之圆润也。以上三者，莫要于义，莫易于形，而莫艰于声。无义则无以为文矣，故曰要。形则显而易见，识字多则能自择之，故曰易。若夫声，则后来学人每昧于其理，间有论者，亦在恍兮惚兮若有若无之间，故曰艰。曰要，曰易，曰艰，以上云云，就知之而言也。若文彩，非脂粉薰澤之謂。脂粉畫澤，皆自外鑠，模擬襲取，非文彩也。而欲求文彩之彰，又必須於文字上具錘鑪捶，能驅使，始能有合。小學家之論小學也，曰形，曰音，曰義。今姑借此固有之假名，以竟吾之說。曰義者，識字真，表意恰是。此盡人而知之矣。然所謂識字，須自具心眼，不可人云亦云。否則仍模襲，非文彩也。曰形者，借字體以輔義是。故寫茂密鬱積，則用畫繁字。寫疏朗明淨，則用畫簡字。一則使人見之，如見林木之蓊鬱與夫巖岫之杳冥也。一則使人見之，如見月白風清，與夫沙明水淨也。曰音者，借字音以輔義是。故寫壯美之姿，不可施以纖柔之音；而宏大之聲，不可用於精微之致。如少陵賦櫻桃曰數回細寫，曰萬顆勻圓。細寫齊呼，櫻桃之纖小也；勻圓撮呼，櫻桃之圓潤也。以上三者，莫要於義，莫易於形，而莫艱於聲。無義則無以為文矣，故曰要。形則顯而易見，識字多則能自擇之，故曰易。若夫聲，則後來學文人每昧於其理，間有論者，亦在恍兮惚兮若有若無之間，故曰囏。曰要，曰易，曰艱，以上云云，亦就知之而言也。若其用之于文也亦然。虽然，古来大家，其亦果知之耶？要亦行乎其不得不然，不如是，则不惬于其文心而已。今吾亦既再三言之，则亦似知之矣，而吾之所作，其果能用之耶？即能用之，其果能必有合耶？吾尝笑东坡『魂飞汤火命如鸡』一句之非诗，其义浅而无致，其形粗而无文，其声则噪杂而刺耳。东坡世所谓才人也，而其为诗，乃有此失。其他作家，自宋而后，虽欲不等诸自郐以下不可得也。若夫往古之作，『三百篇』，《楚辞》，《十九首》，曹孟德，陶渊明，于斯三者，殆无不合。李与杜，则有合有离矣。然其高者，亦殆无不合。今姑以杜为例。七言如『风吹客衣日杲杲，树搅离思花冥冥』，如『子规夜啼山竹裂，王母昼下云旗翻』，如『骏尾萧梢朔风起』，如『万牛回首丘山重』，五言如『重露成涓滴，稀星乍有无』，如『露从今夜白，月是故乡明』，如『云卧衣裳冷』，如『侧目似愁胡』等，皆于形、音、义三者，无毫发憾。学人有心，细按密参，自有入处，不须吾一一举也。稼轩之词，亦有合有离矣。其合者，一如老杜，即以今所选诸词论之，如《念奴娇》之『凄凉今古，眼中三两飞蝶』，如《沁园春》之『叠嶂西驰，其用之於文也亦然。雖然，古來大家，其亦果知之耶？要亦行乎其不得不然，不如是，則不愜於其文心而已。今吾亦既再三言之，則亦似知之矣，而吾之所作，其果能用之耶？即能用之，其果能必有合耶？吾嘗笑東坡蒐飛湯大命如雞一句之非詩，其義淺而無致，其形貌而無文，其聲則噪雜而刺耳。東坡世所謂才人也，而其爲詩，乃有此失。其他作家，自宋而後，雖欲不等諸自鄶以下，不可得也。若夫往古之作，三百篇，楚辭，十九首，曹孟德，陶淵明，於斯三者，殆無不合。李與杜，則有合有離矣。然其高者亦殆無不合。今姑以杜爲例。七言如風吹客衣日杲杲，樹攪離思花冥冥，如子規夜啼山竹裂，王母晝下雲旗翻，如駿尾蕭梢朔風起，如萬牛回首丘山重，五言如垂露成涓滴，稀星乍有無，如露從今夜白，月是故鄉明，如雲臥衣裳冷，如側目似愁胡等等，皆於形音義三者，無毫髮憾。學人有心，細按密察，自有入處，不須吾一一舉也。稼軒之詞，亦有合有離矣。其合者，一如老杜，即如以今所選諸詞論之，如念奴嬌之淒涼今古，眼中三兩飛蝶，如沁園春之疊嶂西馳，万马回旋，众山欲东』，如《鹧鸪天》之『红莲相倚浑如醉，白鸟无言定自愁』，如《南歌子》之『月到愁边白，鸡先远处鸣』等，学人亦可自会，又不须吾一一说也。虽然，吾上所拈举，聊以供学人之反三云尔。吾非谓二家之合作即尽于是，亦非谓其有句而无篇也。即今所选辛词二十章，亦岂遂谓足以尽稼轩哉？抑吾尚有不能已于言者，凡夫形、音、义三者之为用也，助意境之表达云尔。是故是三非一，亦复即三即一。一者何？合而为意境而已。一者何？即三者而为一而已。故视之而睹其形，诵之而听其声，而其义出焉。又非独唯是也，听其声而其形显焉，而其义出焉。若是，则声之辅义更重于形也。三即一者，此之云尔。且三者之合为文而彰为采也，不可以无心得，不可以有心求。稍一勉强，便非当家。古之作者，其入之深也，常足以探其源而握其机。故能操纵杀活，太阿在手。其出之彻也，又常冥然如无觉，夷然如不屑。故能左右逢源，行所无事。于是而所谓高致生焉。吾乃今然后论高致。吾国之作家，自魏晋六朝迄乎唐宋，上焉

萬馬回旋，衆山欲東，如鷓鴣天之紅蓮相倚渾如醉，白鳥
無言定自愁，如南歌子之月到愁邊白，雞先遠處鳴等
等，學人亦可自會，又不須吾一一說也。雖然，至上所拈舉，聊
以供學人之反三云爾。吾非謂二家之合作即盡於是，亦非
謂其有句而無篇也，即今所選辛詞二十章，亦豈遂謂足
以盡稼軒哉？抑吾尚有不能已於言者，凡夫形音義三者之
為用也，助意境之表達云爾。是故是三非一，亦復即三即
一。一者何？合而為意境而已。一者何？即三者而為一而已。故
視之而覩其形，誦之而聽其聲，而其義出焉。又非獨唯
是也，聽其聲而其形顯焉，而其義出焉。若是則聲之輔
義更重於形也。三即一者此之云爾。且三者之合為文而彰
為彩也，不可以無心得，亦可以有心求。稍一勉強，便非當家。
古之作者，其入之深也，常足以探其源而搖其機。故能操縱
殺活，太阿在手。其出之徹也，又常冥然如無覺，夷然如不屑。
故能左右逢源，行所無事。於是而所謂高致生焉。吾乃
今然後論高致。吾國之作家，自魏晉六朝迄乎唐宋，上焉

者自有高致；其次知求之，有得不得；其次虽知求之，终不能得；若其未梦见者，又在所不论也。稼轩之为词，初若无意于高致，则以其为人，用世念切，不甘暴弃，故其发而为词，亦用力过猛，用意太显，遂往往转清商而为变徵，累良玉以成疵瑕，英雄究非纯词人也。然性情过人，识力超众，眼高手辣，肠热心慈，胸中又无点尘污染，故其高致时时亦流露于字里行间。即吾所选二十首中，如《水龙吟》之『楚天千里清秋，水随天去秋无际』，《鹊桥仙》之『看头上风吹一缕』，《清平乐》之『谁似先生高举，一行白鹭青天』，皆其高致溢出于不觉中者也。义已详《说》中，兹不赘。问：既曰高致，则作品所表现，亦尝有关于作者之心行乎？曰：此固然已。而吾又将呜呼论之？且此宁须论也？且吾前此拈心画、心声时不已稍稍及之矣耶？故于此亦不复论。若高致之显于作品之中也，则必有借乎文字之形、音、义与神乎三者之机用。是以古之合作，作者之心力既常深入乎文字之微，而神致复能超出乎言辞之表，而其高致自出。不者，虽有，不能者自有高致；其次知之、求之，有得有不得；其次雖知求之，終不能得；若其未夢見者，又在所不論也。稼軒之為詞，初若無意於高致，則以其為人，用世念切，不甘暴棄，故其發而為詞，亦用力過猛，用意太顯，遂往往轉清商而為變徵，累良玉以成瑕疵，英雄究非純詞人也。然性情過人，識力超眾，眼高手辣，腸熱心慈，胸中又無點塵汙染，故其高致時時流露於字裏行間。即吾所選二十首中，如水龍吟之楚天千里清秋，水隨天去秋無際，鵲橋仙之看頭上風吹一縷，清平樂之誰似先生高舉，一行白鷺青天，皆其高致溢出於不覺中者也。義已詳說中，茲不贅。問：既曰高致，則作品而表現，亦嘗有關於作者之心行乎？曰：此固然已。而吾又將烏乎論之？且是豈須論也？且吾前者拈心畫心聲時不已稍稍及之矣耶？故於此亦不復論。若高致之顯于作品之中也，則必有藉乎文字之形音義與神乎三者之操用。是以古人之合作，作者之心力既常深入乎文字之微，而神致復能超出乎言辭之表，而其高致自出。不者，雖有，不能表而出之也。而世之人欲徒以意胜，又或欲以粉饰熏泽胜，颠已。吾如是说，其或可以释王渔洋之所谓神韵，王静安之所谓境界乎？虽然，吾信笔乘兴，姑如是云云耳。吾年来于是之自悟、自肯也，亦已久矣。即与两家所标举之神韵与境界无一毫发合焉，吾之自肯如故也。即举世而不见肯，吾之自肯仍如故也。吾之为此词说也，岂有冀于世之必吾肯也？二三子既有问，吾适有所欲言，聊于此一发之云尔。吾说而无当耶，则等于大野之风吹，宇宙空虚，亦何所不容。其当耶，又岂须吾说之耶。上智必能自合之。次焉者，研读创作，日将月就，必能自得之。若是者又奚吾说之为耶？下焉者，虽吾说，其有稍济耶？且四十九年，三百余会，一部大藏教，亦何尝非说？而其终也，世尊拈花，以不说说，迦叶微笑，以不闻闻。二三子虽求知心切，欲得顿悟，来相叩击，希冀触磕，吾亦已不能无言，而果能言之耶？言所以达意，而果能达耶？即达矣，二三子之所会，果为吾意耶？嗟夫，初祖西来，教外别传，直指本心。而六祖目不识丁，且谓诸佛妙理，非关文字，顾尚有《坛经》。马祖初而曰即心即佛，继表而出之也。而世之人欲徒以意勝，又或欲以粉飾塗澤勝，傎已。吾如是說，其或可以釋王漁洋之所謂神韻，王靜安之所謂境界乎？雖然，吾信筆乘興，姑如是云云耳。吾年來於是之自悟自肯也，亦已久矣。即与兩家所標舉之神韻与境界無一毫髮合焉，吾之自肯如故也。即舉世而不肯，吾之自肯仍如故也。吾之為此詞說也，豈有冀於世世之必吾肯也？二三子既有問，吾適有所欲言，聊於此一發之云尔。吾說而吾當耶，則等於大野之風吹，宇宙空靈，亦何所不容。其當耶，又豈須吾說之耶。上智必能自合之，次焉者研讀創作，日將月就，必能自得之。若是者又奚吾說之為耶？下焉者，雖吾說，其有補濟耶？且四十九年，三百餘會，一部大藏教，亦何嘗非說，而其終也，世尊拈花，以不說說；迦葉微笑，以不聞聞。二三子雖求知心切，欲得頓悟，来相叩擊，希冀觸磕，吾亦已不能無言，而果能言之耶？言所以達意，而果能達耶？即達矣，二三子之所會，果為吾意耶？嗟夫，祖初祖西来，教外別傳，直指本心。而六祖目不識丁，且謂諸佛妙理，非關文字，顧尚有壇經。馬祖初而曰即心即佛，繼而曰非心非佛；虽其言之简，固亦不能无言也。弟子大梅谓其惑乱人未有了日，宜哉。后来子孙，拈槌竖拂，滚球弄狮，极之而棒，而喝，而打地，而一指，苦矣，苦矣。吾尝推其意，盖皆知其不能言而又不能不有所表现以示来学，所谓不得已也。出家大事，如此纠纷，亦固其所。若夫词说，有何重轻。谓之说《稼轩长短句》可，谓之非只说《稼轩长短句》亦可。谓之为人可，即谓之自为亦可。谓之意专在说可，即谓之意不在说，尤大无不可。漆园老叟，千古达人，而曰呼我为牛者应之，呼我为马者应之。庄子之为庄子自不应，庄子之为牛马自若也。果非牛与马耶，人呼之即应之，庄子果牛与马耶，即不呼若也。嗟嗟，释迦有言：万法唯心。中哲亦言：贪夫殉财，烈士殉名。吾辈具是凡夫，生于斯世，心固不能不有所系维。苟有以系维吾心，而且得以自乐焉，斯可矣。呼牛与马可应之，而名之与财，又奚以区而别之也耶？至是而吾之自序，亦将毕矣。自吾初著手为此序，未意其冗长如是。而终于如是冗长者，欲稍稍综合《说》中之言，一。欲稍稍补足《说》中之义，二。欲稍稍恢宏《说》中之旨，三也。虽然，冗长至如是，而所而曰非心非佛；雖其言之簡，固亦不能無言也。弟子大梅謂其惑亂人未有了日，宜哉。後來子孫，拈槌豎拂，輥師毬，弄師子，極之而棒，而喝，而打地，而一指，苦矣，苦矣。吾嘗推其意，蓋皆知其不能言而又不能不有所表現以示來學，所謂亦得已也。出家大事，如此糾紛，亦固其所。若夫詞說，有何重輕。謂之說稼軒長短句可，謂之非只說稼軒長短句亦可。謂之為人可，即謂之自為亦可；謂之意專在說可，即謂之意不在說，尤無不可。漆園老叟，千古達人，而曰呼我為牛者應之，呼我為馬者應之。莊子果牛與馬耶，即不呼不應，莊子之為牛馬自若也。果非牛與馬耶，人呼之即應之，莊子之為莊子自若也。嗟嗟，釋迦有言：萬法唯心。中哲亦言：貪夫殉財，烈士殉名。吾輩具足凡夫，生於斯世，心固不能不有所繫維。苟有以繫維吾心，而且得以自慰焉，斯可矣。呼牛與馬可應之，而名之與財，又奚以區而別之也耶？至是而吾之自序，亦將畢矣。自吾初著手為此序，未意其冗長如是，而終於如是冗長者，破猜、綜合說中之言，一。形猜、補足說中之義，二。欲猜、恢宏說中之旨，三也。雖然，冗長至如是，而所谓综合、补足与恢宏也者，吾自读此序一过，仍觉有欲言而未能言与夫言之而未能尽者。则亦不能不止于是矣。《稼轩长短句》自在天壤之间，读之者而好之者，会之者，大有人在，将不待吾之选之、说之、序也。至于文则一如道。道无不在，而文亦若中原之有菽。学文之士自得之者，亦大有人在，更不需吾之说也。法演禅师谓陈提刑曰：『提刑少年曾读小艳诗否？有两句颇相近：「频呼小玉元无事，只要檀郎认得声。」』吾姑抄此，以结吾序。

謂綜合補足與恢宏也者，吾自讀此序一過，仍覺有欲言而未能言與夫言之而未能盡者，則亦不能不止於是矣。稼軒長短句自在。天壤之間，讀之者而好之者，會之者，大有人在，將不待吾之疑之說之序也。至於文則一如道。道無不在，而不文亦若中原之有菽。學文之士自得之者，亦大有人在，更不需吾之說也。法演禪師謂陳提刑曰：提刑少年曾讀小艷詩否？有兩句頗相近：頻呼小玉元無事，祇要檀郎認得聲。吾姑抄此以結吾序。

文興

稼轩词说自序终

稼軒詞説自序終

词目

詞目

卷上

卷下

鹧鸪天·枕簟溪堂冷欲秋
鹊桥仙·松冈避暑
鹊桥仙·溪边白鹭
西江月·明月别枝惊鹊
清平乐·溪回沙浅
南歌子·世事从头减
生查子·悠悠万世功

右所选稼轩词凡二十章。词中之辛，诗中之杜也。一变前此之蕴藉恬淡，而为飞动变化，却亦自有其新的蕴藉恬淡在。世之人于诗尊杜为正统，于词则斥辛为外道，何耶？杜或失之拙，辛多失之率。观过知仁，勿求全而责备焉，可。学之不善而得其病，则不可。善乎后村之言曰：『公所为词，大声鞺鞳，小声铿鍧，横绝六合，扫空万古。其秾丽绵密者，亦不在小晏秦郎之下。』鞺鞳铿鍧者，吾之所谓飞动变化者也。世人所认为鞺鞳铿鍧者，太半皆其糟粕也。无已，其于秾丽绵密求之乎，吾之所

鷓鴣天　枕簟溪堂冷欲秋

鵲橋仙　松岡避暑

鵲橋仙　溪邊白鷺

西江月　明月別枝驚鵲

清平樂　溪回沙淺

南歌子　世事從頭減

生查子　悠悠萬世功

右所選稼軒詞凡二十章。詞中之辛，詩中之杜也。一變前此之蘊藉恬澹，而為飛動變化，卻亦自有其新底蘊藉恬澹在。世之人於詩尊杜為正統，於詞則斥辛為別道，何耶？杜或失之拙，辛多失之率。觀過知仁，勿求全而責備焉可。學之不善而得其病，則不可。善乎後邨之言曰：公所為詞，大聲鏗鍧，小聲鏜鞳，橫絕六合，掃空萬古，其穠纖綿密者亦不在小晏秦郎之下。鏗鍧鏜鞳者，吾之所謂飛動變化者也。世人所認為鏗鍧鞺鞳者，太半皆其糟粕也。無已，其於穠麗綿密求之乎，吾之所谓新的蕴藉恬淡也。莘园且为吾抄之，吾将细为之说。卅一年四月苦水记。

后记

去岁拟说稼轩词时，选词既定，曾有记如右。比莘园抄来，竟不曾说。今日再阅一过，回想尔时胸中所欲言者俱已幻灭，如云如烟，不可追求。但约略记得，其时颇多有与诸家理会一向之意。今所写，则极力避免与前人斗口，若其间有不合，则固然耳，与去岁无以异。吾甚幸去岁之不曾说，省却多少口舌是非。吾又甚悔去岁之不曾说，事过境迁，遂致曾无踪迹可证吾之学力与识力有无进益也。旧说既无有，而吾所说，又稍稍异前所见。又旧所选，不曾分卷，今厘而二之，上卷多飞动之作，下卷所选稍较恬静。又于下卷中弃《临江仙》『金谷无烟』一首、《鹧鸪天》『晚日寒鸦』一首、『有甚闲愁』一首。而补以今之《青玉案》《感皇恩》《清平乐》。则旧记本可不存。而仍存之者，敝帚自珍之外，意者小小意见，或亦有可供二三子参会处耶。自吾初著笔为此『说』，时在中伏，日长天暑，今謂新底蘊藉恬澹也。葦園且爲吾抄之，吾始細爲之說。

卅一年四月苦水記。

後記

去歲擬說稼軒詞時，選詞卽既定，曾有記如右。比葦園鈔本，竟不曾說。今日再閱一過，回想爾時胸中所欲言者俱已幻滅，如雲如烟，不可追求。但約略記得其時頗多有與諸家理會一向之意。今所寫，則極力避免與前人鬪口，若其闕有不合則固然耳，與去年無以異。吾甚幸去歲之不曾說，省卻多少口舌是非。又吾又甚悔去歲之不曾說，事過境遷，遂致曾無蹤迹可證吾之學力與識力有無進益也。舊說既無有，而吾所說，又稍稍異前所見。又舊所選不曾分卷，今釐而二之，上卷多飛動之作，下卷所選，稍較恬靜。又於下卷中并詮江僊金谷無煙一首、鷓鴣天晚日寒鴉一首、有閑甚閑愁一首。而補以今之青玉案、錢皇且、清平樂。則筆記本可不存。而仍存之者，敝帚自珍之外，意者小小意見，或亦有可供二三子參合處耶。自吾初著筆爲此說，時在中伏，日長天暑，今虽立秋，仍在三伏，秋老虎之余烈，未尝稍减。吾之病躯虽较旧时为健，而苦思久坐，头之眩，腰之楚，亦屡屡迫我停笔卧床。至于挥汗如雨，倦目生花，可无道矣。吾写至此，《词说》真将卒业矣。虽觉自喜，终竟惭愧。圜悟和尚问其弟子宗杲曰：『达摩西来，将何传授？』杲曰：『不可总作野狐精见解。』又问：『据虎头，收虎尾，第一句下明宗旨。如何是第一句？』杲曰：『此是第二句。』吾今兹之『词说』，其皆野狐精见解与第二句乎？卅二年八月十二日记于净业湖南之倦驼庵。

稼轩词说词目后记终

餘之秋，仍在三伏，秋老虎之餘烈未嘗稍減。吾之病軀雖較舊時為健，而苦思久坐，頸之眩，背之楚，亦屢屢迫我停筆臥床。至於揮汗如雨，倦目生花，可無道矣。吾寫至此，詞說真將卒業矣，雖覺自喜，終竟慚愧。圜悟和尚問其弟子宗杲曰：達摩西來，將何傳授？杲曰：不可總作野狐精見解。又問：擒虎頭，收虎尾，第一句下明宗旨。如何是第一句？杲曰：此是第二句。吾今茲之詞說，其皆野狐精見解與第二句乎？？卅二年八月十二日記於淨業湖南之倦駝菴。

稼軒詞說詞目後記終

倦驼庵稼轩词说 卷上

清河顾随 羡季著

贺新郎·赋琵琶

凤尾龙香拨。自开元、霓裳曲罢，几番风月。最苦浔阳江上客，画舸亭亭待发。记出塞、黄云堆雪，马上离愁三万里，望昭阳宫殿孤鸿没。弦解语，恨难说。　辽阳驿使音尘绝。琐窗寒、轻拢慢捻，泪珠盈睫。推手含情还却手，一抹凉州哀彻。千古事、云飞烟灭。贺老定场无消息，想沉香亭北繁华歇。弹到此，为呜咽。

读辛老子词，且不可徒看他横冲直撞，野战八方。即如此词，看他将上下千古与琵琶有关的公案，颠来倒去，说又重说。难道是几个典故在胸中作怪？须知他自有个道理在。原夫咏物之作，最怕为题所缚，死于句下；必须有一番手段使它活起来。狮子滚绣球，那球满地一个团团转，狮子方好使出通身解数。然而又要能发能收，能擒能纵，方不至不可收拾。稼轩此作，用了许多故实，恰如狮子滚绣球相似，

倦駝菴稼軒詞說 卷上

清河顧隨羡季著

賀新郎

賦琵琶

鳳尾龍香撥、自開元、霓裳曲罷、幾番風月、最苦潯陽江上客、畫舸亭亭待發、記出塞、黄雲堆雪、馬上離愁三萬里、望昭陽宮殿孤鴻没、弦解語、恨難說、遼陽驛使音塵絶、瑣窗寒、輕攏慢撚、淚珠盈睫、推手含情還却手、一抹涼州哀徹、千古事、雲飛烟滅、賀老定場無消息、想沉香亭北繁華歇、彈到此、為嗚咽、

讀辛老子詞，且不可徒看他横衝直撞，野戰八方。即如此詞，看他將上下千古与琵琶有関的公案，顛來倒去，說又重說，雖道是幾個曲故，在胸中作怪；須知他自有个道理在。原夫詠物之作，最怕為題所縛，死於句下；必須有一番手段使他活起來。師子輥繡毬，那毬滿地一個團、轉，師子方好使出通身解數。然而又要能發能收，能擒能縱，方不至不可收拾。稼軒此作，用了許多故實，恰如師子輥繡毬相似，

上下，前后，左右，狮不离球，球不离狮。狮子全副精神，注在球子身上。球子通个命脉，却在狮子脚下。古今词人一到用典咏物，有多少人不是弄泥团汉。龙跳虎卧，凤翥鸾翔，几个及得稼轩老汉来？虽然如是，尚且不是辛老子最后一着。如何是这老子最后一着？试看换头以下，曲曲折折，写到『轻拢慢捻』，『推手』『却手』，已是回肠荡气；及至『一抹凉州哀彻』，真是『四弦一声如裂帛』，又如高渐离易水击筑，字字俱作变徵之声。若是别人，从开端至此，费尽气力，好容易挣得一片家缘，不知要如何爱惜维护，兢兢业业，唯恐失去。然而稼轩却紧钉一句：『千古事、云飞烟灭。』这自然不是『曲终人不见，江上数峰青』。但是七宝楼台，一拳粉碎，此是何等手段，何等胸襟。真使读者如分开八片顶阳骨，倾下一瓢冰雪来。又如虬髯客见太原公子，值得『心死』两字也。要会稼轩最后一着么？只这便是。然而若认为是武松景阳冈上打虎的末后一拳，老虎便即气绝身死，动弹不得，却又不可。何以故？武行者虽是一片神威，千斤膂力，却只上下，前後，左右，師不離毬，毬不離師，師子全副精神，注在毬子身上。毬子通个命脈，却在師子腳下。古今詞人一到用典詠物，有多少人不是弄泥團漢。龍跳虎臥，鳳翥鸞翔，幾個及得稼軒老漢來，雖然如是，尚且不是辛老子最後一着。如何是這老子最後一著？試看換頭以下，曲曲折折，寫到輕攏慢撚，推手却手，已是迴腸盪氣；及至一抹涼州衣徹，真是四弦一聲如裂帛，又如高漸離易水擊筑，字字俱作變徵之聲。若是別人，從開端到此，費盡氣力，好容易掙得一片家緣，不知要如何愛惜經護，兢兢業業，惟恐失去。然而稼軒却緊釘一句：千古事雲飛煙滅。這自然不是曲終人不見，江上數峯青。但是七寶樓臺，一拳粉碎，此是何等手段，何等胸襟。直使讀者如分開八片頂陽骨，傾下一甑冰雪來。又如虬髯客見太原公子，值得心死兩字也。要会稼軒最後一著麽？只這便是。然而若認為是武松景陽岡上打虎的末後一拳，老虎便即氣絕身死，動彈不得，卻又不可。何以故？武行者雖是一片神威，千斤膂力，卻只能打得活虎死去，不会救得死虎活来。辛老子则既有杀人刀，亦有活人剑，所以不但活虎可以打死，亦且死虎可以救活。不信么?不信，试看他『贺老定场无消息，想沉香亭北繁华歇』十五个字，一口气便呵得死虎活转来了也。

念奴娇·重九席上

龙山何处，记当年高会，重阳佳节。谁与老兵供一笑，落帽参军华发。莫倚忘怀，西风也解，点检尊前客。凄凉今古，眼中三两飞蝶。 须信采菊东篱，高怀千载，只有陶彭泽。爱说琴中如得趣，弦上何劳声切。试把空杯，翁还肯道，何必杯中物。临风一笑，请翁同醉今夕。

稼轩性情、见解、手段，皆过人一等。苦水如此说，并非要高抬稼轩声价，乃是要指出稼轩悲哀与痛苦的根苗。凡过人之人，不独无人可以共事，而且无人可以共语。以此心头寂寞愈蕴愈深，即成为悲哀与痛苦。发为篇章，或涉愤慨。千万不要认作名士行径、才子习气。彼世之所谓名士才能打得活虎死去，不會救得死虎活來。辛老子則既有殺人刀，亦有活人劍，所以不但活虎可以打死，亦且死虎可以救活。不信麼？不信，試看他「賀老定場無消息，想沉香亭北繁華歇」十五个字一口氣，便可得死虎活轉來了也。

念奴嬌

重九席上

龍山何處、記當年高會重陽佳節、誰與老兵供一笑、落帽參軍華髮、莫倚忘懷、西風也解、點檢尊前客、淒涼今古、眼中三兩飛蝶、　須信采菊東籬、高懷千載、只有陶彭澤、愛說琴中如得趣、弦上何勞聲切？試把空盃、翁還肯道，何必盃中物？臨風一笑、請翁同醉今夕、

稼軒性情、見解、手段、皆過人一等。苦水如此說，並非要高抬稼軒聲價，乃是要指出稼軒悲哀與痛苦底根苗。凡過人之人，不獨無人可以共事，而且無人可以共語。以此心頭寂寞愈蘊愈深，即成為悲哀與痛苦。發為篇章，或涉憤慨。千萬不要認作名士行逕，才子習氣。彼世之所謂名士才

子者，皆是绣花枕，麒麟楦，装腔作势，自抬身份，大言不惭，陆士衡所谓『词浮漂而不归』者也。即如明远、太白，有时亦未能免此，况其下焉者乎。稼轩即不然，实实有此性情、见解与手段，实实感此寂寞，且又实实抱此痛苦与悲哀，实实怪不得他也。

此词起得不见有甚好，为是是重九席上，所以又只好如此起。迤逦写来，到得『谁与老兵供一笑，落帽参军华发』两句，便已透得些子消息。老兵者谁？昔之桓温，今之稼轩也。桓温当年面前尚有一个孟嘉，可供一笑。稼轩此时眼中一个孟嘉也无。往者古，来者今，上是天，下是地，当此秋高气爽，草木摇落之际，登高独立，眇眇余怀，何以为情？所以又有『莫倚忘怀，西风也解，点检尊前客』三句，是嘲是骂，是哭是笑，兼而有之。却又嫌他忒杀锋芒逼人，所以今日被苦水一眼觑破，一口道出。直到『凄凉今古，眼中三两飞蝶』，写得如此其感喟，而又如彼其含蓄；纳芥子于须弥，而又纳须弥于芥子。直使苦水通身是眼，也觑不破；遍体排牙，也道不出。英子者，皆是繡花枕，麒麟楦，裝腔作勢，自抬身分，大言不慚，陸士衡所謂詞浮漂而不歸者也。即如明遠、太白，有時亦未能免此，況其下焉者乎。稼軒即不然，實實有此性情、見解、與手段，實實感此寂寞，且又實實抱此痛苦與悲哀，寔寔怪不得他也。

此詞起得不見有甚好，爲是是重九席上，所以又只好如此起。迤邐寫來，到得誰與老兵供一笑，落帽參軍華髮兩句，便已透得些子消息。老兵者誰，昔之桓溫，今之稼軒也。桓溫當年尚有一個孟嘉，可供一笑。稼軒此時眼中一個孟嘉也無。往古來今，上是天，下是地，當此秋高氣爽，草木搖落之際，登高獨立，眇眇余懷，何以爲情，所以又有莫倚忘懷，西風也曾點檢尊前客三句，是嘲是罵，是哭是喚，兼而有之。卻又嫌他忒煞鋒鋩逼人，所以今日被苦水一眼覷破，一口道出。直到淒涼今古，眼中三兩飛蝶，寫得如此其感喟，而又如彼其含蓄，納芥子於須彌，而又納須彌於芥子。直使苦水通身是眼，也覷不破，徧體排牙，也道不出。莫雄心事，诗人手眼，悲天悯人，动心忍性，而出之以蕴藉清淡，若向此等处会得，始不辜负这老汉；若一味向鲁莽灭裂处求之，便到驴年也不会也。

稼轩手段既高，心肠又热，一力担当，故多烦恼。英雄本色，争怪得他？陶公是圣贤中人，担荷时则掮起便行，放下时则悬崖撒手。稼轩大段及不得。试看他《满江红》词句，『天远难穷休久望，楼高欲下还重倚』，提不起，放不下，如何及得陶公自在。这及不得处，稼轩甚有自知之明，所以对陶公时时致其高山景行之意。一部《长短句》，提到陶公处甚多。只看他《水调歌头》词中有云：『我愧渊明久矣，犹借此翁湔洗，素壁写《归来》。』真是满心钦佩，非复寻常赞叹。古今诗人，提起彭泽，哪个又不是极口赞叹，何止老辛一人？然而他人效陶和陶，扭捏做作，只缘人品学问，不能相及，用尽伎俩，只成学步，捉襟见肘，百无是处。稼轩作词，语语皆是胸臆流出。深知自家与陶公境界不同，只管赞叹，并不效颦。所以苦水不单肯他赞陶，更肯他不效陶；尤其肯他虽不效陶，却又了解陶公心事。此不雄心事，詩人手眼，悲天憫人，動心忍性，而出之以蘊藉清淡，若向此等處会去得，始不孤負這老漢；若一味向鹵莽滅裂處求之，便到驢年也不會也。

稼軒手段既高，心腸又熱，一力擔當，故多煩惱。英雄本色，爭怪得他？陶公是聖賢中人，擔荷時則肩起便行，放下時則懸崖撒手。稼軒大段及不得。試看他滿江紅詞句，天遠難窮休久望，樓高欲下還重倚，提不起，放不下，如何及得陶公自在。這及不得處，稼軒甚有自知之明，所以對陶公時時致其高山景行之意。一部長短句，提到陶公處甚多。只看他水調歌頭詞中有云：我愧淵明久矣，猶借此翁湔洗，素壁寫歸來。真是蕩心欽佩，非復尋常讚歎。古今詩人，提起彭澤，那个又不是極口讚歎，何止老辛一人？然而他人效陶和陶，扭捏做作，只緣人品學問，不能相及，用盡伎倆，只成學步，捉襟現肘，百無是處。稼軒作詞，語語皆是自肺腑流出。深知自家与陶公境界不同，只管讚歎，並不效顰。所以苦水不单肯他讚陶，更肯他不效陶，尤其肯他雖不效陶，却又了解陶公心事。此不止是人各有志，正是各有能与不能，不必缀脚跟，拾牙慧耳。只如此词后片，忽然借了重九一个题目，一把抓住彭泽老子，大开玩笑，不但句句天趣，而且语语尖刻。即起陶公于九原，恐亦将无以自解。且道老辛是肯渊明，不肯渊明？若道不肯，明明说是高情千古。若道肯，却又请他『试把空杯』。不见道：只因爱之极，不觉遂以爱之者谑之。又道是：『故将别语恼佳人，要看梨花枝上雨。』苦水如此说，甚是不敬，只为老辛顽皮，所以致使苦水轻薄。下次定是不敢了也。

沁园春·灵山齐庵赋，时筑偃湖未成

叠嶂西驰，万马回旋，众山欲东。正惊湍直下，跳珠倒溅，小桥横截，缺月初弓。老合投闲，天教多事，检校长身十万松。吾庐小，在龙蛇影外，风雨声中。　争先见面重重，看爽气朝来三数峰。似谢家子弟，衣冠磊落，相如庭户，车骑雍容。我觉其间，雄深雅健，如对文章太史公。新堤路，问偃湖何日，烟水蒙蒙？

止是人各有志，正是各有能与不能，不必綴脚跟、拾牙慧耳。只如此詞後片，忽然借了重九一个題目，一把抓住彭澤夫子，大開頑笑，不但句句天趣，而且語語尖刻。即起陶公於九原，恐亦將無以自解。且道老辛是肖淵明，不肖淵明？若道不肖，明明說是高情千古。若道肖，却又請他試把空杯。不道見道只因愛之極，不覺遂以愛之者還之。又道是：恨將別語惱佳人，要看梨花枝上雨。苦水如此說，甚是不敬，只當老辛頑皮，所以致使苦水輕薄。下次定是不敢了也。

沁園春

靈山齊菴賦，時築偃湖未成、

疊嶂西馳、萬馬回旋、衆山欲東、正驚湍直下、跳珠倒濺、小橋橫截、缺月初弓、老合投閒、天教多事、檢校長身十萬松、吾廬小、在龍蛇影外、風雨聲中、　爭先見面重重、看爽氣朝來三數峰、似謝家子弟、衣冠磊落、相如庭戶、車騎雍容、我覺其間、雄深雅健、如對文章太史公、新堤路、問偃湖何日、煙水濛濛、读辛词，一味于豪放求之，固不是；若看作沉着痛快，似矣，仍未是也。要须看他飞针走线，一丝不苟，始为得耳。即如此词，一开端便即气象峥嵘，局势开拓，细按下去，何尝有一笔轶出法度之外？工稳谨严处，便与清真有异曲同工之妙。笑他分豪放婉约为两途者之多事也。

闲话且置。即如此词，如何是辛老子一丝不走处，一毫不曾轶出法外处？看他先从山说起，次及泉，及桥，及松树，然后才是吾庐，自远而近，秩秩然，井井然。换头以下，又是从庐中望出去的山容山态。然后说到将来的偃湖。脚下几曾乱却一步。虽然苦水如是说，仍不见得不曾辜负稼轩这老汉。何以故？步骤虽然的的如此，却不是稼轩独擅，即亦不能以此为稼轩绝调。一切作家，谁个笔下又不是有头有尾，有次第，有间架？谁个又许乱说来？他人如是，稼轩亦如是。丈夫自有冲天志，不向如来行处行。且道如何又是稼轩所独擅的绝调。自来作家写山，皆是写他淡远幽静，再则写他突兀峻厉。稼轩讀辛詞，一味於豪放求之，固不是；若看作沉着痛快，似矣，仍未是也。要須看他飛鍼走線，一絲不苟，始為得耳。即如此詞，一開端便以氣象崢嶸，局勢開拓，細按下去，何嘗有一筆軼出法度之外？工穩謹嚴處，便與清真有異曲同工之妙。笑他以豪放婉約爲兩途者之多事也。

閒話且置，即如此詞，如何是辛老子一絲不走處，一毫不曾軼出法度外處？看他先從山說起，次及泉，及橋，及松樹，然後才是吾廬，自遠而近，秩秩然，井井然，換頭以下，又是從廬中望出去底山容山色態。然後說到將來的偃湖。脚下幾曾亂卻一步。雖然苦水如是說，仍不見得不曾孤負稼軒這老漢。何以故？步驟雖然的的如此，卻不是稼軒獨擅，即亦不能以此為稼軒絕調。一切作家，誰不筆下又不是有頭有尾，有次第，有間架？誰个又許亂說來？他人如是，稼軒亦如是。丈夫自有沖天志，不向如來行處行。且道如何又是稼軒所獨擅的絕調？自來作家寫山，皆是寫他濬遠幽靜，再則寫他突兀峻厲。稼軒此词，开端便以万马喻群山，而且是此万马也者，西驰东旋，踠足郁怒，气势固已不凡，更喜作者羁勒在手，故能驱使如意。真乃倒流三峡，力挽万牛手段。不必说是超绝千古，要且只此一家。但如果认为稼轩要作一篇翻案文字，打动天下看官眼目，则大错，大错。他胸中原自有此郁勃的境界，所以群山到眼，随手写出，自然如是，实不曾有心要与古人争胜于一字一句之间，又何曾有心要与古人立异？天下看官眼目，又几曾到他心上耶？虽然，是即是，终嫌他太粗生。稼轩似亦意识及此，所以接说珠溅、月弓，是即是，却又嫌他太细生。待到交代过十万松后，换头以下，便写出『磊落』『雍容』『雄深雅健』，有见解，有修养，有胸襟，有学问，真乃掷地有声。后来学者，上焉者硬语盘空；下焉者使酒骂座，一味叫嚣。相去岂止千里万里，简直天地悬隔。而且此处说是写山固得，说是这老汉夫子自道，又何尝不得。写到此处，苦水几番想要搁笔，未写者不复再写，已写者也思烧去。饶我笔下生花，舌底翻澜，葛藤到海枯石烂，天穷此词，開端便已以萬馬喻羣山，而且是此萬馬也者，西馳東旋，蹴踏鬱怒，氣勢固已不凡，更喜作者羈勒在手，故能驅使如意。真乃倒流三峽，力挽萬牛手段。不必說是超絕千古，要且只此一家。但如果認為稼軒要作一篇翻案文字，打動天下看官眼目，則大錯大錯。他胸中原自有此鬱勃底境界，所以羣山到眼，隨手寫出，自然如是，実不曾有心要与古人爭勝於一字一句之間，又何曾有心要与古人立異，天下看官眼目，又幾曾到他心上耶，雖然，是即是，終嫌他太麤生。稼軒似亦意識及此，所以接說珠濺月弓，是即是，卻又嫌他太細生。待到交代過十萬松後，換頭以下，便寫出磊落雍容，雄深雅健，有見解，有修養，有胸襟，有学問，真乃擲地有聲。後來學者，上焉者硬語盤空；下焉者使酒罵座，一味叫囂。相去豈止千里萬里，簡直天地懸隔。而且此處說是寫山固得，說是這老漢夫子自道，又何嘗不得。寫到此處，苦水幾番想要擱筆，未寫者不復再寫，已寫者也思燒去。饒我筆下生花，舌底翻瀾，葛藤到海枯石爛，天窮地尽，数十页《稼轩词说》，何曾搔着半点痒处？总不如辛老子自作自赞，所供并皆诣实。读者若于此会去，苦水《词说》，尽可以不写，亦尽不妨写。若也不然，则此《词说》定是烧去始得。

满江红·稼轩居士花下与郑使君惜别醉赋，侍者飞卿奉命书

莫折荼蘼，且留取、一分春色。还记得、青梅如豆，共伊同摘。少日对花浑醉梦，而今醒眼看风月。恨牡丹、笑我倚东风，头如雪。　榆荚阵，菖蒲叶。时节换，繁华歇。算怎禁风雨，怎禁鹈鴂。老冉冉兮花共柳，是栖栖者蜂和蝶。也不因、春去有闲愁，因离别。

花下伤离，醉中得句，侍儿代书，此是何等情致。待到一口气将九十许字读罢，有多少人嫌他忒煞质直。杜少陵诗曰：『黄四娘家花满蹊，千朵万朵压枝低。』杨诚斋诗却说：『霜干皴枝臂来大，只著寒花三两个。』若只许他蜀中黄四娘家千朵万朵，不许他绍兴府学门前寒花霜干得么？

地盡，數十頁稼軒詞說，何曾搔着半點癢處，總不如辛老子自作自讚，所供並皆諳實。讀者若於此會去，苦水詞說，儘可以不寫，亦儘不妨寫。善也乎哉，則此詞說定是燒去始得。

滿江紅

稼軒居士花下与鄭使君惜別，醉賦，侍者飛卿奉命書

莫折荼蘼，且留取一分春色。還記得青梅如豆，共伊同摘。少日對花渾醉夢，而今醒眼看風月。恨牡丹笑我倚東風，頭如雪。　榆莢陣，菖蒲葉。時節換，繁華歇。算怎禁風雨，怎禁鶗鴂。老冉冉兮花共柳，是棲棲者蜂和蝶。也不因春去有閑愁，因離別。

花下傷離，醉中得句，侍兒代書，此是何等情致。待到一口氣將九十許字讀罷，有多少人嫌他忒煞質直。杜少陵詠曰：黃四娘家花滿蹊，千朵萬朵壓枝低。楊誠齋詩卻說：霜幹皴枝臂月來，大只著寒花三兩個。若只許他蜀中黃四娘家千朵萬朵，不許他紹興府學門前寒花霜幹，得麼？

换头自『榆荚阵』直至『怎禁鹈鴂』，虽非玉振金声，要是斩钉截铁，一步一个脚印，正是辛老子寻常茶饭，随缘生活。及至『老冉冉兮花共柳，是栖栖者蜂和蝶』，多少人赞他前用《离骚》，后用《论语》，真乃运斤成风手段。苦水却不如是说。若谓『冉冉』出屈子，『栖栖』出圣经，所以好，试问『花共柳』『蜂和蝶』，又有何出处？上面恁么冠冕堂皇，底下恁么质俚草率，岂非上身纱帽圆领，脚下却着得一双草鞋？须看他『老冉冉兮花共柳』是怎的般风姿？『是栖栖者蜂和蝶』是怎的般情绪？要在者里，体会出一个韵字来，方晓得稼轩何以不求与古人异，而自与古人不同；何以虽与古人不同，却仍然与古人神合。隔岸观火之徒动是说：『教坊雷大使之舞，虽极天下之工，要非本色。』苦水却笑他如何不说，虽非本色，要极天下之工乎？且夫所谓本色者何也？山定是青，水定是绿，天定是高，地定是卑，若是之谓本色欤？大家如此说，我不如此说，便非本色。苟非真切体会，纵如此说了，又何异瞎子所云之『诸公所笑，定然不差』？假如真切体会換頭自掄英陣直至怎禁鶗鴂，雖非玉振金聲，要是斬釘截鐵，一步一个脚印，正是辛老子尋常茶飯，隨緣生活。及至老冉冉兮花共柳，是栖栖者蜂和蝶，多少人讚他前用離騷，後用論語，直是運斤成風手段。苦水卻不如是說，若謂冉冉出屈子，栖栖出聖經，所以好，試問花共柳，蜂和蝶，又有何出處？上面怎麼冠冕堂皇，底下怎底留俚草率，豈非上身紗帽圓領，脚下却著得一雙草鞵？須看他老冉冉兮花共柳是怎的般風姿；是栖栖者蜂和蝶，是怎的般情緒；要在者裏，體會出一个韻字來，方曉得稼軒何以不求與古人異，而自與古人不同；何以强與古人不同，却仍然與古人神合。隔岸觀火之徒動是說教坊雷大使之舞，雖極天下之工，要非本色。苦水却笑他如何不說雖非本色，要極天下之工乎？且夫所謂本色者何也？山定是青，水定是綠，天定是高，地定是卑，若是之謂本色歟？大家如此說，我不如此說，便非本色。苟非真切體會，雖如此說了，又何異瞎子所云云？諸公既笑，定然不差，假如真切體会了，便不如此说，亦何尝不是本色？且稼轩如此写，岂非正是稼轩本色乎？若谓只是太粗生，则何不思：无性情之谓粗，没道理之谓粗，稼轩此词，至情至理，粗在什么处？你道涂粉抹脂，便是细么？揭起那一层涂抹，十足一个黄脸婆子，面疱雀斑，青痣黑疤，累积重叠，细在什么处？

水龙吟·登建康赏心亭

楚天千里清秋，水随天去秋无际。遥岑远目，献愁供恨，玉簪螺髻。落日楼头，断鸿声里，江南游子。把吴钩看了，阑干拍遍，无人会，登临意。　休说鲈鱼堪脍，尽西风，季鹰归未？求田问舍，怕应羞见，刘郎才气。可惜流年，忧愁风雨，树犹如此。倩何人唤取，红巾翠袖，揾英雄泪。

千古骚人志士，定是登高望远不得。登了望了，总不免泄漏消息，光芒四射。不见阮嗣宗口不臧否人物，一登广武原，便说：『时无英雄，遂使竖子成名。』陈伯玉不乐居职，壮了，便不如此說，亦何嘗不是本色？且稼軒如此寫，豈非正是稼軒本色乎？若謂只是太粗疏生硬，則何不思：無性情之謂麤，沒道理之謂疏。稼軒此詞，至情至理，麤在甚麼處？你道塗粉抹脂，便是細麼？揭起那一層塗抹，十足一個黃臉婆子，面疱雀斑，青痣黑疤，纍積重疊，細在甚麼處？

水龍吟

登建康賞心亭

楚天千里清秋，水隨天去秋無際。遙岑遠目，獻愁供恨，玉簪螺髻。落日樓頭，斷鴻聲裏，江南游子。把吳鉤看了，闌干拍遍，無人會，登臨意。　休說鱸魚堪膾，儘西風，季鷹歸未？求田問舍，怕應羞見，劉郎才氣。可惜流年，憂愁風雨，樹猶如此！倩何人喚取，紅巾翠袖，揾英雄淚。

千古騷人志士，定是登高望遠不得。登了，望了，總不免淪溺消息，光芒四射。不見阮嗣宗口不臧否人物，一登廣武原，便說：時無英雄，遂使豎子成名。陳伯玉不樂居職，北年乞归，亦像煞恬退。一登幽州台，便写出『念天地之悠悠，独怆然而涕下』。况此眼界极高、心肠极热之山东老兵乎哉？

此《水龙吟》一章，各家词选录稼轩词者，都不曾漏去。读者太半喜他『落日楼头』以下七个短句，廿七个字，一气转折，沉郁顿挫，长人意气。但试问此『登临意』，究是何意？此意又从何而来？倘若于此含糊下去，则此七句廿七字便成无根之木，无源之水，与彼大言欺世之流，又有何区别？何不向开端两句会去？此正是与阮嗣宗登广武原、陈伯玉登幽州台一样气概，一样心胸也。而且『千里清秋』，『水随天去』，浩浩荡荡，苍苍茫茫，一时小我，混合自然，却又抵拄枝梧，格格不入，莫只作开阔心胸看去。李义山诗曰：『花明柳暗绕天愁，上尽层楼更上楼。欲问孤鸿向何处？不知身世自悠悠。』与稼轩此词，虽然花开两朵，正是水出一源。此处参透，下面『意』字自然会得。好笑学语之流，操觚握笔，动即曰，无人知，没人晓，只是你自己胸中没分晓。试问有甚的可知可晓？即使有人知得晓得了，又有什么要紧？偏偏要说无人知，没人晓，真乃痴人说梦也。

年乞歸，亦像煞恬退。一登幽州臺，便寫出念天地之悠悠，獨愴然而涕下。況此眼界極高、心腸極熱之山東老兵乎哉？」

此《水龍吟》一章，各家詞選録稼軒詞者，都不曾漏去。讀者太半喜他落日樓頭以下七個短句，廿七個字，一氣轉折，沉鬱頓挫，長人意氣。但試問此云云意究是何言？此之又從何而來？倘若於此含胡下去，則此七句廿七字便等無根之木，無源之水，與彼大言欺世之流，又有何區别？何不向開端兩句會去？此正是與阮嗣宗登廣武原、陳伯玉登幽州臺，一樣氣概，一樣心胸也。而且千里清秋，水隨天去，浩浩、蕩蕩、蒼蒼、茫茫，一時小家混合自然，卻又抵柱枝梧，格格不入，莫淺作閑擴心胸看去。李義山詩曰：花明柳暗繞天愁，上盡重樓更上樓。欲問孤鴻向何處，不知身世自悠悠。與稼軒此詞，雖然花開兩朵，正是水生一源。此處參透，下面意字自然會得。好笑學詞之流，操觚染翰，動口曰：無人知，沒人曉。只是你自己胸中沒分曉。試問有甚底可知可曉？即使有人知得曉得了，又有甚底要緊？偏偏要說無人知、沒人曉，真乃癡人說夢也。」

前片中『遥岑』三句，大是败阙。后片中用张翰事，用刘先主事，用桓温语，意只是说，欲归又归不得，不归亦是空度流年。但总不能浑融无迹。到结尾『红巾翠袖，揾英雄泪』，更是忒煞作态。若说责备贤者，苦水词说并非《春秋》，若说小德出入，正好放过。

八声甘州·夜读《李广传》，不能寐。因念晁楚老、杨民瞻约同居山间，戏用李广事以寄之

故将军饮罢夜归来，长亭解雕鞍。恨灞陵醉尉，匆匆未识，桃李无言。射虎山横一骑，裂石响惊弦。落魄封侯事，岁晚田园。

谁向桑麻杜曲，要短衣匹马，移住南山。看风流慷慨，谈笑过残年。汉开边、功名万里，甚当时、健者也曾闲。纱窗外、斜风细雨，一阵轻寒。

《白雨斋词话》曰：『稼轩词中之龙也。』因忽忆及小说一则：一龙堕入塘中，极力腾踔，数尺辄坠，泥涂满身，蝇集鳞甲。凡三日。忽风雨晦暝，霹雳一声，龙便掣空而去云云。苦水读前片中遙岑三句，大是敗闕。後片中用張翰事，用劉先主事，用桓溫語，意只是說：欲歸又歸不得，不歸亦是空度流年。但總不能渾融無迹。到結尾紅巾翠袖，搵英雄淚，更是惡憨作態。若說責備賢者，苦水詞說並非春秋，若說小德出入，正好放過。

八聲甘州

夜讀李廣傳不能寐因念晁楚老楊民瞻約同居山間戲用李廣事以寄之

故將軍飲罷夜歸來，長亭解雕鞍。恨灞陵醉尉，匆匆未識，桃李無言。射虎山橫一騎，裂石響驚弦。落魄封侯事，歲晚田園。　誰向桑麻杜曲，要短衣匹馬，移住南山。看風流慷慨，談笑過殘年。漢開邊，功名萬里，甚當時健者也曾閑。紗窗外，斜風細雨，一陣輕寒。

白雨齋詞話曰：稼軒詞中之龍也。因忽憶及小說一則：一龍墮入塘中，極力騰踔，數尺輒墜，泥塗滿身，蠅集鱗甲。又三日，忽風雨晦冥，霹靂一聲，龍便挐空而去云云。苦水謂辛词，虽不完全肯《白雨斋词话》，但于此《八声甘州》一章，却不能不联想到小说中所写之堕龙。看他开端二语，夭矫而来，真与一条活龙相似。但逐句读去，只觉此龙渐渐堕落下去。『匆匆』者何也？或是草草之意耶？『匆匆未识』，以词论之，殊未见佳。『桃李无言』，虽出《史记》传后之『太史公曰』，用之此处，不独隔，亦近凑。《传》中明说，李广不言家产事，『田园』二字，作何着落？换头云『谁向桑麻杜曲』，是又不事田园也。『短衣匹马』出杜诗，是说看李将军射虎，非说李将军射虎也。『匹马』字与前片『雕鞍』字、『一骑』字重复，是龙在塘中，泥涂满身，蝇集鳞甲时也。『风流慷慨，谈笑过残年』，纵然极力腾踔，仍是不数尺而坠。直至『汉开边』十五个字，方是风雨晦暝，霹雳一声，掣空而去。龙终究是龙，不是泥鳅耳。至『纱窗外，斜风细雨，一阵轻寒』，则是满天云雾，神龙见首不见尾矣。昔者奉先深禅师与明和尚同行脚，到淮河，见人牵网，有鱼从网透出。师曰：『明兄，俊哉！一似个衲僧。』明曰：『虽然如此，争如当初不撞入网罗好？』师曰：『明兄，你欠悟在！』苦水今日，断章取义，辛詞，雖不完全肯白雨齋詞話，但於此八韻九十五字，卻不能不聯想到小說中所寫之墮龍。看他開端二語，夭矯而來，煞與一條活龍相似。但逐句讀去，只覺此龍漸漸墮落下去。匆匆者何也？或是草草之意耶？匆匆未識，以詞論之，殊未見佳。桃李無言，雖出史記傳後之太史公曰，用之此處，不獨隔，亦近湊。傳中明說，李廣不言家產事，田園二字，作何着落？換頭云：誰向桑麻杜曲，是又不事田園也。短衣匹馬出杜詩，是說為李將軍隨軍，非說李將軍射虎也。匹馬字與前片雕鞍字重複，是龍在塘中，泥塗滿身，蠅集鱗甲時也。風流慷慨談笑過殘年，縱然極力騰踔，仍是不數尺而墜。直至漢開邊十五個字，方是風雨晦冥，霹靂一聲，掣空而去，龍終究是龍，不是泥鰍耳。至紗窗外斜風細雨一陣輕寒，則是滿天雲霧，神龍見首不見尾矣。昔者東先深禪師與明和尚同行腳，到淮河，見人牽網，有魚從網透出。師曰：明兄俊哉！一似個衲僧。明曰：雖然如此，爭如當初不撞入網羅好？師曰：明兄你欠悟在！苦水今日斷章取義，采此一节，说此一词，得么？虽然，似即似，是则非是。

汉宫春·立春

春已归来，看美人头上，袅袅春幡。无端风雨，未肯收尽余寒。年时燕子，料今宵、梦到西园。浑未辨、黄柑荐酒，已传青韭堆盘。　却笑东风从此，便熏梅染柳，更没些闲。闲时又来镜里，转换朱颜。清愁不断，问何人、会解连环。生怕见、花开花落，朝来塞雁先还。

苦水于二十年前读此词时，于换头直至『连环』六句，悟得健字诀。今日不妨葛藤一番，举似天下看官。看他三十六个字，曲曲折折写来，逐句换意，不叫器，不散涣，生处有熟，熟中见生。说他劲气内敛，潜气内转，庶几当之无愧。尤妙在说『不断』，说『连环』，此三十六个字，便真有不断与连环之妙。若只见他声东击西，指南打北，而不见他谨严绵密，岂非既负古人，又误自己。苦水于此处有个悟入，决不敢说从此一切珍宝皆归吾有。然而亦颇有一番小小受用。不过今日若遇有人来共苦水采此一節，說此一詞，得麽？雖然，似即似，是則非是。

漢宮春

立春

春已歸來，看美人頭上，裊裊春幡。無端風雨，未肯收盡餘寒。年時燕子，料今宵夢到西園。渾未辦、黃柑薦酒，已傳青韭堆盤。　卻笑東風，從此便薰梅染柳，更沒些閑。閑時又來鏡裏，轉換朱顏。清愁不斷，問何人、會解連環。生怕見、花開花落，朝來塞雁先還。

苦水於二十年前讀此詞時，於換頭直至連環六句，悟得健字訣。今日不妨葛藤一番，舉似天下看官。看他三十六個字曲曲折折寫來，逐句換意，不叫囂，不散漫，生要有熟，熟中見生。說他勁氣內斂，潛氣內轉，庶幾當之無愧。尤妙在說不斷，說連環，此三十六個字，便真有不斷與連環之妙。若只見他聲東擊西，指南打北，而不見他謹嚴縝密，豈非既負古人，又誤自己。苦水於此處有個悟入，決不敢說從此一切珍寶皆歸無有。然而亦頗有一番小小受用。不過今日若還有人來共苦水商略此词，苦水却要举他前片开端二句。若论『春已归来』，实实不见有甚奇特。但『美人头上，袅袅春幡』八字上，加之以『看』，却何等风韵，何等情致。夫美人头上，金步摇，玉搔头，尚矣。又若簪花贴翠，亦其常也。今日何日？忽然于金玉花翠之外，袅袅然而见此春幡焉。春归来乎？诚哉其归来也。况且虽曰立春，而余寒尚烈，花未见其开也，柳未见其青也，又何从得见春之归来乎？今不先不后，近在眼前，突然于美人头上，见此春幡之袅袅然，则一任余寒之尚烈，花之未开，柳之未青，而春固已归来矣。亦何须乎寒之转暖，而梅之熏与柳之染也耶？近代人论文，动曰经济，即此便是经济。动曰象征，即此便是象征。动曰立体描写，即此便是立体描写。古人曰：『状难写之景，如在目前，含不尽之意，见于言外。』亦复即此便是。《四库书目提要》说辛老子词『于剪翠刻红之外，别立一宗』。别立一宗且置，即此岂非剪翠刻红的真本领？一般人又道辛词非本色，即此又岂不是稼轩的唯大英雄能本色也？葛商略此詞，苦水卻要舉他前片開端二句，以若論春已歸來，實實不見有甚奇特。但美人頭上裊裊春幡八字上，加之以看，卻何等風韻，何等情致。夫美人頭上，金步搖，玉搔頭，尚矣。又著箇花貼翠，亦其常也。今日何日，忽然於金玉翡翠之外，裊裊然而見此春幡焉。春歸來乎？識哉其歸來也。況且雖曰立春，而餘寒之尚烈，花未見其開也，柳未見其青也，又何從得見春之歸來乎？今不先不後，近在眼前，突然於美人頭上見此春幡之裊裊然，則一任餘寒之尚烈，花之未開，柳之未青，而春固已歸來矣。亦何須乎寒之轉暖，而梅之熏與柳之染也耶？近代人論文動曰經濟，即此便是經濟。動曰象徵，即此便是象徵。動曰立體描寫，即此便是立體描寫。古人曰：狀難寫之景，如在目前，含不盡之意，見於言外。亦復即此便是。四庫書目提要說辛老子詞於翦紅刻翠之外，別立一宗。若立一宗且置，即此豈非翦翠刻紅底真本領？一般人又道辛詞能本色，即此又豈不是稼軒底惟大英雄能本色也？萬藤半日，只说得『美人头上袅袅春幡』，尚漏去『看』字未说。要会这个『看』字么？但看去即得。

静庵先生说：『稼轩由南追北。』追北不见得，要且屹然于南北之外。但『年时燕子』十一字，却是南宋词人气味，思致既深，遂成为隔。集中此等处，时时而有。要一一举来，即是起哄，且休去。

祝英台近·晚春

宝钗分，桃叶渡，烟柳暗南浦。怕上层楼，十日九风雨。断肠点点飞红，都无人管，更谁劝、啼莺声住。　鬓边觑，试把花卜归期，才簪又重数。罗帐灯昏，哽咽梦中语：是他春带愁来，春归何处，却不解、带将愁去。

有人于此词，特举他结尾三句，说是出自赵德庄《鹊桥仙》，而赵又体之李汉老杨花词云云。又解之曰：『大抵后辈作词，无非前人已道底句，特善能转换耳。』苦水谓蔗半日，只說得美人頭上裊裊春幡，尚漏去看字未說。要会這個看字麼？但看去即得。

靜庵先生說：「稼軒由南追北。」追北不見得，要且屹然於南北之外。但年時燕子十一字，卻是南宋詞人氣味，思致既深，遂爲隔。集中此等處，時時而有。要一一舉來，即是起哄，且休去。

祝英臺近

晚春

寶釵分，桃葉渡，煙柳暗南浦。怕上層樓，十日九風雨。斷腸點點飛紅，都無人管，更誰勸、啼鶯聲住。鬢邊覷，試把花卜歸期，纔簪又重數。羅帳燈昏，哽咽夢中語：是他春帶愁來，春歸何處，卻不解、帶將愁去。

有人於此詞，特舉他結尾三句，說是出自趙德莊鵲橋仙，而趙又體之李漢老楊花詞云云。又解之曰：大抵後輩作詞，無非前人已道底句，特善能轉換耳。苦水謂此论他人词或者也得，然非所论于稼轩。因为这老汉处处要独出手眼，别开蹊径也。偶尔不检，落在古人窠臼里，却是他二时粥饭，杂用心处。学人如何得在此等处认取他？苦水廿年前读此词，于前片取『怕上层楼』九字，于后片亦取此结尾三句。近日看来，俱不见有甚好。一首《祝英台近》，只说得『没奈何』三个字。说起没奈何来，自韦端己、冯正中，多少词人跳这个圈子不出。稼轩这位山东老兵拈笔填词，表现手段，有时原也推倒智勇。但一腔心绪，有时也便与古人一鼻孔出气，也还是此『没奈何』三字。不过前片『怕上』九字，后尾三句，没奈何尚是是物而非心；尚是贫无立锥，不是连锥也无。既是怕上，不上即得；春既不曾带得愁去，也只索由他。所以者何？权非己操，即责不必自负也。今日看来，倒是『试把花卜归期，才簪又重数』十一个字，是心非物，是连锥也无，真是没奈何到苦瓠连根苦。夫花本所以簪也，词却曰『才簪又重数』，则其簪之前，固已曾数过矣，已曾卜过归期矣。若数过卜过而后簪，如今又复摘下重数，则其于花，此論他人詞或者也得，然非所論于稼軒。因為這老漢處處要獨出手眼，別闢蹊逕也。偶而不檢，落在古人窠臼裏，卻是他二時粥飯雜用心處。學人如何得在此等處認取他？苦水廿年前讀此詞，於前片取怕上層樓九字，於後片亦取此結尾三句。近日看來，俱不見有甚好。一首祝英臺近，只說得沒奈何三個字。說起沒奈何來，自韋端己馮正中，多少詞人跳這个圈子不出。稼軒這位山东老兵拈筆填詞，表現手段，有时原也推倒智勇。但一腔心緒，有时也便与古人一鼻孔出氣，也還是此沒奈何三字。不過前片怕上九字，後尾三句，沒奈何尚是是物而非心；尚是貧無立錐，不是連錐也無。既是怕上，不上即得；春既不管帶得愁去，也只索由他。所以者何？權非己操，即責不必自負也。今日看來，倒是試把花卜歸期，才簪又重數十一个字，是心能物，是連錐也無，真是沒奈何到苦瓠連根苦。夫花本所以簪也，詞卻曰才簪又重數，則其簪之前，固已曾數過矣，已曾卜過歸期矣。若數過卜過而後簪，如今又復摘下重數，則其於花意固不专在于簪也。意不在于簪，故数过方簪，簪过重数。则其重簪之后，谁能必其不三数三簪，四数四簪，且至于若干簪若干数，若干数若干簪耶？内心如此拈掇不下，如此摆布不开，较之风与雨，春与愁，其没奈何固宜有深浅之别矣。六祖曰：『非风动，非幡动，仁者心动。』其斯之谓欤？

此章与前《汉宫春》章，有人说俱是讽刺时事。苦水谓如此说亦得。但苦水却决不是如此说。所以者何？譬如伤别之人，见月缺而长吁，睹花落而下泪，其心伤原不专在月之圆缺，花之开落，但机缘触磕，学者又不可放过花月，一味捉住伤别，去打死蛇。否则是只参死句，不参活句也。杜少陵即使真个『每饭不忘君』，也须是情真见实，方才写得好诗。若情不真，见不实，只按定『每饭不忘君』五字作去，便是村夫子依高头讲章作应举制义，揞黑豆和尚傍文字说禅伎俩。诗法未梦见在。

江神子

宝钗飞凤鬓惊鸾。望重欢，水云宽。肠断新来，翠被粉意固不專在於簪也，意不在於簪，故數過方簪，簪過重數。則其重簪之後，誰能必其不三數三簪，四數四簪，且至於若干簪若干數，若干數若干簪耶？內心如此，故數不下，如此擺佈不開，較之風與雨、春與愁，其沒柰何固宜有深淺之別矣。六祖曰：非風動，非旛動，仁者心動。其斯之謂歟？

此章與前漢宮春國章，有人說俱是諷刺時事。苦水謂如此說亦得。但苦水卻決不如是如此說。所以者何？譬如傷別之人，見月缺而長吁，覩花落而下淚，其心傷原不專在月之圓缺、花之開落，但機緣觸磕，學者又不可放過花月，一味揑住傷別去打死蛇。否則只奈死句，不參活句也。杜少陵即使真不每飯不忘君國，也須是情真見實，方才寫得好詩。若情不真，見不定，只按定每飯不忘君國五字作去，便是村夫子依高頭講章作應舉制義，揩黑豆和尚傍文字說禪伎倆。詩法未夢見在。

江神子

寶釵飛鳳鬢驚鸞，望重歡，水雲寬，腸斷新來翠被粉香残。待得来时春尽也，梅结子，笋成竿。 湘筠帘卷泪痕斑。珮声闲，玉垂环。个里温柔，容我老其间。却笑平生三羽箭，何日去，定天山。

此章是稼轩和韵之作。看他集中此调前一章也是这几个韵脚，明明注出『和陈仁和韵』，便可知。步线行针，左右逢源，直似原唱，技术之高，固已绝伦，而性情之真，尤见本色。只如『待得来时』十三个字，又是值得读者身死气绝的句子也。夫所思者而不来，真乃无地可容，此生何为。若所思者而既来，则不只是哑子掘得黄金，而且天下掉下活龙，固宜一切圆满，无不如意矣。稼轩却曰『春尽也，梅结子，笋成竿』焉。是则一错既铸，百身莫赎，直合漫天地，可世界，成一个没量大的没奈何也，如何而使读者不身为之死气为之绝哉？不过不免又有人说是性情语，非学问语。若有人真个以此为问，苦水则答之曰：所谓学问者何也？学问如有别解，则吾不敢知。若是会物我，了生死，明心性之谓，则稼轩此等处，虽非香殘、待得來時春盡也、梅結子、筍成竿、　湘筠簾卷淚痕斑、珮聲閑、玉垂環、箇裏溫柔、容我老其間、却笑平生三羽箭、何日去、定天山、

此章是稼軒和韻之作。看他集中此調益一章也是這箇俱韻，明明注出和陳仁和韻，便可知。步綫行鍼，左右逢源，直似原唱，技術之高，固已絕倫，而性情之真，尤見本色。只如待得來時十三个字，又是值得讀者身死氣絕底句子也。夫所思者而不來，真乃無地可容，此生何爲。若所思者而既來，則不只是啞子掘得黃金，而且天下掉下活龍，固宜一切圓滿，無不如意矣。稼軒卻曰：春盡也，梅結子，筍成竿焉。是則一錯兒鑄，百身莫贖，直合漫天地，可世界成一個沒量大底沒奈何也，如何而使讀者不身爲之死，氣爲之絕哉？不免過不覓又有人說是性情語，非學問語。若有人生今以此爲問，苦水則答之曰：所謂學問者何也？學問如有別解，則吾不敢知。若是會物象，了生死，明心性之謂，則稼軒等處雖非

学问语，却正是德山棒，临济喝手段。会的自然于棒下、喝下大彻大悟去在。若于棒喝下死去，虽未得向上关捩子，尚不失为识痛痒。若既不能死，又不肯活，痛痒亦复不知，正是所谓佛出也救不得，一个山东大兵，又好中底用？若谓苦水于此，是为老辛辩护，即又不然。苦水原不曾说这个便是学问语。但是，千古诗人，说到学问，怕只有彭泽老子一位。李太白、杜少陵，饶他两个『寤寐思服』，有时也还是『求之不得』。争怪得稼轩一人？况且稼轩一说到陶公，便一力顶礼赞美，顶礼得自然是心悦诚服，赞美得也是归根究底，莫只道他没学问好。

后片大意是说住在温柔乡中，便没日去定天山。苦水却不肯他。温柔乡住得住不得，干他定天山何事？若是定得天山的人，住了温柔乡，也不碍去定。如其不然，纵然不住温柔乡，天山依旧定不得。但如此说了，老辛还是不服输。要使他服输，不如说他文采不彰。且道如何是彰的文采？开端『宝钗飞凤鬓惊鸾』是。亦且莫看他凤钗鸾鬓。『飞』字、『惊』字學問語，却正是德山棒、臨濟喝手段。會底自然於棒下喝下大徹大悟去在。若於棒喝下死去，還未得向上關捩子，尚不失爲識痛癢。若既不能死，又不肯活，痛癢亦復不知，正是所謂佛出也救不得，一個山東大兵，又好中底用，若謂苦水於此，是爲老辛辯護，即又不然。苦水原不曾説這個便是學問語。但是千古詩人，説到學問，怕只有彭澤老子一位。李太白、杜少陵饒他兩個寤寐思服，有時也還是求之不得。爭怪得稼軒一人，況且稼軒一説到陶公，便一力頂禮讚美，頂禮得自然是心悅誠服，讚美得也是歸根究底，莫只道他没學問好。

後片大意是説住在温柔鄉中，便没日去定天山。苦水却不肯他。温柔鄉住得住不得，干他定天山何事？若是定得天山底人，住了温柔鄉，也不礙去定。如其不然，縱然不住温柔鄉，天山依舊定不得。但如此説了，老辛還是不服輸，要使他服輸，不如説他文彩不彰。且道如何是彰底文彩？開端寶釵飛鳳鬢，驚鸞鬢。亦且莫看他鳳釵鸞鬢，飛字驚字是句中眼。要识取稼轩句法、字法，且不得放过。

破阵子·为陈同甫赋壮词以寄之

醉里挑灯看剑，梦回吹角连营。八百里分麾下炙，五十弦翻塞外声，沙场秋点兵。　马作的卢飞快，弓如霹雳弦惊。了却君王天下事，赢得生前身后名。可怜白发生！

右一章各家词选太半收录。苦水选时，几番想要割爱，终于保留。比来说词，又几番想要剔出，此刻仍然未能放过。有人读此词，嫌他直率，有人却又爱他豪放。是非未判，爱憎分明。苦水于此词，既是一手抬，一手搦，于上二说亦是半肯半不肯。看他自开首『醉里』一句起，一路大刀阔斧，直至后片『赢得』一句止，稼轩以前作家，几见有此。若以传统的词法绳之，似乎不谓之率不可得也。苦水则谓一首词前后片共是十句，前九句真如海上蜃楼突起，若者为城郭，若者为楼阁，若者为塔寺，为庐屋，是句中眼。要識取稼軒句法，且不得放過。

破陣子

為陳同父賦壯詞以寄之

醉裏挑燈看劍，夢回吹角連營。八百里分麾下炙，五十弦翻塞外聲，沙場秋點兵。馬作的盧飛快，弓如霹靂弦驚。了却君王天下事，贏得生前身後名。可憐白髮生。

古今來各家詞選太半收錄。苦水選時，幾番想要割愛，終於保留。比來說詞，又幾番要剔出，此刻仍然未能放過。有人譏此詞，嫌他直率；有人却又愛他豪放。是非未判，愛憎分明。苦水於此詞既是一手擡，一手搦，於上二說亦是半肯半不肯。看他自開首醉裏一句起，一路大刀闊斧，直至後片贏得一句止，稼軒以前作家，幾見有此。若以傳統底詞法繩之，似乎不謂之率不可得也。苦水則謂一首詞前後片共是十句，前九句真如海上蜃樓突起，若者為城郭，若者為樓閣，若者為塔寺，為廬屋，使见者目不暇给。待到『可怜白发生』，又如大风陡起，巨浪掀天，向之所谓城郭、楼阁、塔寺、庐屋也者，遂俱归幻灭，无影无踪，此又是何等腕力，谓之为率，又不可也。复次，稼轩自题曰『壮词』，而词中亦是金戈铁马，大戟长枪，像煞是豪放。但结尾一句，却曰『可怜白发生』。夫此『白发生』，是在事之了却、名之赢得之前乎？抑在其后乎？苦水至今尚不能明了老辛意旨所在。如在其前，则所谓金戈铁马大戟长枪也者，仅是贫子梦中所掘得之黄金，既醒之后，四壁依然空空，其凄凉怅惘将不可堪。如在其后，则虽是二十年太平宰相，勋业烂然，但看看钟鸣漏尽，大限将临，回忆前尘，都成虚幻，饶他踢天弄井本领，无奈他腊月三十日到来，于此施展手脚不得。此又是千古人生悲剧，其哀苦愁凄，亦当不得。谓之豪放，亦是皮相之论也。夫如是，则白发之生于事之了却、名之赢得之前之后，暂可勿论。总而言之，统而言之，稼轩这老汉作此词时，其八识田中总有一段悲哀种子在那里作祟，亦复忒煞使見者目不暇給。待到「可憐白髮生」，又大風陡起，巨浪掀天，向之所謂城郭、樓閣、塔寺、廬屋也者，遂俱歸幻滅，無影無蹤，此又是何處（等）氣力，謂之為豪，又不可也。復次，稼軒自題曰壯詞，而詞中亦是金戈鐵馬，大戰長鎗，像煞是豪放。但結尾一句，卻曰可憐白髮生。夫此白髮生是在事之了卻名之贏得之前乎？抑在其後乎？苦水至今尚不能明瞭老年意旨所在。如在其前，則所謂金戈鐵馬大戰長鎗也者，僅是賓字夢中所握得之黃粱，既醒之後，四壁依然空空，其淒涼悵惘將不可堪。如在其後，則雖是二十年太平宰相，勳業爛然，但看鐘鳴漏盡，大限將臨，回憶前塵，都成虛幻。饒他踢天弄井本領，無奈他臘月三十日到來，於此施展手腳不得。此又是千古人生悲劇，其哀苦悲悽，亦當不得。謂之豪放，亦是皮相之論也。夫如是，則白髮之生於事之了卻名之贏得之前之後，暫可勿論，總而言之，統而言之，稼軒這老漢作此詞時其心識田中潛有一段悲哀種子在那裏作祟，亦復感煞可怜人也。其实又岂只此一首？一部《稼轩长短句》，无论是说看花饮酒，或临水登山；无论是慷慨悲歌，或委婉细腻，也总是笼罩于此悲哀的阴影之中。此理甚明，倘无此种子在八识田中作祟，亦无复此一部《长短句》也。不须苦水饶舌，读者自会去好。

抑更有进者，陶公号称千古隐逸诗人之宗，苦水却极肯朱晦庵所下豪放二字批评。又有一好友告我：昔时或逢愁来，不得开交，取陶诗读之，心便宁静。如今愁时读了，愈发摆布不下。此语于我心有戚戚焉。此理亦甚明，如果渊明老子只是一味恬适安闲，亦便不须再写诗也。同例，世人于老辛之为人，动是说他英雄，于其为词，动是说他粗豪，已是知人知面不知心，又有人说他填词是散仙入圣。世之人要且只会他散仙，不会他入圣。如何是入圣的根苗？不得放过，细会去好。倘若会不得，画蛇添足，恰好有个譬喻。玄奘法师在西天时，见一东土扇子而生病。又有一僧闻之，赞叹道：『好一个多情的和尚。』病得好，赞叹得亦是。假如可憐人也。其實又豈只此一首；一部稼軒長短句，無論是說看花飲酒，或臨水登山，無論是慷慨悲歌，或委婉細膩，也總是籠罩於此悲哀底陰影之中。此理甚明，倘無此種子在八識田中作祟，亦無復此一部長短句也。不須苦水饒舌，讀者自會去好。

抑更有進者，陶公歸耕千古隱逸詩人之宗，苦水却極肯朱晦翁所下豪放二字批評。又有一好友告我：昔時或逢愁來，不得開交，取陶詩讀之，亦便寧靜。如今愁時讀了，愈發擺佈不下。此語於我心有戚戚焉。此理亦甚明，如果淵明老子祇是一味恬適安閑，亦便不須再寫詩也。同例，世人於老辛之為人，動是說他英雄，於其為詞，動是說他麤豪，已是知人知面不知心。又有人說他詞是散仙入聖。世之人要且只會他散仙，不會他入聖。如何是入聖底根苗？不得放過，細會去好。倘若會得，畫蛇添足，恰好有個譬喻：玄奘法師在西天時，見一東土扇子，而生病。又有一僧聞之，讚歎道：好個多情底和尚。病得好，讚歎得亦是。便如不能为此一扇而病，亦便不能为一藏经发愿上西天也。周止庵曰：『稼轩固是才大，然情至处，后人万不能及。』又曰：『稼轩敛雄心，唱高调，变温婉，成悲凉。』苦水曰：如是，如是。

秦会之有言：『做官如读书，速则易终而少味。』此语甚妙。如引而申之，不独似惜福之语，且亦大似见道之言也。张宗子为其弟燕客作传，亦引会之此语，且病燕客以欲速一念，受鲁莽灭裂之报，趣味削然，不堪咀嚼。而结之曰：『孰意吾弟之智，乃出秦桧下哉？』宗子是妙人，固应又有此妙语。这也不在话下。苦水则谓秦会之此语，不独是做官与读书之名言，如改速为好尽，亦可以之论文。要说辛老子为人，才情学识，原自旷代难逢。其填词亦尽有不朽之作。他原是谥忠敏的人，似乎不好与缪丑公并论。但其填词的技术，有时大不如会之做官的体会。所以老辛有时亦如宗子令弟之趣味削然，不堪咀嚼。于此将不免为缪丑公所窃笑也。大概作文固当应有尽有，亦须应不能有此一扇而爲，亦便不能爲一藏經義頤上西至也。周止菴曰：稼軒固是才大，然情至處，後人萬不能及。又曰：稼軒斂雄心，抗高調，變温婉，成悲涼。苦水曰：如是，如是。」

秦會之有言：作官如讀書，速則易終而少味。此語甚妙。如引而申之，不獨似惜福之語，且亦大似見道之言也。張宗子爲其弟苦容作傳，亦引會之此語，且病苦容以躁速一念，受鹵莽滅裂之報，趣味削然，不堪咀嚼。而孫之曰：孰意吾弟之智，乃出秦檜下哉。宗子是妙人，固應又有此妙語。這也不在話下。苦水則謂秦會之此語，不獨是作官與讀書之名言，如改速爲好生，亦可以之論文。要說辛老子爲人，才情学識，原自曠代難逢。其填詞亦儘可不朽之作。他原是謚忠敏底人，似乎不好與繆醜公並論。但是説詞底技術，有時大不如會之作官底體会。所以老辛有時亦如宗子令弟之趣味削然，不堪咀嚼。於此略不免爲繆醜公所竊笑也。大概作文固當應了佳有，亦須應无尽无。稼轩之于词，大段不及晚唐之温韦，北宋之晏欧，或者是他只做到应有尽有，而不曾理会得应无尽无之故，亦未可知。好好一部《稼轩长短句》，好好一位辛幼安，今日被苦水拉来，说东说西，且与会之相比，冤枉杀，冤枉杀。圣人有云：『不得中行而与之，必也狂狷乎。』静安先生不亦曰稼轩『词中之狂』乎。学人莫错会苦水意好。况且苦水如今写此《词说》，尚做不到应有尽有，有甚嘴脸说他辛老子做不到应无尽无。

上卷说毕。续说下卷。

稼轩词说上卷终

無儘無。稼軒之於詞，大段不及晚唐之溫韋，北宋之晏歐，或者是他只作到應有儘有，而不曾理會得應無儘無之故，亦未可知。好好一部稼軒長短句，好好一位辛幼安，今日被苦水拉來，說東說西，且與會之相比，冤枉殺，冤枉殺。聖人有云，不得中行而與之，必也狂狷乎。靜安先生亦云曰稼軒「詞中之狂」乎。學人莫錯會苦水意好。況且苦水如今寫此詞說，尚作不到應有儘有，有甚嘴臉說他辛老子作不到應無儘無。

上卷說畢。續說下卷。

稼軒詞說上卷終

倦驼庵稼轩词说 卷下

清河顾随 羡季著

感皇恩·读《庄子》闻朱晦庵即世

案上数编书，非庄即老，会说忘言始知道。万言千句，不自能忘堪笑。今朝梅雨霁，青天好。　一壑一丘，轻衫短帽。白发多时故人少。子云何在，应有《玄经》遗草。江河流日夜，何时了。

曩与家六吉论诗，六吉主无意，当时余颇不然之。比来觉得『无意』两字，实有至理。盖诗一有意，非窄即浅，为意有竟故。王静安先生论词，首拈境界，甚为具眼。神韵失之玄，性灵失之疏，境界云者，兼包神韵与性灵，且又引而申之，充乎其类者也。樊志厚为《人间词乙稿》作序，则又专标意境；且离意境为二义。其言曰：『古人词之以意胜者，莫若欧阳公。境胜者，莫若秦少游。至意境两浑，则唯太白、后主、正中数人足以当之。』其评静安先生词曰：『意境两忘，物我一体。』是樊之所谓意境者可知也。六吉之无意，其即两忘与一体之谓乎？必能如是，乃始合乎静安先生所谓之

倦駝菴稼軒詞說卷下

清河顧隨羨季著

感皇恩

讀莊子聞朱晦菴即世

案上數編書，非莊即老，會說忘言始知道，萬言千句，不自能忘，堪笑，今朝梅雨霽，青天好。一壑一丘，輕衫短帽，白髮多時故人少，子雲何在，應有玄經遺艸，江河流日夜，何時了。

曩與家六吉論詩，六吉主無意，當時余頗不然之。比來覺得無意兩字，實有至理。蓋詩一有意，非窄即淺，為意有竟故。王靜安先生論詞，首拈境界，甚為具眼。神韻失之玄，性靈失之疏，境界云者，兼色神韻與性靈，且又引而申之，充乎其類者也。樊志厚為人間詞乙藁作序，則又專標意境，且離意境為二義。其言曰：古人詞之以意勝者，莫若歐陽公。境勝者，莫若秦少游。至意境兩渾，則惟太白、後主、正中數人足以當之。其評靜安先生詞曰：意境交忘，物我一體。是樊之所謂意境者可知也。六吉之無主，其即兩忘與一泯之謂乎？必能如是，乃始合乎靜安先生所謂之有境界耳。老辛之词，决不傍人门户，变古则有之，学古则不肯。（集中虽亦有效『花间』，效易安之作，只是兴到之笔，却并非其致力所在。）其令人真觉有『不恨古人吾不见，恨古人不见吾狂』之概，全仗一『意』字。但有时率直生硬，为世诟病，亦还是被此『意』字所累。才富情真，一触即发，尽吐为快，其流弊必至于此。如以此攻击稼轩，则何不思求全责备，古今能有几个完人？况且观过知仁，也正是不必为老辛回护。苦水写此《词说》，有时偶尔乘兴，捉他败阙，其本意却在洗出庐山真面，与世人共鉴赏之也。

此《感皇恩》一章，题曰《读〈庄子〉闻朱晦庵即世》，明明是个搭截题。若就文论文，此二事原本不必缠夹。譬如良朋高会，看花饮酒，其间不妨更衣便旋，如写之于文，纪之以诗，便只有看花饮酒，而无更衣便旋也。今也稼轩却故故将两件并不调和之事，扭在一起，则其有意可知。则其有意要作非复寻常追悼伤感的文字，亦复可知。再看他开端五句，一把抓住庄子（老子是宾，庄子是主，看题可知），轻轻有境界耳。老辛之詞，決不傍人門戶，變古則有之，學古則不肯。（集中雖有亦有效花間，效易安之作，只是興到之筆，卻並非其致力所在。）其令人真覺有不恨古人吾不見，恨古人不見吾狂之概，全仗一意字。但有時率直生硬，為世詬病，亦還是被此意字所累。才富情真，一觸即發，盡吐為快，其流弊必至於此。如以此攻擊稼軒，則何不思求全責備，古今能有幾个完人？況且觀過知仁，也正是不必為老辛迴護。苦水寫此詞說，有時偶爾乘興，援他敢闖，其本意卻在洗出廬山真面，與世人共鑒賞之也。

此感皇恩一章，題曰讀莊子聞朱晦庵即世，明明是個搭截題。若就文論文，此二事原來不必纏夾。譬如良朋高會，看花飲酒，其間不妨更衣便旋。如寫之於文，紀之以詩，便只有看花飲酒，而無更衣便旋也。今也稼軒卻故將兩件並不調和之事，扭在一起，則其有意可知。則其有意要作非復尋常追悼傷感底文字，亦復可知。再看他開端五句，一把抓住莊子，（老子是賓，莊子是主，看題可知。）輕輕开一玩笑，遂使这位大师，几乎从宝座上倒头撞下，也只是一个『意』字的作用。难道稼轩是不肯庄子？决不然，决不然。须知正是极肯他处。试看『今朝梅雨霁，青天好』，真正达到得意忘言境界，真正抉出蒙叟神髓，难道不是极肯他？而且辛老子于此收起平日虎帐谈兵声口，忽然挥起麈尾，善谈名理，令人想起韩蕲王当年骑驴湖上，寻僧山寺风度，果然大英雄是非常人也。又有进者，吾人平时，一总是眼罩鱼鳞，心生乱草，遂而捏目生花，扭直作曲。即不然者，亦是许多知解情见，兴妖作怪。今也稼轩于『不自能忘』之下，轻轻将葛藤桩子放倒，放出『今朝梅雨霁，青天好』八个字。古德有言：『此是选佛场，心空及第归。』即此二语岂非即是心空？古德又言：『与桶脱相似。』即此二语，岂非便是桶底脱？仅仅说他意境两忘，物我一如，已是屈他，若再作恬适安闲会去，屈枉杀这老汉了也。待到过片，『一壑一丘，轻衫短帽』，徐徐而来；『白发多时故人少』，渐渐提起；『子云何在，应有《玄经》遗草』，轻轻落题；『江河流日開一頓笑，遂使這位大師，幾乎從寶座上倒頭撞下，也只是一個意字底作用。雖道稼軒是不肯莊子，決不然，決不然。須知正是極肯他處，試看今朝梅雨霽青天好，真正達到得意忘言境界，其正抉出蒙叟神髓，難道不是極肯他？而且辛老子於此收起平日虎帳談兵聲口，忽然揮起麈尾，善談名理，令人想起韓蘄王當年騎驢湖上，尋僧山寺風度，果然大英雄是非常人也。又有進者，辛人平時，一總是眼罩魚鱗，心生亂草，遂而揑目生花，扭直作曲。即不然者，亦是許多曲解情見，與妖作怪。今也稼軒於不自覺之下，輕輕將葛藤樁子放下，倒放出今朝梅雨霽青天好八個字。古德有言：此是選佛場，心空及第歸。即此二語，豈非即是心空？古德又云：與桶底脫相似。即此二語，豈非便是桶底脫？僅僅說他意境兩忘，物我一如，已是屈他；若再作恬適安閑會去，屈枉殺這老漢了也。待到過片，一壑一丘，輕衫短帽，徐徐而來；白髮多時故人少，漸漸提起：子雲何在，應有玄經遺草，輕輕落題；江湖流日夜，何时了』，微微叹息。辛老子于此，真做到想多情少地步。吾人难道还好说他有性情，没学问?若说虽有《玄经》遗草，而无补于江河日下，是稼轩对道学先生之微词，若说稼轩既痛道学之无补，同时又悲自身功业之无成，所以一则曰『故人少』，再则曰『江河流』。苦水曰：也得，也得。要如此会，但不仅如此会。若说此词好虽是好，只是有欠沉痛在。苦水曰：不然，不然。不见当年邓隐峰到沩山后，见沩山来，即做卧势。沩归方丈，师乃发去。少间，沩山问侍者：『师叔在否?』曰：『已去。』沩曰：『去时有什么语?』曰：『无语。』沩曰：『莫道无语，其声如雷。』苦水于此，曾下一转语曰：何必如雷?总之，不是无语。如今要会取稼轩此词沉痛处么?向这一段公案细参去好。

青玉案·元夕

东风夜放花千树。更吹落、星如雨。宝马雕车香满路。凤箫声动，玉壶光转，一夜鱼龙舞。　蛾儿雪柳黄金缕。笑语盈盈暗香去。众里寻他千百度，蓦然夜，何時了，徽徽嘆息。辛老子於此，真個到想多情少地步。吾人難道還好說他有性情，沒學問？若說飽有玄經邃學，而無補於江河日下，是稼軒對道學先生之激發，若說稼軒既痛道學之無補，同時又悲自身功業之無成，所以一則曰故人少，再則曰江河流。苦水曰：也得，也得。要如此會，但不僅如此會。若說此詞好雖是好，只是有欠沉痛在。苦水曰：不然，不然。不見當年鄧隱峯到溈山，見溈山來，即作臥勢。溈歸方丈，師為乃發去。少間溈山問侍者：師叔在否？曰：已去。溈曰：去時有甚麼語？曰：無語。溈曰：莫道無語，其聲如雷。苦水於此，曾下一轉語曰：何必如雷？總之，不是無語。如今要會取稼軒此詞沉痛處，向這一段公案細參去好。

青玉案

元夕

東風夜放花千樹，更吹落，星如雨。寶馬雕車香滿路。鳳簫聲動，玉壺光轉，一夜魚龍舞。 蛾兒雪柳黃金縷，笑語盈盈暗香去。眾裏尋他千百度，驀然回首，那人却在，灯火阑珊处。

静安先生《人间词话》曰：『古今之成大事业、大学问者，必经过三种之境界。「昨夜西风凋碧树。独上高楼，望尽天涯路」，此第一境也。「衣带渐宽终不悔，为伊消得人憔悴」，此第二境也。「众里寻他千百度，回头蓦见，那人正在，灯火阑珊处」，此第三境也。』此三种境界，若依衲僧参禅功夫论之，则一是发心，二是行脚，三是顿悟。苦水如此说，且道是会不会？是具眼不具眼？若道不会不具眼，苦水过在什么处？请会的与具眼的人别下一转语。假若苦水是会，是具眼，纵然得到静安先生印可，与上举三首原词，又有甚交涉？静安亦曾理会到此，所以又道：『遽以此意解释诸词，恐晏、欧诸公所不许也。』如今苦水亦只好就词论词，另起一番葛藤。一首《青玉案》，题目注明是《元夕》，写鳌山，写烟火，写游人，写歌舞，写月光，写闹蛾儿与雪柳，若是别一个如此写，苦水便直截以热闹许之。但以稼轩之才情、之功力论之，苦水却嫌他热闹不起来。莫道老辛于此江郎才尽好。须知他当此之际，有

回首、那人却在、鐙火闌珊處、
靜安先生人間詞話曰：古今之成大事業大學問者，必經過三種之境界。昨夜西風凋碧樹，獨上高樓，望盡天涯路；此第一境也。衣帶漸寬終不悔，為伊消得人憔悴；此第二境也。衆裡尋他千百度，回頭驀見，那人正在，燈火闌珊處，此第三境也。此三種境界，若依衲僧參禪工夫論之，則一是發心，二是行脚，三是頓悟。苦水如此說，且道是會不會？是具眼不具眼？若道不會不具眼，苦水過在什麼處？請会底与具眼底人別下一轉語。假若苦水是會，是具眼，縱然得到靜安先生印可，与上舉三首原詞，又有甚交涉？靜安亦曾理会到此，所以又道：遂以此意解釋諸詞，恐晏歐諸公所不許也。如今苦水亦只好就詞論詞，另起一番葛藤。一首青玉案，題目注明是元夕，寫鼇山，寫煙火，寫遊人，寫歌舞，寫月光，寫鬧蛾兒与雪柳，若是別一個如此寫，苦水便直截以熱鬧許之。但以稼軒之才情之工力論之，苦水却嫌他熱鬧不起來。莫道老辛於此江郎才盡好。須知他當此之際，有不能热闹起来的根芽在。要会这根芽，只看他结句四句便知。夫曰『众里寻他千百度』，则其此夕之出，只为此事，只为此人，彼鳌山、烟火、游人、歌舞、月光、闹蛾儿与雪柳也者，于其眼中心中也何有？此人而在，此事而成，鳌山等等，有也得，无也得。此事而不成，此人而不在，鳌山等等，只见其刺目伤心而已。热闹云乎哉？鳌山等等，今也亦姑置之，而那人固已明明在灯火阑珊处矣，又将若之何而可？稼轩平时，倾心吐胆与读者相见，此处却戛然而止，留与读者自家会去。吾辈且不可辜负他。夫那人而在灯火阑珊处，是固不入宝马雕车之队，不逐盈盈笑语之群，为复是闹中取静？为复是别有怀抱？为复是孤芳自赏？要之，不同乎流俗，高出乎侪辈，可断断言。此亦姑置之。若夫『蓦然回首』，眼光霍地一亮，而于灯火阑珊之处而见那人焉，此时此际，为复是欣慰？为复是酸辛？为复是此心蹦跳，几欲冲口而出？不是，不是，再还他一个不是。读者细细体会去好。莫怪苦水不说。倘若体会不出，苍天，苍天！倘若体会得出，不能熱鬧起來的根芽在。要會這根芽，只看他結句四句便知。夫曰衆裏尋他千百度，則其此夕之出，只為此事，只為此人，彼鰲山、煙火、遊人、歌舞、月光、鬧蛾兒與雪柳也者，於其眼中心中也何有？此人而在，此事而成，鰲山等〻，有也得，無也得。此事而不成，此人而不在，鰲山等〻，祇見在其刺目傷心而已。熱鬧云乎哉？鰲山等〻，今也亦姑置之，而那人固已明，在燈火闌珊處矣，又將著〻何而可？稼軒平時，傾心吐膽與讀者相見，此處却戛然而止，留與讀者自家會去。吾輩且不可孤負他。夫那人而在燈火闌珊處，是固不入寶馬雕車〻隊，不逐盈〻笑語〻聲，為復是鬧中取靜？為復是別有懷抱？為復是孤芳自賞？要之，不同乎流俗，高出乎儕輩，可斷〻言。此亦姑置之。若夫驀然回首，眼光霍地一亮，而於鐙火闌珊之處而見那人焉，此時也憿，為復是欣慰？為復是酸辛？為復是此心踔跳，歎欲衝口而出？不是，不是，再還他一个不是。讀者細〻體會去好。莫怪苦水不說。倘若體会不出，蒼天，蒼天！倘若證会得出，不得呵呵大笑，不得点点泪抛，只许于甘苦悲欢之外，酿成心头一点，有同圣胎，须得好好将养，方不辜负辛老子诗眼文心。东坡谓柳仪曹《南涧》诗，『忧中有乐，乐中有忧』，千古绝调。试移此评以评此词，并持柳诗与此词相较，依然似是而非，嫌他忒煞孤寂，有如住山结茅。杜少陵诗曰『摘花不插鬓，采柏动盈掬，天寒翠袖薄，日暮倚修竹』，似之矣，嫌他忒煞客观。韩翰林诗曰『轻寒着背雨凄凄，九陌无尘未有泥，还是平时旧滋味，漫垂鞭袖过街西』，似之矣，嫌他忒煞寒酸。有一比丘尼得道之后，作得一偈曰：『镇日寻春不见春，芒鞋踏遍岭头云；归来笑捻梅花嗅，春在枝头已十分。』最近之矣，嫌他忒煞沾沾自喜。虽然，纵使苦水写得手酸腕痛，说得舌敝唇焦，要不是末后一句。倘遇好事者流问：末后一句如何说，如何写？苦水将不惜口孽，分明说似，谛听，谛听：『众里寻他千百度，蓦然回首，那人却在，灯火阑珊处』聻。

结尾尚有不能已于言者，画蛇仍要添足。其一，静安先生虽说是第三境，且不可做第三境会，此与大学问、大事业无干。

不得呵呵大笑，不得點點淚拋，只許於甘苦悲歡之外，醞成心頭一點，有同聖胎，須得好好將養，方不孤負辛老子詩眼文心。東坡謂柳儀曹南澗詩，憂中有樂，樂中有憂，千古絶調。試移此評以評此詞，並持柳詩與此詞相較，依然似是而非，嫌他忒煞孤寂。有如佳山結茅。杜少陵詩曰：摘花不插髮，採柏動盈掬；天寒翠袖薄，日暮倚脩竹。似之矣。嫌他忒煞客觀。韓翰林詩曰：輕寒著背雨凄凄，九陌無塵未有泥。還是平時舊滋味，漫垂鞭袖過街西。似之矣，嫌他忒煞寒酸。有一比丘尼得道之後，作得一偈曰：鎮日尋春不見春，芒鞋踏遍嶺頭雲；歸來笑撚梅花嗅，春在枝頭已十分。最近之矣。嫌他忒煞沾沾自喜。雖然，縱使苦水寫得手酸腕痛，說得舌敝唇焦，要不是末後一句。倘遇好事者流問：末後一句如何說？如何寫？苦水將不惜口孽，分明說似，諦聽，諦聽：「衆裏尋他千百度，驀然回首，那人卻在燈火闌珊處。」結尾尚有不得不能已於言者，畫蛇仍要添足。其一，靜安先生雖說是第三境，且不可作第三境會，此與大學問大事業無干。

其二，苦水为行文便利，用此语录体裁，且不可做禅会，此与禅宗没交涉。其三，此是文心中一种最高境界，千古秘密，偶被稼轩捉来，于笔下露出些子端倪，钉住虚空，截断众流。苦水《词说》，只是戏论，堪中底用。学人自家会去。

临江仙

手捻黄花无意绪，等闲行尽回廊。卷帘芳桂散余香，枯荷难睡鸭，疏雨暗添塘。忆得旧时携手处，如今水远山长。罗巾浥泪别残妆。旧欢新梦里，闲处却思量。

一首《临江仙》六十个字，而前片『手捻』，后片『携手』，复『手』字；前片『等闲』，后片『闲处』，复『闲』字；后片『旧时』、『旧欢』，复『旧』字；『携手处』『闲处』，复『处』字。稼轩才大如海，其为长调，推波助澜，担山赶日，不曾有竭蹶之象，何独至此小令，遂无腾挪？岂能挟山超海而不能折枝乎？此正是辛老子豁达处，细谨不拘，大行无亏也。

『枯荷难睡鸭，疏雨暗添塘』，纯是晚唐人诗法。出句写其二，苦水為行文便利，用此語錄體裁，且不妨作禪會，此與禪宗没交涉。其三，此是文心中一種最高境界，千古秘密，偶被稼軒捉來，於筆下露出些子端倪，釘住虛空，截斷衆流。苦水詞說只是戲論，堪中底用。學人自家會去。

臨江僊

手撚黄花無意緒，等閒行盡回廊。捲簾芳桂散餘香。枯荷難睡鴨，疏雨暗添塘。　憶得舊時携手處，如今水遠山長。羅巾浥淚别殘粧。舊歡新夢裏，閒處却思量。

一首臨江仙六十个字，而前片手撚，後片携手，複手字，前片等閒，後片閒處，複閒字，後片舊時，舊歡，複舊字，携手處，閒處，複處字。稼軒才大如海，其為長調，推波助瀾，捲山趕日，不曾有蹀躞之象，何獨至此小令，遂無騰挪，豈能挾山超海而不能折枝乎？此正是辛老子豁達處，細謹不拘，大行無虧也。

枯荷難睡鴨，疏雨暗添塘，純是晚唐人詩法。出句寫得憔悴，对句写得凄凉，『难』字『暗』字，俱静中一段寂寞心情的体验。学辛者一死向粗处疏处印定去，合将去，何不向这细处密处，一着眼一用心耶？然而苦水如是说，只是借此十字，因病下药，一部《稼轩长短句》，要且不可只在一联两联佳句上会去。老辛岂是与人争胜于一字一句的作家？所以苦水平日又说：与其会佳句，不如会警句。佳句只是表现情景一点小小文学技术，若于此陷溺下去，饶你练到宜僚弄丸，郢人运斤手段，也还是小家子气。若夫警句，则含有静安先生所谓意境者在。『警句』二字，亦是假名，又不可认定『警』字，一味向险处怪处会去。即如此《临江仙》一章，与其取此『枯荷』一联，何如细参开端『手捻黄花无意绪，等闲行尽回廊』两句？『无意绪』之上，而冠之以『手捻黄花』；『回廊』之上，而冠之以『等闲行尽』，不独俨然是葩经『爱而不见，搔首踟蹰』气象，而且孤独寂寞之下，绵密蕴藉之中，又俨然是灵均思美人、哀众芳的心事。如但震于『枯荷』一联之烹炼，而忽视开端二语之淡雅，殊未见其可。

得鍾穎，對句寫得淒涼，雖字暗字，俱靜中一段寂寞心情底體驗。學辛者一死向麤處疏處印定去，合將去，何不向這細處密處一着眼一用心耶？然而苦水如是說，只是藉此十字因病下藥，一部稼軒長短句，要且不可只在一兩聯佳句上會去。老辛豈是与人爭勝於一字一句底作家？所以苦水平日又說：与其會佳句，不如會警句。佳句只是表現情景一點小小技，文學技術，若於此陷溺下去，饒你練到宜僚弄丸，郢人運斤手段，也還是小家子氣。若夫警句，則含有靜安先生所謂意境者在。警句二字，亦是假名，又不可認定警字，一味向險處怪處會去。即如此臨江仙一章，与其取法枯荷一聯，何如細參開端手撚黃花無意緒，簷間行盡迴廊兩句？無意緒之上而冠之以手撚黃花，迴廊之上而冠之以簷間行盡，不獨儼然是葩經愛而不見，搔首踟躕氣象，而且孤獨寂寞之下，隱然蘊藉之中，又儼然是靈均思美人，哀衆芳底心事。如但震于枯荷一聯之烹鍊，而忽視開端二語之蘊雅，殊未見其可。

鹧鸪天·鹅湖归病起作

枕簟溪堂冷欲秋，断云依水晚来收。红莲相倚浑如醉，白鸟无言定自愁。　书咄咄，且休休，一丘一壑也风流。不知筋力衰多少，但觉新来懒上楼。

曹公诗曰：『老骥伏枥，志在千里；烈士暮年，壮心未已。』真是名句，必如是，始可谓之为慷慨悲歌耳。然而虽曰『志在千里』，无奈仍是『伏枥』。虽曰『壮心不已』，其奈已到『暮年』。千古英雄，成败尚在其次。唯有冉冉老至，便是廉颇能饭，马援据鞍，一总是可怜可悲。倒是稼轩此《鹧鸪天》一章，有些像一个老实头，既本分，又本色，遂令人觉得『志在千里』『壮心不已』之为多事也。且道如何是稼轩老实头处？《老学庵笔记》记上官道人之言曰：『为国家致太平与长生不死，皆非常人所能。然且当守国使不乱，以待奇才之出；卫生使不夭，以须异人之至。不乱不夭，皆不待异术。唯谨而已。』苦水理会得甚的叫作治天下与长生？今日且权假此一则话头来

鷓鴣天

鵝湖歸病起作

枕簟溪堂冷欲秋、斷雲依水晚來收、紅蓮相倚渾如醉、白鳥無言定自愁、書咄咄、且休休、一丘一壑也風流、不知筋力衰多少、但覺新來嬾上樓、

曹公詩曰、老驥伏櫪、志在千里、烈士暮年、壯心未已。真是名句、必如是始可謂之為慷慨悲歌耳。然而雖曰志在千里、無奈仍是伏櫪。雖曰壯心不已、其奈已到草年。千古英雄、成敗尚在其次、惟有冉冉老至、便是廉頗能飯、馬援據鞍、一總是可憐可悲。倒是稼軒此鷓鴣天一章、有些像一個老實頭、既本分、又本色、遂令人覺得志在千里壯心不已之為多事也。且道如何是稼軒老實頭處、老學庵筆記記上官道人之言曰、為國家致太平与長生不死、皆非常人所能。然且當守國使不亂、以待奇才之出、衛生使不夭、以須異人之至。不亂不夭、皆不待異術、惟謹而已。苦水理會得甚底叫作治天下与長生？今日且權假此一則話頭來

谈文，且与天下学人共做个商量。大凡为文要有高致，而且此谓高致，乃自胸襟见解中流出，不假做作，不尚粉饰，亦且无丝毫勉强，有如伯夷风度始得。不然，便又是世之才子名士行径，尽是随风漂泊的游魂，依草附木的精灵，其于高致乎何有？但奇才异人，间世而一出，吾人学文固须识好丑，尤不可不知惭愧。是以发愿虽切，着眼虽高，而步武却决不可乱，则谨是已，所谓老实头也。耳之所闻，目之所见，心之所感，虽一草一木，一花一叶，一毫端，一微尘，发而为文，苟其诚也，自有其不可磨灭者在，又何必定要鞭笞鸾凤，呼吸风雷，始为惊世骇俗的神通乎？依此努力，堆土为山，积水成河，久而久之，自有脱胎换骨白日飞升之日。否亦不失为束身自好之君子。如其不然，躁急者趋于叫嚣，庸弱者流于肤浅；自命为才情，自号为风雅，其俗尤不可耐，则不肯守国使不乱，卫生使不夭之害也。尚何有乎治天下与长生不死也耶？葛藤半日，毕竟于此小词何处见得稼轩之谨、之老实？夫稼轩之人为英雄，志在用談文，且與天下學人共作個商量。大凡為文要有高致，而且此謂高致，乃自胸襟見解中流出，不假做作，不尚粉飾，亦且無絲毫勉強，有如伯夷風度始得。不然，便又是世之才子名士行逕，盡是隨風飄泊底遊魂，依草附木底精靈，其於高致乎何有？但奇才異人，間無一出。吾人學文固須識好醜，尤不可不知魅魎。是以發願雖切，着眼雖高，而步武卻決不可亂，則謹是已，所謂老實頭也。耳之所聞，目之所見，心之所感，雖一草一木，一花一葉，一毫端，一微塵，發而為文，苟其識也，自有其不可磨滅者在，又何必定要鞭笞鸞鳳，呼吸風雷，始為驚世駭俗底神通乎？依此努力，堆土為山，積水成河，久而久之，自有其脫胎換骨，白日飛昇之日。否亦不失為束身自好之君子。如其不然，躁急者趨於叫囂，庸弱者流於膚淺；自命為才情，自號為風雅，其俗尤不可耐，則不肯守國使不究，衛生使不夭之害也。尚有何有乎治天下與長生不死也耶？葛藤半日，畢竟於此等詞何處見得稼軒之謹之老實？夫稼軒之人為英雄，志在用世，尽人而知。今也谢事归来，老病侵寻，其为此词，微有叹惋，无大感慨，已自难能。且也不学仙，不学佛，是以既不觅长生不死之药，亦不求解脱生死的禅，只将老年情味，酿作一杯清酒，结成一个橄榄，细细品嚼，吞咽下去，亦常人，非仙佛故；亦英雄，能担荷故。总之，老实到家而已。所以开头二语，尽去渣滓，大露清光。『红莲』一联，更为婉妙。夫『红莲相倚』之『如醉』固已；至若『白鸟』之『无言』，何以知其是愁，且又加之以『定』耶？然而说『定』便决是定也。换头以下三句，不见得好，承上启下，只得如此。待到结尾两句，却实在好。但细按之，此有何好？亦只是不谎不诈，据实报销，又是道道地地老实头也。况蕙风曰：『「不知」二句入词佳，入诗便稍觉未合，词与诗体格不同处，其消息即此可参。』苦水曰：如此没要紧语，说他则甚？假使真个向者里参去，即使会了，又有甚干涉？倒是《白雨斋词话》说他『信笔写去，格调自苍劲，意味自深厚，不必剑拔弩张，洞穿已过七札』，有些儿道着也。

鹊桥仙·己酉山行书所见

世，盡人而知。今也謝事歸來，老病侵尋，甚為此詞，激有嘆惋，無大感慨，已自難能。且也不學仙，不學佛。是以既不覓長生不死之藥，亦求不來；解脫生死底禪，只將老年情味釀作一盃清酒，結末一口橄欖，細細品嚼吞嚥下去，亦當人非仙佛故，亦英雄能擔荷故。總之老實到家而已。所以開頭二語，畫去渣滓，大露清光。紅蓮一聯，更為婉妙。夫紅蓮相倚之如醉，固已；至若白鳥之無言，何以知其是愁，且又加之以定耶？然而說定便決是定也。換頭以下三句，不見得好，緣上啟下，只得如此。待到結尾兩句，卻實在好。但細按之，此有何好？亦祇是不謊、不詐，據實報銷，又是道道地地、老實頭也。況蕙風曰：不知二句入詞佳，入詩便稍覺未合，詞與詩體格不同處其消息即此可參。苦水曰：如此沒要緊語，說他則甚；假使真個向者裏參去，即使會了，又有甚干涉；倒是白雨齋詞話說他信筆寫去，格調自蒼勁，意味自深厚，不必劍拔弩張，洞穿已過七札，有些兒道着也。

鷓鴣仙

松冈避暑，茅檐避雨，闲去闲来几度。醉扶怪石看飞泉，又却是、前回醒处。东家娶妇，西家归女，灯火门前笑语。酿成千顷稻花香，夜夜费、一天风露。

周止庵曰：『苏辛并称，苏之自在处，辛偶能至之；辛之当行处，苏必不能到。』知言哉，知言哉。稼轩性情、思致、才力，俱过人一等，故其发之于词也，或透穿七札，或光芒四照，而浑融圆润，或隔一尘，故宜其多当行而少自在。即如此《鹊桥仙》一章，岂非可谓为作之自在者，然而细按下去，便觉得仍是当行有余，自在不足。夫『松冈』『茅檐』，『避暑』『避雨』，旧时数曾『闲去闲来』，岂非自在？然而『醉扶怪石看飞泉』，只缘『怪』字『飞』字，芒角炯炯，遂使『扶』字『看』字，亦不免着迹露象。至『又却是前回醒处』，草草看去，亦只是寻常回忆，但『又却是』三个极平常字，使人读之，又觉得有如少陵所谓『万牛回首丘山重』。如此小景，如此琐事，如此写去，狮子搏象用全力，搏兔亦用全力，如是，如是。至于『东家娶妇，西家归女』，

己酉山行書所見

松岡避暑、茅簷避雨、閒去閒來幾度、醉扶怪石看飛泉、又卻是前回醒處、東家娶婦、西家歸女、燈火門前笑語、釀成千頃稻花香、夜〻費、一天風露、

周止菴曰：蘇辛並稱，蘇〻自在處，辛偶能至之，辛〻當行處，蘇必不能到。知言哉，知言哉。稼軒性情、胆識、才力，俱過人一等，故其發〻於詞也，或透穿七札，或光芒四照，而渾融圓潤，或隔一塵，故宜其多當行而少自在。即如此鵲橋仙一章，豈非可謂為作〻自在者，然而細按下去，便覺乃仍是當行有餘，自在不足。夫松岡茅簷，避暑避雨，雖則數番閒去閒來，豈非自在？然而醉扶怪石看飛泉，只緣怪字飛字，芒角烱〻，遂使扶字看字亦不免着迹露象。至又卻是前回醒處，草〻看去亦只是尋常回憶，但又卻是三个極平常字，使人讀〻，又覺得有如少陵所謂萬牛回首丘山重。如此小景，如此瑣事，如此寫去，獅子搏象用全力，搏兔亦用全力，如是〻〻。至於東家娶婦，西家歸女，

本是山村中极热闹场面，『灯火门前笑语』，短短一句，轻轻托出，而情景宛然，岂非自在？但『酿成千顷稻花香，夜夜费、一天风露』两句，虽极力藏锋，譬之颜平原书小字《麻姑仙坛记》，浑厚之中，依然露出作大字时握拳透爪意度。所以稼轩此处用『酿成』、用『费』、用『千顷』、用『一天』，仍是当行而非自在。要其功力情致，能以自举其坚，世之人遂有只以自在目之者耳。若以恬适视之，则去之益远。所以者何？稼轩这老汉有时虽能利用闲，却一生不会闲。但如要说他不会，不如说他不肯会。这老汉如何肯在无事甲里坐地乎？苦水平时读山谷诗，最不喜他『看人获稻午风凉』一句。觉得者位大诗人不独如世所谓严酷少恩，而且几乎全无心肝。获稻一事，头上日晒，脚下泥浸，何等辛苦？『午风凉』三字，如何下得？可见他是看人，假使亲手获稻，还肯如此写，如此说么？苦水时时疑着天下之所谓恬适者，皆此之类。试看陶公『种豆南山下』一章诗，是怎的一个意态胸襟？便知苦水说山谷全无心肝之并非深本是山郡中極熱鬧坊面，煙火門前笑語，緩緩一句，輕輕托出，而情景宛然，豈非自在？但釀朱手頌稻香柬，夜夜費一天風露兩句，雖極力藏鋒，譬之顏平原書小字麻姑仙壇記，渾厚之中，依然露出作大字時握拳透爪意度。所以稼軒此處用釀成，用費，用千頃，用一天，仍是當行而非自在。要其工力精致，能以自筆其堅，世之人遂有祇以自在目之者耳。若以恬適視之，則去之益遠。所以者何？稼軒這漢有時雖能利用閒，卻一生不會閒。但如要說他不會，不如說他不肯會。這老漢如何曾在無事甲裏坐地乎？苦水平時讀山谷詩，最不喜他看人穫稻午風涼一句。覺得者位大詩人不獨如世所謂嚴酷少恩，而且幾乎全無心肝。穫稻一事，頭上日曬，腳下泥浸，何等辛苦，午風涼三字，如何下得？可見他是看人，假使親手穫稻，還肯如此寫，如此說麼？苦水時時疑着天下之所謂恬適者，皆悠悠之類。試看陶公種豆南山下一章詩，是無底一箇意態胸襟，便知苦水說山谷全無心肝之並非深文周纳也。闲话休提，如今且说稼轩此二语所以并非恬适，不是自在的缘故。夫『娶妇』『归女』，『灯火』『笑语』，像煞一个太平景象矣。然而要『千顷稻花香』，也须是费他夜夜『一天风露』始得。不见六一《丰乐亭记》道：『幸生无事之时也。』若是常人，幸生便了，稼轩则非常人也，自然胸中别有一番经纶，教他从何处自在起？从何处闲起？从何处恬适起？然则辛词只做到个当行即得，不自在也罢。

鹊桥仙·赠鹭鸶

溪边白鹭，来吾告汝：溪里鱼儿堪数。主人怜汝汝怜鱼，要物我、欣然一处。　白沙远浦，青泥别渚，剩有虾跳鳅舞。听君飞去饱时来，看头上、风吹一缕。

词中有所谓俳体者，颇为学人诟病。苦水却不然。窃以为俳体除尖酸刻薄、科诨打趣及无理取闹者外，皆真正独抒性灵之作也。以其人情味独重故。词之初兴，文周內也。閑話休提，如今且說稼軒此二語所以並非恬適，不是自在，底緣故。夫嬰婦歸女燈火笑語，像煞一個太平景象矣。然而要千頃稻花香，也須是費他夜夜一天風露始得。不見六一豐樂亭記道：幸生無事之時也。若是常人，幸生便了，稼軒則非常人也，自然胸中別有一番經綸，教他從何處自在起，從何處閑起，從何處恬適起？然則辛詞只作到但當行即得，不自在也罷。

鵲橋僊

贈鷺鷥

溪邊白鷺、來吾告汝、溪裏魚兒堪數、主人憐汝汝憐魚、要物我、欣然一處、 白沙遠浦、青泥別渚、剩有鰕跳鰍舞、聽君飛去飽時來、看頭上風吹一縷、

詞中有所謂俳體者，頗為學人詬病。苦水却不然，竊以為俳體除尖酸刻薄、科諢打趣，及無理取鬧者外，皆真正獨抒性靈之作也。以其人情味獨重故。詞之初興，

作者本无以正统文学自居之观念，且亦无取诗而代之之野心。俳体虽不为士大夫所尚，而亦不为士大夫所鄙弃，间有所作，其高者真有当于温柔敦厚之旨。如只以清新活泼目之，尚是皮相也。自白石、梦窗而后，一力趋于清真雅正，吾亦不识其所谓清真雅正，果到如何程度。要之学力日深，天机日浅，而吾之所谓俳体者，乃遂窒息以死于士大夫之笔下矣，是令人不胜其惋惜之至者也。即如稼轩此词，忽然对着鹭鸶大开谈判，大发议论，岂不即是俳体？然而何其温柔敦厚也。是盖不独为俳体词之正宗，即谓为一切词皆应如此作，一切诗文皆应如此作，即做人亦应如此做，亦何不可之有？开端二语，莫单单认作近代修辞学中之拟人格，情真意挚，此正是静安先生所谓之『与花鸟共忧乐』，亦即稼轩词中所谓之『山鸟山花好弟兄』也。『溪里鱼儿堪数』，写得可怜，便有向白鹭告饶之意。至『主人怜汝汝怜鱼，要物我欣然一处』，辛老子胸襟见解，一齐倾倒而出，不须苦水饶舌。然白鹭生性，以鱼为养，如作者本無以正統文學自居之觀念，且亦無取詩而代之之野心。俳諧既不為士大夫所尚，而亦不為士大夫所鄙棄，間有所作，其高者真有當於溫柔敦厚之旨。如只以清新活潑目之，尚是皮相也。自白石夢窗而後，一力趨於清真雅正，吾亦不識其所謂清真雅正，果到如何程度，要之學力日深，天機日減，而吾之所謂俳體者，乃遂窒息以死於士大夫之筆下矣。是令人不勝其惋惜之至者也。即如稼軒此詞，忽然對着鷺鷥大開談判，大發議論，豈不即是俳體，然而何其溫柔敦厚也。是蓋不獨為俳體詞之正宗，即謂為一切詞皆應如此作，一切詩文皆應如此作，即作人亦應如此作，亦何不可之有。開端二語莫單認作近代修辭學中之擬人格，情真意摯，此正是靜安先生所謂之與花鳥共憂樂，亦即稼軒詞中所謂之山鳥山花好弟兄也。溪裡魚兒堪數，寫得可憐，便有向白鷺告饒之意。至主人憐汝汝憐魚，要物我欣然一處，辛老子胸襟見解，一齊傾倒而出，不須着以饒舌。然白鷺無性，以魚為養，如今靳其食鱼，岂非绝其生路？主人怜鱼，固已。若使鹭也怜鱼，则怜鹭之谓何也？是以过片又听其飞去沙浦泥渚，尽饱虾鳅，且嘱其饱食重来，何以故？怜之也。此等俳体，是何等学问，民胞物与，较之谈风月，说仁义，是同是别？不此之会，而徒以游戏视之，错下一转语，五百世堕野狐身，更不须说，吃棒有分。或有人问：审如辛言，为主人，为鹭，为鱼，已三得。奈虾鳅何？不见当年世尊在室罗筏城祇桓精舍，为大众演说戒杀，亦令比丘食五净肉。且曰：『如婆罗门地多蒸湿，加以沙石，草菜不生。我以大悲神力所加，因大慈悲，假名为肉，汝得其味。』如今辛老告彼白鹭，听饱虾鳅，亦同此义。然如此说，是出世法。如依世法，则彼虾鳅，只堪鹭食。譬如莳花，必芟恶草，佳花始茂。倘若怜草，如何怜花？倘若怜花，无须怜草。鹭饱虾鳅，其义犹是。颇有人问：葛藤至是，有剩义无？苦水应曰：今我所说，至是为止，皆是剩义，非第一义。如何方是其第一义？夫苦水之说此词也，先从论俳词入手，此自是论俳词，何干于稼轩之此词？继又论稼轩之见解，有如说教，何干于稼轩之此词？

今斬其食魚，豈非絶其生路？主人憐魚，固已。若使鷺鷥也憐魚，則憐鷺鷥之謂何也？是以過片又聽其飛去沙浦泥渚，儘飽鰕鰍，且囑其飽食重來，何以故？憐之也。此等俳體，是何等學問，民胞物与，筱筱談風月，説仁義，是同是別？不此之會，而徒以遊戲視之，錯下一轉語，五百世墮野狐身，更不須説，喫棒有分。或有人問：審如辛言，爲主人，爲鷺鷥，爲魚已三得。奈鰕鰍何？不見當年世尊在室羅筏城，祇桓精舍，爲大衆演説戒殺，亦令比丘食五淨肉。且曰：如婆羅門地多蒸濕，加以沙石，草菜不生。我以大悲神力所加，因大慈悲，假名爲肉，汝得其味。如今辛老告彼白鷺鷥，聽飽鰕鰍，亦同此義。然如此説，是出世法。如依世法，則彼鰕鰍只堪鷺食。譬如蒔花，必芟惡草，佳花始茂，倘若憐草，如何憐花？倘若憐花，無須憐艸。鷺鷥飽鰕鰍，其義猶是。頗有人問：葛藤至是，有剩義無？苦水應曰：今我所説至是爲止，皆是賸義，非第一義。如何方是其第一義？夫苦水之説此詞也，先從論俳詞入手，此自是論俳詞，何干於稼軒之此詞？縱又論稼軒之見解，有如説教，何干於稼軒之此詞？

若此词之所以为词，其第一义，其画龙点睛处，则结尾之『听君飞去饱时来，看头上风吹一缕』是已。昔支道林爱马，或病道人畜马不韵。支曰：『道人爱其神骏。』妙哉此言，必如是乃可以超凡入圣，可以解脱生死，可以升天成佛。世之学佛学道者动曰：我心如槁木死灰。信斯言也，则槁木死灰之悟道成佛也久矣，有是理也哉？明乎此，则白鹭头上之一缕风吹，虽非神骏，然一何俊耶？明乎此，则主人怜汝之怜为非阿私也。明乎此，则作文须有高致者，又岂特思过半而已哉？吾之所谓第一义者，于是乎在。盖必有是，乃可成为词，无前此之『物我欣然』无害也。苟其无是，则不成其为词，虽有前此之『物我欣然』，干巴巴地说道谈理，不几于学佛学道者之心如槁木死灰乎哉？以是而曰：民之吾胞，物之吾与，其孰能信之？于是苦水说第一义竟。

忆苦水幼时曾闻先君子举一首打油诗，亦是咏鹭鸶者，曰：『好个鹭鸶儿，毛羽甚皎洁：青天无片云，飞下一团雪。』试以此无名氏之打油诗，较诸辛稼轩之《鹊桥仙》词，学人将无不笑苦水为刻画无盐，唐突西子。然而请勿笑也。往古来今善此詞之所以為佳詞，其第一義，其畫龍點睛處，則結尾之聽君飛去飽時來，看頭上風吹一縷是已。昔支道林愛馬，或病道人畜馬不韻。支曰：道人愛其神駿。妙哉此言，必如是乃可以超凡入聖，可以解脫生死，可以生天成佛。世之學佛學道者動曰我心如槁木死灰。信斯言也，則槁木死灰之悟道成佛也久矣，有是理也哉？明乎此，則白鷺頭上之一縷風吹，雖非神駿，然一何俊耶！明乎此，則主人憐汝汝憐魚，非阿私也。明乎此，則作文須有高致者，又豈特思過半而已哉？吾之所謂第一義者，於是乎在。蓋必有是乃可成為詞，無前作之物亦欣然無害也。苟其無是，則不求其為詞，縱有前此之物我所然，乾巴巴地說道談理，不幾於學佛學道者之心如槁木死灰乎哉？以是而曰民之吾胞，物之吾與，其孰能信之？於是苦水說第一義竟。

憶苦水幼時曾聞　先君子舉一首打油詩，亦是詠鷺鷥者，曰：好個鷺鷥兒，毛羽甚皎潔。青天無片雲，飛下一團雪。試以此與君氏之打油詩，較諸辛稼軒之鵲橋仙詞，學人將云不啻苦水為刻畫無鹽，唐突西子。然而請勿笑也。往古來今所有咏物诗，不类如此打油诗之刻舟求剑，以至于木雕泥塑者几何哉？

西江月·夜行黄沙道中

明月别枝惊鹊，清风半夜鸣蝉。稻花香里说丰年，听取蛙声一片。　七八个星天外，两三点雨山前。旧时茅店社林边，路转溪桥忽见。

作诗词而说明月，滥矣。明月惊鹊，用曹公『月明星稀，乌鹊南飞』句，亦是尽人皆知之事，不见有甚奇特。但曰『明月别枝惊鹊』，则簇簇新底稼轩词法也。作诗词而曰清风，滥矣。清风鸣蝉，则王辋川诗固已云『倚杖柴门外，临风听暮蝉』矣，亦不见有甚生色。但曰『清风半夜鸣蝉』，则簇簇新底稼轩词法也。而此尚非稼轩之绝致也。至『稻花香里说丰年，听取蛙声一片』，则苦水虽曰古今词人唯有稼轩能道，亦不为过。鼻之于香也，耳之于声也，哪个诗人笔下不写？今也稼轩则曰『稻所有詠物詩，不類如此打油詩之刻舟求劍，以致於木雕泥塑者幾何哉？

西江月

夜行黃沙道中

明月別枝驚鵲，清風半夜鳴蟬，稻花香裏說豐年，聽取蛙聲一片。　七八箇星天外，兩三點雨山前，舊時茅店社林邊，路轉溪橋忽見。

作詩詞而說明月，爛矣。明月驚鵲用曹公「月明星稀，烏鵲南飛」句，亦是盡人皆知之事，不見有甚奇特。但曰明月別枝驚鵲，則簇簇新底稼軒詞法也。作詩詞而曰清風，爛矣。清風鳴蟬，則王輞川詩固已云「倚杖柴門外，臨風聽暮蟬」矣，亦不見有甚出色。但曰清風半夜鳴蟬，則簇簇新底稼軒詞法也。而此尚非稼軒之絕致也。至稻花香裏說豐年，聽取蛙聲一片，則苦水雖曰古今詞人，惟有稼軒能道，亦未為過。鼻之於香也，耳之於聲也，那箇詩人筆下不寫？今也稼軒則曰稻花香』，曰『蛙声』。稻花亦花，而与诗词中常见之花异矣。至于蛙声，则固已有人当作一部鼓吹，或曰『青草池塘处处蛙』矣。而皆非所论于稼轩也。所以者何？彼数少，此数多；彼声寡，此声众故。即曰不尔，而彼虽曰一部，曰处处，其意旨固在于清幽寂静。今也稼轩于漫漫无际静夜之下，漠漠无垠稻田之中，而曰『听取蛙声一片』，其意旨则在于热闹喧嚣，而不在于清幽寂静也。若是则此所谓蛙声与他人所谓蛙声也者，又异已。夫稼轩于此，其意果只在于写阵阵稻花香之扑鼻，阵阵鸣蛙声之聒耳乎哉？果只如是，不碍词之为佳词；果只如是，则稼轩之所以为稼轩者何在？稼轩之词，固以意胜。以意胜，则不能无所谓。此稻花香中蛙声一片，固与《鹊桥仙》中之『千顷稻花』『一天风露』，同其旨趣。然彼曰『酿成』，此曰『丰年』，彼为因，为辛苦；此为果，为享受。『稻花香里说丰年，听取蛙声一片』，真乃鼓腹讴歌，且忘帝力于何有，千秋之盛事，而众生之大乐也。而稼轩之所以为稼轩者乃于是乎在。尚何须说『别枝惊鹊』『半夜鸣蝉』之簇簇新，与夫花香，曰蛙（鳴）聲。稻花之花，而与詩詞中常見之花異矣。至於蛙聲，則固已有人嘗作一部鼓吹，或曰青草池塘處處蛙矣。而皆非所論於稼軒也。所以者何？彼數少，此數多；彼聲寡，此聲衆故。即曰不尒，而彼雖曰一部，曰處處，其意旨固在於清幽寂靜。今也稼軒於漫漫無際靜夜之下，漠漠無垠稻田之中，而曰聽取蛙聲一片，其意旨則在於熱鬧喧囂，而不在於清幽寂靜也。若是則此所謂蛙聲与他人所謂蛙聲截也者，又異已。夫稼軒於此，其意果只在於寫陣陣稻花香之撲鼻，陣陣鳴蛙聲聲之聒耳乎哉？果只如是，不礙詞之為佳詞，果只如是，則稼軒之所以為稼軒者何在？稼軒之詞，固以意勝。以意勝，則不能無所謂。此稻花香中蛙聲一片，固与鵲橋仙中之千頃稻花一天風露同其旨趣。然彼曰醜字，此曰豐年，彼為因，為辛苦，此為果，為享受。稻花香裏說豐年，聽取蛙聲一片，直乃鼓腹謳歌，且忘帝力於何有，千秋之盛事，而衆生之大樂也。而稼軒之所以為稼軒者乃於是乎在。尚何須說別枝驚鵲半夜鳴蟬之簇簇新，与夫稻花鸣蛙之于鼻根、耳根，异乎其他诗人词人所染之香尘、声尘也耶？复次，过片『七八个星天外，两三点雨山前』一联，粗枝大叶，别具风流。元遗山《论诗绝句》盛称退之《山石》句之有异于女郎诗。持以较此，觉韩吏部虽然硬语盘空，而饰容作态，尚逊其本色与自然。此种意境，此种句法，入之小词，一似太古遗民，深山老农，布袄毡笠，索带芒屦，闯入措大堂上、歌舞场中，举止生硬，格格不入，而真挚之气，古朴之容，有使若辈不敢哂笑者在。又如闭关老僧，千峰结茅，破衲遮身，嘴与瓶钵，一齐挂壁，使口里水漉漉地谈心说性之堂头大和尚见之，亦似蚊子上铁牛，全无下嘴处。如谓此非词家正宗，何不一读杜少陵之七言绝句？如谓工部七绝亦不见怎的，亦非诗家正宗，则苦水亦只有自恨虽不能如云门老汉一棒将世尊打煞与狗子吃，也将老杜活埋却了，图得个天下太平也。如今莫惹闲气，且说此词末尾之『旧时茅店社林边，路转溪桥忽见』。学人且不可说辛老子至此理屈词穷，貂不足，将狗尾续也。试思旅途深夜，人困马乏，突然溪桥路转，林边店在，则今宵之茶香饭饱，洗脚上稻花鳴蛙之於鼻根耳根，異乎其他詩人詞人所染之香塵聲塵也耶？復次，過片七八箇星天外，兩三點雨山前一聯，粗枝大葉，別具風流。元遺山論詞絶句，盛稱退之山石句，之有異於女郎詩。持以較此，覺韓吏部雖然硬語盤空，而飾容作態，尚遜其本色與自然。此種意境，此種句法，入之小詞，一似太古遺民，深山老農，布襖氈笠，索帶芒鞋，闖入措大堂上，歌舞場中，舉止生硬，格格不入，而真摯之氣，古樸之容，有使若輩不敢哂笑者在。又如閉閣老僧，千峯結茅，被衲遮身，嘴與瓶鉢一齊掛壁，使口裏水漉漉地，談心說性之堂頭大和尚見之，亦似蚊子上鐵牛，全無下嘴處。如謂此非詞家正宗，何不一讀杜少陵之七言絶句？如謂工部七絶亦不見怎的，亦非詩家正宗，則苦水亦只有自恨錐不能如雲門老漢一棒將世尊打殺與狗子喫，也將老杜活埋卻了，圖得個天下太平也。如今莫惹閑氣，且說此詞末尾之舊時茅店社林邊，路轉溪橋忽見。學人且不可說辛老子至此理屈詞窮，貂不足，將狗尾續也。試思旅途深夜，人困馬乏，突然溪橋路轉，林邊店在，則今宵之茶香飯飽，洗腳上床，便有着落，此是何等乐事？盖一首小词，五十个字，无不是写一乐字。这老汉先天下忧，后天下乐，词中写没奈何处，比比皆是。若夫乐则固未有乐于是篇者矣。或问：苦水何以便知稼轩今夜定歇此店？情知有此问。不见『茅店』二字之上，明明冠以『旧时』乎？浮屠不三宿桑下，况乎辛老性情过重，感觉极敏，夜行之际，而见此旧时之茅店焉，则眷念往日于此，曾有一碗粗茶、三杯淡酒之因缘，今夕纵不顿此，心中亦安能恝然而已乎？

清平乐·书王德由主簿扇

溪回沙浅，红杏都开遍。鸂鶒不知春水暖，犹傍垂杨春岸。
片帆千里轻船，行人想见欹眠。谁似先生高举，一行白鹭青天。

渔洋论诗，力主神韵。静安先生独标境界，且以为视神韵为探其本。苦水则谓境界可以包神韵，而神韵者，不过境界之一种，但不可曰境界即神韵，譬之马为畜，而畜非马然，便有着落，此事是何等樂事？蓋一首小詞，五十個字，無不是寫一樂字。這老漢先天下憂，後天下樂，詞中寫沒奈何處，比比皆是。若夫樂則固未有樂於是篇者矣。或問：苦水何以便知稼軒今夜定歇在店？情知有此問。不見茅店二字之上，明明冠以舊時乎？浮屠不三宿桑下，況乎老辛老性情過重，感覺極敏，夜行之際，而見此舊時之茆店焉，則眷念往日於此曾有一盌粗茶、三杯淡酒之因緣，今夕縱不宿此，心中亦安能恝然而已乎？

清平樂

書王德由主簿扇

溪回沙淺，紅杏都開遍。鸂鶒不知春水暖，猶傍垂楊春岸。片帆千里輕船，行人想見欹眠。誰似先生高舉，一行白鷺青天。

漁洋論詩，力主神韻，靜安先生獨標境界，且以爲視神韻爲探其本。苦水則謂境界可以包神韻，而神韻也，不過境界之一種，但不可曰境界即神韻，譬之馬爲畜，而畜非馬也。苦水于古大家之诗，不喜渔洋。二十年来，并渔洋所主之神韵，遂亦唾弃之。近年始觉渔洋之诗，诚不足以言神韵，而渔洋对神韵之认识，亦只在半途，故不独其身后无多沾溉，即其生前，门前亦寂若寒灰。然论中国诗，神韵一名，终为可取而不可废。盖神者何？不灭是。韵者何？无尽是。中国之诗，实实有此境界，如渊明之『采菊东篱下，悠然见南山』，韦苏州之『落叶满空山，何处寻行迹』，孟襄阳之『微云淡河汉，疏雨滴梧桐』，谓之玄妙，谓之神秘，谓之禅寂，举不如『神韵』二字之得体。此说甚长，且俟他日有机缘时，另细详之，今姑舍是。

苦水平日为学人说词，常谓词富于情致，而乏于神韵。神韵长，情致短，是以每论词未尝不引以为憾。今得辛老子此小令一章，吾憾或可以稍释乎？题中注明是书王主簿扇，恐是席上匆匆送王罢官归去之作。前片写景，皆泛语、浅语，然过片『片帆千里轻船，行人想见欹眠』，情致已自可念；至『谁似先生高举，一行白鹭青天』，高情远致，不厉不佻，也。苦水於古大家之詩，不喜漁洋。二十年來，並漁洋所主之神韻，遂亦唾棄之。近年始覺漁洋之詩，誠不足以言神韻，而漁洋對神韻之認識，亦只在半途，故不獨其身後無多詬譏，即其生前門前亦寂若寒灰。然論中國詩，神韻一名，終為可取而不可廢。蓋神者何？不滅是。韻者何？無盡是。中國之詩，實實有此境界，如淵明之採菊東籬下，悠然見南山，韋蘇州之落葉滿空山，何處尋行迹，孟襄陽之微雲淡河漢，疏雨滴梧桐，謂之玄妙，謂之神秘，謂之禪寂，舉不如神韻二字之得體。此說甚長，且俟他日有機緣時另細詳之，今姑舍是。

苦水平日為學人說詞，常謂詞富於情致，而乏於神韻。神韻者長，情致短。是以每論詞未嘗不引以為憾。今得辛老子此小令一章，吾憾或可以稍釋乎？題中注明是書王主簿扇，想是席上匆匆送王羅官歸去之作。前片寫景，皆泛語，淺語，然過片片帆千里輕船，行人想見欹眠，情致已自可念，至誰似先生高舉，一行白鷺青天，高情遠致，不靡不佻，脱俗尘，透世网，说高举便真是高举。笑他山谷老人说『江南春水碧于天，中有白鸥闲似我』之未免拖泥带水行也。夫『一行白鹭』之用杜诗，其孰不知之？但若以气象论，那一首七言四句，排万古而吞六合，须还他少陵老子始得。若说化板为活，者位山东老兵，虽不能谓为点铁成金，要是胸具炉锤，当仁不让。『一行白鹭青天』，删去『上』字，莫道是削足适履好。着一『上』字，多少着迹吃力。今删一『上』字，便觉万里青天，有此一行白鹭，不支拄，不抵牾，浑然而灵，寂然而动，是一非一，是二非二。莫更寻行数墨，说他词中上句『高举』两字，便替却『上』字也。盖辛词中情致之高妙，无加于此词者。如是而词中之情致，可以敌诗中之神韵，而苦水之夙憾，亦可以稍释矣。

记得十五年前，苦水尚在行脚，同参有纯兄者，为说默师当年上堂，曾拈此二语示弟子辈。可惜苦水尔时未得列席，未审老师如何举扬。今姑臆说如上，留待异日求师印可。

南歌子·山中夜坐

脱俗塵，遠世網，説高峯便真是高峯。笑他山谷老人説江南春水碧於天，中有白鷗閑似我之未免拖泥帶水行也。夫一行白鷺之用杜詩，其孰不知之；但若以氣象論，那一首七言四句排萬古而吞六合，須還他少陵老子始得。若説化板為活，者位山東老兵，雖不能謂為點鐵成金，要是胸具鑪錘，當仁不讓。一行白鷺青天，删去上字，莫道是削足適履好。著一上字，多少著迹喫力。今删一上字，便覺萬里青天，有無一行白鷺，不揩柱，不抵牾，渾然而露，寂然而動，是一非一，是二非二。莫更尋行數墨，説他詞中上句高峯兩字，便替卻上字也。蓋辛詞中情致之高妙，無加於此等詞者。如是而詞中之情致，可以敵詩中之神韻，而苦水之風懺，亦可以稍釋矣。

記得十五年前，苦水尚在行腳，同參有純兒者，為説默師當年上堂，曾拈此二語示弟子輩。可惜苦水爾時未得列席，未審老師如何舉揚。今姑臆説如上，留待異日求師印可。

南歌子

世事从头减，秋怀彻底清。夜深犹送枕边声，试问清溪，底事未能平。

月到愁边白，鸡先远处鸣。是中无有利和名，因甚山前，未晓有人行。

者老汉真是可笑。如此小词，也要复『底』字、复『事』字、复『清』字、复『边』字、复『未』字、复『有』字。更可笑是苦水廿余年读稼轩此词，一见便即成诵，直到如今，时时掂掇，还是此刻手写一过，才觉察出。若说苦水于辛老子是相赏于牝牡骊黄之外，苦水不免惭惶。若说辛老子胆大心粗，更是罪过。何以故？大体还他肌肤好，不擦红粉也风流。

苦水平日披读诗文，辄复致疑：如是云云者，果生于其心，而绝非抄袭与模拟耶？果为由衷之言，而无少粉饰与夸张耶？读『三百篇』、《离骚》《古诗十九首》与《陶渊明集》，无此疑矣。最后则读稼轩之《长短句》亦然。苦水非谓辛词即等于『三百篇』、《离骚》、十九首与陶集也。要之，无疑则同然耳。即如此词，稼轩曰『世事从头减』，苦水即谓其『从头减』。曰『秋怀彻底清』，苦水即信其『彻底清』。

山中夜坐

世事從頭減、秋懷徹底清、夜深猶送枕邊聲、試問清溪底事未能平、　月到愁邊白、雞先遠處鳴、是中無有利和名、因甚山前未曉有人行、

者老漢真是可笑。如此小詞、也要複底字、複事字、複边字、複清字、複未字、複有字。更可嘆是苦水廿餘年讀稼軒此词、一見便即背誦、直到如今、時時敁敠、還是此刻手寫一過、才覺察出。若說苦水於辛老子是相賞於牝牡驪黃之外、苦水不免懸惶。若說辛老子膽大心粗、更是罪過。何以故？大體還他肌骨好、不搽紅粉也風流。

苦水平日披讀诗文、輒復致疑、如是云云：去、果生於其心、而绝非抄襲与模擬耶？果為由衷之言、而無少粉飾与誇張耶？讀三百篇、離騷、古詩十九首与陶淵明集、無此疑矣。最後則讀稼軒之長短句亦然。苦水非谓辛词即等於三百篇、離騷、十九首与陶集也。要之、無疑則同然耳。即如此词、稼軒曰世事從頭減、苦水即谓其從頭減。曰秋懷徹底清、苦水即信其徹底清。

此不几于武断盲从乎哉？曰：不然，苟稼轩而非『世事从头减，秋怀彻底清』也，则过片『月到愁边白，鸡先远处鸣』，何为其然而奔赴于辛老子之笔下耶？世之人填胸满臆，万斛俗尘，妄念狂想，前灭后生，即置身于玉阙蟾宫，亦不觉月之为白。今稼轩则曰『月到愁边白』。此所谓愁，岂棼如乱丝之焦心苦虑哉？静极生愁，静之极也。曹子桓曰：『乐往哀来，怆然伤怀。』所谓哀，亦即所谓愁。岂李陵所云『晨坐听之不觉泪下』之哀哉？鲁迅先生曰：『静到听出静底声音来。』当此之际，『世事从头减』之诗人，未有不愁者也。于是乃益感于白月之白也。六一词曰：『寂寞起来褰绣幌，月明正在梨花上。』寂寞者何？愁也。月上梨花者何？白也。若夫『鸡先远处鸣』者，抑又何也？老杜诗曰：『遮莫邻鸡下五更。』曰『邻』，则近也。世之人而有耳，而不聋，而五更头不貉睡如死汉者，固莫不闻近处之鸡鸣矣。至于远处鸡声之先鸣，则固非『世事从头减，秋怀彻底清』之大诗人不能闻之也。且山中静夜，独坐无眠，而远处鸡声，忽首先破空穿月而至，已复沉寂于灏气清露之中，一何其杳冥也？一何其寥廓也？而且愈益此不幾於武斷盲從乎哉？曰：不然，苟稼軒而非世事從頭減，秋懷徹底清也，則過片月到愁邊白，雞先遠處鳴，何為其然而奔赴於辛老子之筆下耶？世之人填胸滿臆，萬斛俗塵，妄念狂想，前滅後生，即置身於玉闕蟾宮，亦不覺月之為白。今稼軒則日月到愁邊白。此所謂愁，豈禁如亂絲之焦心苦慮哉？靜極生愁，靜之極也。曹子桓曰：樂往哀來，愴然傷懷。所謂哀亦即所謂愁，豈李陵所云晨坐聽之不覺淚下之哀哉？魯迅先生曰：靜到聽出靜底聲音來。當此之際，世事從頭減之詩人，未有不愁者也。於是乃益感於白月之白也。六一詞曰：寂寞起來褰繡幌，月明正在梨花上。寂寞去何？愁也。月上梨花者何？白也。若夫雞先遠處鳴去，抑又何也？老杜詩曰：遙羨鄰雞下五更。曰鄰，則近也。世之人而有耳，而不聾，豈更頭不落睡如死漢者，固莫不聞近處之雞鳴矣。至於遠處鷄群之先鳴，則固非世事從頭減、秋懷徹底清之大詩人不能聞之也。且山中靜夜，獨坐無眠，而遠處雞鳴聲，忽首先破空穿月而至，已復沈穿於灝氣清露之中，一何其杳冥也？一何其寥廓也？而且愈益增加世事之减、秋怀之清矣。夫如是，将不独苦水无疑于辛老子之『世事从头减，秋怀彻底清』，盖举天下之人，殆无一而不信之者也。

至于前片之后二语，与后片之后二语，不知何以稼轩于事减、怀清之际，乃忍于出此。是殆举『世事』十字、『月到』十字所缔造之境界、酿成之空气，尽摧拉之而无余也。虽然，稼轩之所以为稼轩，亦可于此消息之。观过知仁，苦水前已数言之矣。

生查子·题京口郡治尘表亭

悠悠万世功，矻矻当年苦。鱼自入深渊，人自居平土。　红日又西沉，白浪长东去。不是望金山，我自思量禹。

悠悠之功，矻矻之苦，何也？鱼之入渊，人之居陆，是已。盖水之行地中，民之不昏垫者，于兹三千有余岁矣。何人，何人，何人？则禹是已。稼轩有用世之心，故登京口郡治之尘表亭，见西沉红日之冉冉，东去白浪之滔滔，遂不禁发思古之幽情，叹禹乎？自伤也。

增加世事之減、秋懷之清也（矣）。夫如是，將不獨苦水[illegible]於辛老子之「世事從頭減，秋懷徹底清」，蓋舉天下之人殆無一而不信之者也。

至於前片之後二語，與後片之後二語，不知何以稼軒於事減懷清之際，乃忍於出此。是殆舉「世事」十字「月到」十字所締造之境界釀成之空氣，盡摧拉之而無餘也。極甚，稼軒之所以為稼軒，亦可於此消息之。[illegible]觀過知仁，苦水亦已數言之矣。

生查子

題京口郡治塵表亭

悠悠萬世功，矻矻當年苦。魚自入深淵，人自居平土。　紅日又西沉，白浪長東去。不是望金山，我自思量禹。

「悠悠」之功，「矻矻」之苦，何也？魚之入淵，人之居陸，是已。蓋水之行地中，民之不昏墊者，於茲三千有餘歲矣。何人，何人。則禹是已。稼軒有用世之心，故登京口郡治之塵表亭，見西沉紅日之冉冉，東去白浪之滔滔，遂不禁發思古之幽情，歎禹乎禹乎自傷也。

具眼学人，且道一首小词，苦水如此拈举，为是会不会？为是辜负不辜负这作者？不须学人肯苦水，苦水早已先自肯了也。所以者何？词意自明，稍一沉吟，便已分晓，自无错会。虽然错即不错，虽然辜负即不辜负，而苦水拈举此词之旨，却不在乎此。苟审如吾前此之所言，此词固又以意胜，即使力透纸背，不几于有韵之散文乎？词之所以为词者安在？苟审如吾前此之所言，则前片四句与后片结尾二句之间，楔入『红日又西沉，白浪长东去』十个大字，又奚以为也？如曰：登高望远，对此茫茫，百感交集，而举头又见依依之落日，滚滚之江涛，吊古悲今，益觉无以为怀，有此二语，便觉阮嗣宗之登广武原尚逊其雄浑，陈伯玉之登幽州台尚逊其悍鸷也。如是说，最为近之。然而脚跟仍未点地在。具眼学人又何不于『又』字『长』字会去？『又』者何？一日一回也。『长』者何？不舍昼夜也。传神阿堵，颊上三毫，尚不足以喻之。稼轩真词家大手笔也。夫必如是说，此词乃可成为词，而不同乎有韵之散文。然而稼轩作词，虽句有句法，字具眼學人且道一首小詞，苦水如此拈舉，為是會不會？為是孤負不孤負這作者？不須學人，皆苦水苦水早已先自肯了也。所以者何？詞意自明，稍一沈吟，便已分曉，自無錯會。雖然錯即不錯，雖然孤負即不孤負，而苦水拈舉此詞之旨，卻不在乎此。苟審如吾前此之所言，此詞固又以意勝，即使力透紙背，不幾於有韻之散文乎？詞之所以為詞，其要安在？苟審如吾前此之所言，則前片四句與後片結尾二句之間，橫入紅日又西沈白浪長東去十箇大字，又奚以為也？如曰：登高望遠，對茫茫百感交集，而舉頭又見依依之落日，滾滾之江濤，弔古悲今，益覺無以為懷，有此二語，便覺阮嗣宗之登廣武原尚遜其雄渾，陳伯玉之登幽州臺尚遜其悍鷙也。如是說，最為近之。然而腳跟仍未點地在。具眼學人又何不於又字長字會去？又者何？一日一回也。長者何？不舍晝夜也。傳神阿堵，頰上三毫，尚不足以喻之。稼軒真詞家大手筆也。夫必如是說，此詞乃可成為詞，而不同乎有韻之散文。然而稼軒作詞，雖句有句法，字有字法，而者老汉又岂与人较量于字法、句法者哉。然则是又不可如此会也。自会去好。苦水说不得。

于是苦水说稼轩词竟。

有字法，而者老漢又豈与人較量於字法句法者哉。然則是又不可如此會也。自會去好。苦水說不得。

於是苦水說稼軒詞竟。

稼轩词说下卷终全书终

稼軒詞説下卷終全書終

稼軒詞說

苦水拈古之一

東坡詞說

苦水拈古之二

倦驼庵东坡词说

前　言

吾自学词，即不喜东坡乐府。众口所称《念奴娇》『大江东去』一章，亦悠忽视之，无论其他作。旧在城西校中，偶当讲述苏词，一日上堂，取《永遇乐》『明月如霜』一首，为学人拈举，敷衍发挥，听者动容。尔后渐觉东坡居士真有不可及处，向来有些辜负却了他也。今年夏秋之交，说稼轩词既竟，无所事事，更以读词遣日，初无说苏词之意。案头适有龙榆生笺注本，因理一过，乃能分疏坡词何处为佳妙，何处为败阙，遂选而说之。吾之说辛，其意见则几多年来久蕴于胸中，不过至是以文字表而出之耳。兹之说苏，则大半三五日中之触磕。如谓说辛为渐修，则说苏其顿悟欤？二三子得吾之说而读之者，宜先依词目，尽读其词，每一首，首宜速读，以遇其机，次则细读，以求其意，最末，掩卷思之，以会其神，必有好有不好，有解有不解，然概念既得，好者解者无论矣，若其不好者亦勿弃置，不解者更不必穿凿，然后取吾之说，仍先阅原词一过，略一沉吟，意若曰：彼苦水将奚以说耶？于是乃逐字逐句读吾之说，

倦駝菴東坡詞説

前言

吾自學詞，即不喜東坡樂府。衆口所稱念奴嬌大江東去一章，亦悠忽視之，無論其他作。舊在城西校中，偶當講述蘇詞。一日上堂，取永遇樂明月如霜一首，為學人拈舉，敷衍發揮，聽者動容。尔後漸覺東坡居士真有不可及處，向來有些孤負卻了他也。今年夏秋之交，説稼軒詞既竟，無所事事，更以講詞遣日，初無説蘇詞之意，案頭適有龍榆生箋注本，因理一過，乃能分疏坡詞何處為佳妙，何處為敗闕，遂選而説之。吾之説辛，其意見則幾多年來久蘊於胸中，不過至是以文字表而出之耳。茲之説蘇，則大半三五日中之觸磕，如謂説辛為漸修，則説蘇其頓悟歟？二三子得吾之説而讀之者，宜先依詞目盡讀其詞，每一首，首宜速讀，以遇其樸，次則細讀，以求其意，最末，掩卷思之，以会其神。必有好有不好，有解有不解，然概念既得，好者解者無論矣，若其不好者亦勿棄置，不解者更不必穿鑿，然後取吾之説，仍先閲原詞一過，略一沉吟，意若曰：彼苦水將奚以説耶？於是乃遂逐字逐句讀吾之説，以相与印证焉。如是读者为得之。不然者，一得是编，流水看毕，是则不独辜负东坡，亦且辜负苦水，辜负学人自己矣。又凡为学之事，不可随人脚跟，亦不可先有成见。如读吾说而遂谓其铁案如山，苦水并不欢喜，只有叫屈。诚如是，苦水将置学人于何地，学人又将何以自处乎？如读吾说而乃谓其信口开合，苦水虽不烦恼，却亦不甘。审如是，学人将置苦水于何地，而苦水又将何以自处乎？苦水虽无马祖振威一喝，百丈直得三日耳聋的本领，学人也须如同临济参了大愚，重归黄檗之后，须向黄檗随声便掌方得也。非然者，大家钝置，何日是了期耶？吾之说词，虽似说理，意只在文。学人首须去会，不可徒事求解，解得许多张长李短，不会得古人文心，有甚干涉？如有所会，且莫须问苦水肯不肯，须知苦水首先要问学人肯去会不肯去会也。学人亦须自悟自证。即如苦水说词，一无可取，何必睬他？若有可取，又是哪个先生教的也？至于说词之外，时复拈举一两则公案，一两个话头，与学人商量，学人又须会得苦水苦心，勿做节外生枝看也。虽然，吾上所云云，为二三子从余

傳燈十三

以相與印證焉。如是讀者爲得之，不然者，一得是編，流水看畢，是則不獨孤負東坡，亦且孤負苦水，孤負學人自己矣。又凡爲學之事，不可隨人腳跟，亦不可先有成見。如讀吾說而遂謂其錄筆如山，苦水無不歡喜，祇有叫屈。誠如是，苦水將置學人於何地，學人又將何以自處乎？如讀吾說而乃謂其信口開合，苦水雖不煩惱，卻亦不甘。審如是，學人將置苦水於何地，而苦水又將何以自處乎？苦水謂昔馬祖振威一喝，百丈直得三日耳聾底本領，學人也須如同臨濟參了大愚，重歸黃檗之後，須向黃檗隨拳便掌方得也。非然者，大家鈍置，何日是了期耶？吾之說詞雖似說理，意只在文。學人首須去會，不可徒事求解。解得許多張長李短，不會得古人文心，有甚干涉？如有所會，且莫須問苦水肯不肯，須知苦水首先要問學人肯去會不肯去會也。學人亦須自悟自證，即如苦水說詞，一無可取，何必睬他？若有一二可取，又是那個先生教底也？至於說詞之外，時復拈舉一兩則公案，一兩個話頭，與學人商量，學人又須會得苦水苦心，勿作節外生枝看也。雖然，如上所云云，爲二三子從余游者言之耳。若是明眼大师，辣手作家，吾文现在，赃证俱全，一任横读竖看，薄批细抹，印可棒喝，苦水无不欢喜承当。

卅二年仲秋苦水识

遮者言之耳。若是明眼大師，辣手作家，吾文現在，贓證俱全，一任橫讀豎看，薄批細抹，印可棒喝，苦水無不歡喜承當。卅二年仲秋苦水識。

东坡词说前言终

東坡词説前言终

倦驼庵东坡词说

词　目

倦駝庵东坡词说

詞目

附录

东坡词说词目终

坿録

念奴嬌 大江東去

水調歌頭 明月幾時有

水龍吟 似花還似非花

蝶戀花 花褪残紅青杏小

卜算子 缺月挂疏桐

東坡词说词目终

倦驼庵东坡词说

永遇乐·徐州夜梦觉登燕子楼作

明月如霜，好风如水，清景无限。曲港跳鱼，圆荷泻露，寂寞无人见。紞如三鼓，铿然一叶，黯黯梦云惊断。夜茫茫，重寻无处，觉来小园行遍。　天涯倦客，山中归路，望断故园心眼。燕子楼空，佳人何在，空锁楼中燕。古今如梦，何曾梦觉，但有旧欢新怨。异时对，黄楼夜景，为余浩叹。

坡仙写景，真是高手，后来几乎无人能及。即如此词之『明月』八字、『曲港』八字、『紞如』十四字，写来如不费力，真乃情景兼到，句意两得。但细按下去，亦自有浅深层次，非复随手堆砌。『明月』『好风』『如霜』『如水』，泛泛言之而已；『曲港』『圆荷』『跳鱼』『泻露』，则加细矣。曲港之鱼，人不静不跳；圆荷之露，夜不深不泻。虽是眼前之景，不是慧眼却不能见，不是高手却不能写。更无论钝觉与

倦駝庵東坡詞説

永遇樂

徐州夜梦覺登燕子楼作

明月如霜、好風如水、清景無限、曲港跳魚、圓荷瀉露、寂寞無人見、紞如三鼓、鏗然一葉、黯黯夢雲驚斷、夜茫茫、重尋無處、覺來小園行徧、 天涯倦客、山中歸路、望斷故園心眼、燕子樓空、佳人何在、空鎖樓中燕、古今如夢、何曾夢覺、但有舊歡新怨、異時對黄楼夜景、爲余浩歎、

坡仙寫景、真是高手、後來幾乎無人能及、即如此詞之明月八字、曲港八字、紞如十四字、寫來如不費力、真乃情景兼到、句意兩得、但细按下去、亦自有浅深層次、非復隨手堆砌、明月好風如霜如水、泛泛言之而已、曲港圓荷跳魚瀉露、則加细矣、曲港之魚、人不静不跳、圓荷之露、夜不深不瀉、雖是眼前之景、不是慧眼却不能見、不是高手却不能寫、更無論埶覺与

粗心也。至于『纨如三鼓，铿然一叶』，明明是『纨如』，明明是『铿然』，明明是有声，却又漠漠焉，暧暧焉，如轻云，如微霭，分明于数点声中看出一片色来。要说只此八字，亦还不能至此境地。全亏他下面『黯黯梦云惊断』一句接联得好，『黯黯』字、『梦云』字、『断』字，无一不是与前八字水乳交融，沆瀣一气，岂只是相得益彰而已哉？至于『惊』字阴平，刚中有柔，故虽含动意，而与前八字仍是相反而又相成。读去，听去，甚至手按下去，无处不锋芒俱收，圭角尽去。好笑世人狃于晁以道『天风海雨逼人』之说，遂漫以豪放目之，动与辛幼安相提并论，可见于此等处不曾理会得半丝毫也。者个且置。譬如苦水如此说，颇得坡老词意不？若说不，万事全休，只当苦水未曾说。坡词俱在，苦水之说，亦何尝损其一毫一发？若说得，难道老坡当年填词时，即如苦水之所说枝枝节节而为之耶？决不，决不。只缘作者生来秉赋，平时修养，性情气韵中有此一番境界，所以此时此际，机缘触磕，心手凑拍，适然来到笔下，成此粗心也。至於紞如三鼓，鏗然一葉，明明是紞如，明明是鏗然，明明是有聲，卻又漠漠焉、曖曖焉，如輕雲，如微霧，分明於數點聲中看出一片色來。要說只此八字，也還不能致此境地，全虧他下面黯黯夢雲驚斷一句接聯得好、黯黯字、夢雲字、斷字，無一不与是與前八字水乳交融，沆瀣一氣，豈只是相得益彰而已哉？至於驚字陰平，剛中有柔，故雖含動意，而与前八字仍是相反而又相成。讀去，聽去，甚至手按下去，無處不鋒鋩俱收，圭角盡去，好笑世人獨於晁以道天風海雨逼人之說，遂漫以豪放目之，動与辛幼安相提並論，可見於此等處不曾理會得半絲毫也。者個且置。譬如苦水如此說，須得坡老詞意不？善說不，萬事全休，只當苦水未曾說。坡詞具在，苦水之說，亦何嘗損其一毫一髮？若說得，難道老坡當年填詞時，即如苦水之所說，枝枝節節而為之耶？決不，決不。只緣作者生來稟賦，平時修養，性情与象韻中有此一番境界，所以此時此際，探緣觸磕，心手湊拍，適去然來到筆下，成此妙文。若不如此，又是弄泥团汉也。所以苦水平日为学人尝道：苦水今日如此说，正是个说时迟；古人当日如彼写，正是个那时快。当其下笔，兔起鹘落，故其成篇，天衣无缝。若是会的，到眼便知，次焉者，上口自得，又其次者，听会的人读过，入耳即通。若不如此，纵使苦水老婆心切，说得掰瓜露子，饶他听苦水说时，直喜得眉开眼笑，又将苦水所说，记得滚瓜烂熟，依旧是『君向潇湘我向秦』。闲话揭开，如今且说坡仙此词，开端『如霜』『如水』，两个『如』字，不免着迹。『跳鱼』『泻露』，『跳』字、『泻』字又不免着力。总不如『统如』十四个字浑融圆润。『清景无限』，『寂寞无人见』，苦水早年总疑是坡老败阙。以为若作者觉得不如此写不足兴，便是作者见短。若读者觉得不如此写不明了，便是读者低能。总之，此等处于人于己两无好处。于今却不如此想，何以故？且待说了『夜茫茫、重寻无处』一句再说。『寻』字承上『梦云』而言。此时人尚未清醒，亦并未起床，只是在半醒半睡中寻绎断梦。所以下句方是『觉来小园行遍』也。说到妙文。若不如此，又是弄泥團漢也。所以苦水平日為學人嘗道：若水今日如此說，正是個說時遲；古人嘗如彼寫，正是個那時快。當其下筆，兔起鶻落，故其本篇天衣無縫。若是會底到眼便知，次焉者上口自得。又其次者，聽會底人讀過，入耳即通。若不如此，縱使苦水老婆心切，說得辦瓜露子，饒他聽苦水說時，直喜得眉開眼笑；又將苦水所說，記得滾瓜爛熟，依舊是君向瀟湘我向秦。閑話揭開。如今且說坡仙詞開端如霜如水，兩個如字，不免着迹。跳魚瀉露，跳字瀉字又不免着力。總不如紞如十四字個字渾融圓潤，清景無限。寂寞無人見，苦水早年總疑是坡老敗闕，以為若作者覺得不如此寫不足興，便是作者見短。若讀者覺得不如此寫不明瞭，便是讀者低能。總之，此等處於人於己兩無好處。於今卻不如此想。何以故？且待說了夜茫茫、重尋無處二句再說。尋字承上夢雲而言。此時人尚未清醒，亦尚未起牀，只是在半醒半睡中尋繹對夢。所以下句方是覺來小園行徧也。說到者里，再回头追溯开端『明月』直至『无人见』六句二十五个字所写之景，不独是觉来行遍之所见，而且是觉了行了见了之后，方才悟得适间睡里梦里，外面小园中月之如霜，风之如水，与夫鱼之跳，露之泻，早已好些时候了也。嗟嗟，人自睡里梦里，月自如霜，风自如水，鱼亦自跳，露亦自泻。人生斯世，无边苦海，无限业识，将幻作真，认贼为子，且不须说高不可攀处、远不可及处，只此眼前身畔，有多少好处，交臂失之，不得享受。真乃志士之大痛也。然则『清景无限』『寂寞无人见』两句，写来一何其感喟，而又一何其蕴藉，谓之败阙，如之何则可？苦水当年失却一只眼，今日须向他坡老至心忏悔始得也。如问『梦云』之『梦』，果何所指？苦水则谓：梦只是梦而已，不必指其名以实之，或任指一名以实之亦无不可。但决不是梦关盼盼。静安先生诗曰：『不堪宵梦续尘身。』苦水则说，宵梦更非别有，只是尘身。坡老此处，亦是此意。所以苦水于此词录题时，拟删去『登燕子楼』四字。词中并无『登』意也。然则只是『夜梦觉』便得，何必又标『徐州』？苦水盖者裏，再回頭追溯開端明月直至無人見六句二十五個字所寫之景，不獨是覺來行徧之所見，而且是覺了行了見了之後，方才悟得適間睡裏夢裏，外面小園中月之如霜，風之如水，與夫魚之跳，露之瀉，早已好些時候了也。嗟嗟，人自睡裏夢裏，月自如霜，風自如水，魚亦自跳，露亦自瀉。人生斯世，無邊苦海，無限業識，將幻作真，認賊為子，且不須說高不可攀處，遠不可及處，祇此眼前身畔，有多少好處，交臂失之，不得享受，真乃志士之大痛也。然則清景無限，寂寞無人見兩句，寫來一何其感喟，而又一何其蘊藉，謂之敗闕，如之何則可？苦水當年失卻一隻眼，今日須向他坡老至心懺悔始得也。如問：夢雲之夢，果何所指？苦水則謂：夢只是夢而已，不必指其名以實之，或任指一名以實之亦無不可。但決不是夢盼盼。靜安先生詰曰：不堪宵夢續塵身。苦水則說：宵夢更非別有，只是塵身。坡老此處亦是此意。所以苦水於氏詞錄題時，擬刪去宿燕子樓四字。詞中並無登意也。然則只是被夢覺便了，何必又標徐州？苦水蓋以为若无此二字，词中之『燕子楼空』，则忒杀突如其来矣。有一本题作『夜宿燕子楼，梦盼盼，因作此词』。郑大鹤诃之曰：『居士断不作痴人说梦之题，是已。』然郑又取王案说，谓是梦登燕子楼，翌日往寻其地作。此又是刻舟求剑了也。学人将疑不知苦水见个什么？便说得如此斩钉截铁。不知只是学人不肯细心参求，并非苦水无事生非。试看老坡此词过片，曲曲折折写来，只道得个人生之痛，半点也无儿女之情，已是自家据实自首，不须苦水再为问案追赃。『天涯』三句，叹息人生无蒂，不如落叶犹得归根。『燕子』三句，说得不拘遗臭流芳，凡是前人生涯，只不过后人话靶。『古今』三句更是说他苦海众生，业识茫茫，无本可据。结尾则是由燕子楼联想到黄楼，后人千载而下，见燕子楼，便想到盼盼，而不禁感慨系之。『黄楼』是老苏所创，后人亦将见之而想到东坡，系之感慨。辗转流传，何时是了？正所谓后人复哀后人也。如此写来，尽宇宙，彻今古，号称万物之灵的人也者，更无一个不是在大梦之中，更无觉醒之期。然后愈觉睡里梦里，而月如霜、风如水、以爲若無此二字，詞中之燕子樓空，則忒殺突如其來矣。有一本題作夜宿燕子樓，夢盼盼，因作此詞。鄭大鶴訶之曰：居士斷不作癡人說夢之題，是已。然鄭又取王案說，謂是夜夢登燕子樓，翌日往尋其地作。此又是刻舟求劍了也。學人將謂苦水苦水不知苦水見個什麽，便說得如此斬釘截鐵。不知只是學人不肯細心參求，並非苦水無是生非。試看老坡此詞過片，曲曲折折，寫來只道得個人生之痛，半點也無兒女之情，已是自家按實自看，不須苦水一再爲問案追贓。天涯三句，寧是人生若萍，不如落葉，猶得爲根。燕子三句，說得不拘遺臭流芳，凡是前人生涯，只不過後人話靶。古今三句更是說他苦海衆生，業識茫茫，無本可據。結尾則是由燕子樓縱想到黃樓，後人千載而下，見燕子樓，便想到盼盼，而不禁感慨係之。黃樓是老蘇所築，後人亦將見之，而想到東坡，係之感慨。輾轉流傳，何時是了？正所謂後人復哀後人也。如此寫來，盡宇宙，徹千古，統稱萬物之靈底人也者，更無一個不是在大夢之中，更無覺醒之期。然後愈覺睡裏夢裏，而月如霜，風如水鱼之跳，露之泻为可悲可痛也。夫如是，与登燕子楼，梦关盼盼，有甚干系？具眼学人且道：坡仙作此词时，梦醒也未？莫是仍在梦里么？若然，则苦水更是梦中说梦也。于古有言：啼得血流无用处，不如缄口度残春。

洞仙歌

余七岁时，见眉山老尼姓朱，忘其名，年九十岁，自言尝随其师入蜀主孟昶宫中。一日大热，蜀主与花蕊夫人夜纳凉摩诃池上，作一词。朱具能记之。今四十年，朱已死久矣，人无知此词者。但记其首二句，暇日寻味，岂《洞仙歌令》乎？乃为足之云。

冰肌玉骨，自清凉无汗。水殿风来暗香满。绣帘开、一点明月窥人，人未寝，敧枕钗横鬓乱。　起来携素手，庭户无声，时见疏星渡河汉。试问夜如何，夜已三更，金波淡、玉绳低转。但屈指、西风几时来，又不道、流年暗中偷换。

魚々跳々、露々瀉，為可悲可痛也。夫如是，与登燕子樓夢關盼盼，有甚干係？其眼夢人且道：坡仙作此詞時，夢醒也未？莫是仍在夢裡麼？若然，則苦水更是夢中說夢也。於古有言：嘔得血流無用處，不如緘口度殘春。

　　傳鐙十一 12a 揚州慧覺　此本杜荀鶴句

洞仙歌

余七歲時，見眉山老尼，姓朱，忘其名，年九十歲，自言嘗隨其師入蜀主孟昶宮中。一日大熱，蜀主与花蕊夫人夜納涼摩訶池上，作一詞。朱具能記之。今四十年，朱已死久矣，人無知此詞者，但記其首二句，暇日尋味，豈洞仙歌令乎？乃為足之云。

冰肌玉骨，自清涼無汗。水殿風來暗香滿。繡簾開、一點明月窺人，人未寢、欹枕釵橫鬢亂。　起來攜素手，庭戶無聲，時見疏星渡河漢。試問夜如何，夜已三更，金波淡、玉繩低轉。但屈指西風幾時來，又不道流年暗中偷換。

论词者每以苏、辛并举，或尚无不可。且不得看作一路。如以写情论，刻意铭心，老坡实大逊稼轩。然辛之写景，往往芒角尽出，神游意得，须还他苏长公始好。固缘天性各别，亦是环境不同。即如此《洞仙歌》一首，真乃坡老自在之作。饶他辛老子盖世英雄，具有拔山扛鼎之力，于此也还是出手不得。『冰肌玉骨，自清凉无汗』，真乃绝世佳人。刘彦和曰：『粉黛所以饰容，而倩盼生于淑姿。』『淑姿』便了，『倩盼』作么？唐人诗曰：『却嫌脂粉污颜色，淡扫蛾眉朝至尊。』『蛾眉』自好，『淡扫』则甚？总不如此二语之淡雅自然。『冰』『玉』二字，不见怎的，『清凉』恰好，尤妙在『自』。自来诗家之写佳人，写面貌，写眉宇，写腰肢，写神气，却轻易不敢写肉。写了，一不小心，往往俗得不可收拾。此二语却竟写肉。岂只雅而不俗，简直是清而有韵。写至此，倘若有人大喝：住，住！苦水错了也！者个是蜀主的，不是老坡的。苦水则亦还他一喝：管甚你的我的，文章天地之公，大家有分。老坡尚说一部陶诗是他所作，一句两句，分甚彼此？若说作之不易，但鉴赏亦难。老坡能鉴赏及此，亦自非凡，更不须说他自首論詞者每以蘇辛並舉，或尚有不可。且不得看作一路。如以寫情論，刻意銘心，老坡寔太遜稼軒。然辛之寫景，往往芒角畫出。神遊意得，須還他蘇長公始好。因緣天性各別，亦是環境不同。即如此洞仙歌一首，真乃坡老自在之作。饒他辛老子蓋世英雄，具有拔山扛鼎之力，於此也還是出手不得。冰肌玉骨，自清涼無汗，真乃絕世佳人。劉彥和曰：粉黛所以飾容，而倩盼生於淑姿。淑姿便了，倩盼作麼？唐人詩曰：卻嫌脂粉汙顏色，淡掃蛾眉朝至尊。蛾眉自好，淡掃則甚？總不如此二語之瀟雅自然。冰玉二字不見怎的，清涼恰好，尤妙在「自」。自來詩家之寫佳人，寫面兒，寫眉宇，寫腰肢，寫神氣，卻輕易不敢寫肉。寫了，一不小心，往往俗得不可收拾。此二語卻竟寫肉。豈止祇雅而不俗，簡直是清而有韻。寫至此，倘若有人大喝：住住！苦水錯了也！者个是蜀主底，不是老坡底。苦水則亦還他一喝：管甚你底我底，文章天地之公，大家有分。老坡尚說一部陶詩是他所作，一句兩句，分甚彼此？若說作之不易，但鑒賞亦難。老坡能鑑賞及此，亦自非凡，更不須說他自首减等也。者个揭开去。下面『水殿风来暗香满』，总该是东坡自作。既曰今日大热，且道风来是热是凉？水殿外想来有荷，且道暗香是人是花？若分疏得下，许你检举苏胡子；若分疏不下，还是大家葫芦提好。自家屋里事，尚且无计剖划。舍己耘人，陈米糟糠，替他古人算什么闲账？过片『起来』至『河汉』三句，写出夏之大，夜之静。写静夜尚易，写大夏却难。写大夏有何难？要将那热乎乎，潮漉漉，静化得升华了，不但使人能忍受，且能欣赏玩味之却难耳。所以自来诗文写春、写秋、写冬的多，而且好的确是不少。写大夏的便少，而好的更为稀有。家六吉极推《楚辞》之『滔滔孟夏』，与唐人之『熏风自南来，殿阁生微凉』。然《楚辞》是大处见大，唐人是大处见小，唯有老坡此处，乃是小处见大，风格固自不同。『试问夜如何』以下直至结尾，一句一转换，有如此手段，方可于韵文中说理用意。不则平板干瘪，纵使辞能达意，只是叶韵格言，填词云乎哉？若单论此处，长公与幼安，大似同条生，但辛老子用时多，苏长公用时少，而且方圆生熟，截然減等也。看他揭開去，下面索「水殿風來暗香滿」，總該是東坡自作。既曰今日大熱，且道風來是熱是涼？水殿外想來有荷，且道暗香是人是花？若分疏得下，許你拈舉蘇髯子。若分疏不下，還是大家葫蘆提好。自家底事，尚且無計剖劃，捨己耘人，陳米糟糠，替他古人算什麼閑賬？過來片起來至「河漢」三句，寫出夏之大，夜之靜。寫靜夜尚易，寫大夏卻難。寫大夏有何難？要將那熱忽忽、潮漉漉、靜化得昇華了，不但使人能忍受，且能欣賞玩味之，卻難了。所以自來詩文寫春，寫秋，寫冬底多，而且好底確是不少。寫大夏底便少，而好底更為希有。家六吉極推楚辭之「滔滔孟夏」，與唐人之「薰風自南來，殿閣生微涼」。然楚辭是大處見大，唐人是大處見小，惟有苦水此處，乃是小處見大，風格固自不同。試問「複如何」以下直至結尾之一句一轉換，看如毛手如，方寄於韻文中說理用意，不則平板乳癟，縱使辭能達意，祇是叶韻格言，堪誦云乎哉？若單論此處，長公與易安大似同條生，但苦水子用時多，蘊長而用時少，而且方圓生熟，截然两事，仍是不同条死也。学人自会去。此外尚有一则公案，苦水分明举似，再起一番葛藤。有不识惭愧者流，改坡公此词，为七言八句。更有不知好歹的人，便说彼作远胜此词，且不用说音律乖舛，世上没有恁般的《玉楼春》。只看『起来琼户启无声』，只一『启』字，便将坡词『庭户无声』之大气，缩得小头锐面，趣味索然。更不须说他首句『清无汗』之删去『凉』字之不通，与结句之改『又不道』为『只恐』之平庸也。眼里无筋，皮下无血，何其无耻，一至于此？

日昨往看同参颖公，具说已选得东坡乐府十余首，将继稼轩长短句而说之。颖公劈头便问：可有《贺新郎》『乳燕飞华屋』一首么？苦水答曰：无有。但是选时确曾费过一番斟酌。不曾收入，并非遗漏，亦非嫌弃。说辛词时，曾经说明苦水词说，原备学人反三之助，所以选外仍有佳词；不过苦水之所欲言，已尽于现所入选之数首，不必重叠反复。譬如颖公所举之《贺新郎》，『乳燕飞华屋』五字又是写夏日的名句，情象元不怎的。但读后令人自然觉得有一种夏日气息扑兩事，仍是不同條死也。學人自會去。此外尚有一則公案，苦水今分明柔似，再說一番葛藤。有不識慚愧者流，改坡公此詞為七言八句，更有不知好歹底人，便說彼作遠勝此詞，且不閑說音律乖舛，世上沒有恁般底玉樓春。只看起來瓊戶啟無聲，只一啟字，便將坡詞庭戶無聲之大氣，縮得小頭銳面，趣味索然。更不須說他首句清無汗之刪去涼字之不通，與結句之改又不道為只恐之平庸也。眼裡無筋，皮下無血，何其無恥，一至於此？

日昨往看同參顯公，具說已選得東坡樂府十餘首，將繼稼軒長短句而說之。顯公劈頭便問：可有賀新郎乳燕飛華屋一首麼？苦水答曰：無有。但是選時確曾費過一番斟酌。不曾收入，並非遺漏，亦非嫌棄。說辛詞時，曾經說明苦水詞說，原備學人反三之助，所以選外仍有佳詞，不過苦水之所欲言，已盡於現所入選之數首，不必重疊反覆。譬如顯公所舉之賀新郎，乳燕飛華屋五字又是寫夏日底名句，情象元不怎的。但讀後，令人自然覺得有一種夏日氣息撲面打鼻，而且包身而来，直至『悄无人，庭阴转午』，依旧暑气不退。待到『晚凉新浴』，方才有些子凉意。所以『手弄生绡白团扇，扇手一时似玉』之下，便自然而然地『渐困倚、孤眠清熟』也。然而仍是逃暑，并非是清凉。眼前情事，写得如此韵致，又是非老苏不办。但自此以下，尤其是过片而后，直至结尾，因为直咏榴花，苦水却觉得无甚可说。况且《洞仙歌》之『庭户无声，时见疏星渡河汉』，足足敌得过此『乳燕』以下数语。而『冰肌玉骨，自清凉无汗』，也实实好似他『手弄生绡白团扇，扇手一时似玉』也。所以既收《洞仙歌》之后，终于舍此《贺新郎》。然而道是不说，不说，也终竟是说了。不怨他颍公多口多舌，只怨苦水拖泥带水，自救不了。

木兰花令・次欧公西湖韵

霜余已失长淮阔。空听潺潺清颍咽。佳人犹唱醉翁词，四十三年如电抹。　草头秋露流珠滑。三五盈盈还二八。

面打鼻而來，直至悄無人，庭陰轉午，依舊暑氣不退。待到晚涼新浴，方才有些子涼意，所以手弄生綃白團扇，扇手一時似玉。之下，便自然而然地漸困倚孤眠清熟也。然而仍是逃暑，並非是清涼。眼前情事，寫得如此韻致。又是非老蘇不辦。但自此以下，尤其是過片而後，直至結尾，自爲直詠榴花。苦水卻覺得無甚可說。況且洞仙歌之庭戶無聲，時見疏星渡河漢，足足敵得過此乳燕以下數語。而冰肌玉骨自清涼無汗，也實實好似他手弄生綃白團扇，扇手一時似玉也。所以既經洞仙歌之後，終於捨此賀新郎。然而道是不說，不說，也終竟是說了。不怨他饒舌多口多舌，只怨苦水拖泥帶水，自救不了。

木蘭花令

次歐公西湖韻

霜餘已失長淮闊，空聽潺潺清潁咽，佳人猶唱醉翁詞，四十三年如電抹。草頭秋露流珠滑，三五盈盈，還二八。

与余同是识翁人，唯有西湖波底月。

不知可确，据说会泅水的人，想要跳水自杀却非易事，以其浮而不沉故。说也可笑，平时惯浮，及其自杀有意求沉，却仍旧是浮。后天的习或可以变易先天的性，而一时之意却难左右后天的习也。者个且置。至如长公为词，擒纵杀活，在两宋作者之中，并无大了得。只是出入之际，他深深理会得一个出字诀。者个他亦未必有意，只是天性与学力所到，自然而然有此神通。所以作来不拘长调小令，悲愁欢喜，总还你一个宽绰有余。文心无迹，书法有形，只看他作字便知。后来学书人，一为苏体，往往模糊一片，更无一个能及得他疏朗清爽。有人说：长公诗文书法，俱似不十分着力。苦水则谓：这也还是那个出字诀在那里作用着。亦复即是开端所说，会泅水的人跳在水里，虽在有意自杀之时，也仍旧浮而不沉也。此一章《木兰花令》，是和六一翁之作。说起六一翁，不独是坡老前辈，而且在文字與余同是識翁人，唯有西湖波底月。

不知何礙，據說會泅水底人想要跳水自殺，卻非易事，以其浮而不沉故。說也可笑，至時慣浮，及其自殺有意求沉，卻仍舊是浮。後天底習或可以變易先天底性，而一時之意卻難左右後天底習也。者个且置。要如長公爲詞，橫縱殺活，在兩宋作者之中，並無大了得，只是出入之際，他深深理會得一箇出字訣。者个他亦未必有意，只是天性與學力所到，自然而然有此神通，所以不作東不拘長調小令，悲愁歡喜，總還你一个寬綽有餘。文心無跡，書法有形，只看他作字便知。後來學書人，一爲蘇體，往往模糊一片，更無一個能及得他疏朗清爽。有人說：長公詩文書法，俱似不十分着力。苦水則謂：這也還是那个出字訣在那里作用着，亦復即是開端所說，會泅水底人跳在水裏，雖在有意自殺之時，也仍舊浮而不沉也。此一章本來合是和六一翁之作。說起六一翁，不獨是坡之前輩，而且在文字上，也有一番香火因缘。在文学震撼一世，及身享名这一点上，两人又正复相同。如今老坡移守颍州，正是六一翁四十三年以前旧治。抚今追昔，常人尚尔，何况坡老一代才人，与欧公又非泛泛之交乎？据年谱，坡老是年五十六岁。盖亦已垂垂老矣。此词虽是和作，莫只看他技巧，且须理会几个入声韵是何等凄咽。开端『霜余』两句，分明是凛凛深秋。当此之际，追念昔者，心中又是何等感喟。若是别个，便只有能入而不能出，然而又非所论于长公也。前片四句，一口气读下去，不知怎的，沉着之中，总溢出飘逸，而凄凉之中，却又暗含着雄壮。若说『长淮』之阔虽然已失，毕竟点出『阔』来，何况『清颍』正在『潺潺』，而『霜余』二字又暗示天宇之高，眼界之宽乎？若如此说，未必便辜负作者文心。但『佳人犹唱醉翁词，四十三年如电抹』两句之中，并无与前二语中类似字样，何以仍旧如彼其飘逸而雄壮耶？『犹唱』者何？前人不见也；『如电』者何？去日难追也。字法如此，固宜伤感到上，也有一番香火因緣，在文学震撼一世，及身享名，這一點上，古人又正復相同。如今老坡移守潁州，正是六一翁四十三年以前舊遊，於今追昔，古人尚爾，何況坡老一代才人，與歐公又非泛泛之交乎？據年譜，坡公是年五十六歲，蓋亦已垂垂老矣。此詞雖是和作，莫祇看他技巧，且須理會幾個入聲韻是何等淒咽，開端霜餘兩句，分明是凛凛深秋。當此之際，追念昔在，心中又是何等感喟。若是別個，便只有能入而不能出。然而又非所論於長公也。前片四句，一口氣讀下去，不知怎的，沉著之中，總溢出飄逸，而淒涼之中，却又暗含著雄壯。若說長淮之闊雖已失，筆竟點出闊來，何況清潁正在潺潺，而霜餘二字又暗示天宇之高，眼界之寬乎？若如此說，未必便孤負作者文心。但佳人猶唱醉翁詞，四十三年如電抹兩句之中，至云與前二語中類似字樣，何以仍舊如彼其飄逸而雄壯耶？猶唱者何？前人不見也。如電者何？去日難追也。字法如此，固宜傳誦到柔肠寸断、壮志全消矣，而仍旧如彼其飘逸与雄壮者何耶？读者于此，非于字的形、音、义三者求之不可。看他『佳』字、『翁』字，何等阔大。『人』字、『电』字，何等鲜明。『三年』两字，何等结实。『抹』字是借得欧公的，且不必说他真形容得日月如石火驹隙也。若谓苦水如此说词，何异三家村中说子路，则何不将此两句试改看：歌儿还自唱欧词，四十载来空一抹。总还不失作者原意，但读来岂但不复是词，简直不成东西。如此说来，难道那两句词便似贾阆仙一般驴背上推敲出来的么？真个是不，不，一点也不。此义已于说《永遇乐》章『纨如』三句时说过，此处不再絮聒。夫长公当此境地，所作之词，依然不为悲伤所制，而别具风姿，岂不又是出字诀的神通作用？又岂非一如没人跳水自杀，依旧浮而不沉乎？而苦水所云，后天的习或可变易先天的性，而一时之意，却难左右后天的习者，岂不又可于此消息之乎？坡仙追悼欧公之词，此章之外，尚有一首《西江月》：『三过平山堂下，半生弹指声中。十年不见老仙翁。壁上龙蛇飞动。欲吊文章太守，柔腸寸斷，壯志全消矣，而仍舊如彼其飄逸與雄壯者何耶？讀者於此，非於字底形音義三者求之不可。看他佳字、翁字，何等闊大，人字、電字，何等鮮明，三年兩字，何等結實，抹字是借傳歐公底，且不必說他真形容得如日月如石火駒隙也。若謂苦水如此說詞，何異三家邨中說子路，則不得，何不將此兩句試改看：歌人兒還自唱歐詞，四十載來空一抹，總還不失作者原意，但讀來豈但不復是詞，簡直不成東西。如此說來，難道那兩句詞便如似賈閬仙一般驢背上推敲出來底麼？直是不，不，一點也不。此義已於說永遇樂章紞如三句時說過，此處不再絮聒。老長公當境地所作之說詞，依然不為悲傷所制，而別具風姿，豈不又是出字訣底神通作用？又豈非一如沒人跳火自殺，依舊浮沉乎？而苦所云後天底習氣可變易先天底性，而一時之至，卻雖左右後天底習氣，豈不又可於此消息之乎？坡仙追悼歐公之詞，此章之外，尚有一首西江月：三過平山堂下，半生彈指聲中。十年不見老仙翁，壁上龍蛇飛動。欲弔文章太守，仍歌杨柳春风。休言万事转头空，未转头时皆梦。』据龙榆生笺，是老苏四十四岁之作。大约尚在壮年，豪气能制悲感，所以作来金钟大镛，满宫满调，学人容易理会得出，故弃之而取此《木兰花令》。至于《西江月》结尾两句，『万事转头空』者，言现在既成过去，日后回想，与梦无殊也。『未转头时皆梦』者，即身处现在，俗人俱认为非梦者，而有心之士亦以为皆梦也。就词论词，或者不见怎的。若以意旨而论，却是坡老的擅场，学人又不可忽略过去。

又龙笺引傅注引《本事曲集》，谓：六一翁《木兰花令》原唱与坡公和作『二词皆奇峭雅丽』。苦水曰：欧词足足当得起此四字，若坡作，『奇峭雅』有之，『丽』则未也。

西江月

顷在黄州，春夜行蕲水中，过酒家饮。酒醉，乘月至一溪桥上，解鞍曲肱，醉卧少休。及觉已晓，乱山攒拥，流水铿然，疑非尘世也。书此语于桥柱上。

照野弥弥浅浪，横空暧暧微霄。障泥未解玉骢骄。我仍歌楊柳春風，休言萬事轉頭空，未轉頭時皆夢。援記榆生箋，是老蘇四十四歲之作。大約當壯年，豪氣能制悲感，所以作來金鐘大鏞滿宮滿調，學人容易理會的出。故棄之而取紫蘭宮令。至於西江月結尾多句，萬事轉頭空者，言現在既生過去，日後回想，与夢無殊也。未轉頭時皆夢者，即身處現在，俗人俱認為非夢者，而有心之士亦以為皆夢也。就詞論詞，或者不見怎的底，若以意旨而論，卻是坡之底擅場。學人又不可忽略過去。

又龍榆生箋引傅注引本事曲集，謂：六一翁木蘭花令原唱与坡公和作二詞皆有山谷跋語。苦水曰：歐詞乏乏，豈乃起此四字。若坡作，奇峭雅有之，麗則未也。

西江月

頃在黃州，春夜行蘄水中，過酒家飲，酒醉，乘月至一溪橋上，解鞍曲肱，醉臥少休，及覺已曉，亂山攢擁，流水鏗然，疑非塵世也，書此語於橋柱上。

照野瀰瀰淺浪，橫空曖曖微霄，障泥未解玉驄驕，我欲醉眠芳草。可惜一溪明月，莫教踏碎琼瑶。解鞍欹枕绿杨桥。杜宇数声春晓。

笔记载：长公与黄门既各南谪，相遇于途中。同在村店中食汤饼。黄门微尝，置箸而叹，长公食之尽一器，谓黄门曰：『子尚欲咀嚼耶？』大笑而起。千载而下，读此一节，长公风姿尚可想见。学人于此一重公案，且道坡老此等处为是豪气？为是雅量？学人如欲加以分疏，首先须对豪气、雅量加以理会。要知豪气最是误事，一不小心，便成颟顸，再若左性，即成痛痒不知，一味叫嚣。雅量亦非可强求，须是从胸襟中流出，遮天盖地始得。倘若误会，便成悠悠忽忽，飘飘荡荡，无主的幽灵。要说坡公天性中，原自兼有此二者。早期少年，逞才使气，有些脚跟不曾点地，亦不必为之掩饰。待到屡经坎坷，固有之美德，加以后天之磨砻，虽不能如陆士衡所谓『石蕴玉而山辉，水怀珠而川媚』，亦颇浑融圆润，清光大来。所来老坡豪气雅量虽然俱有，学人亦且不得草草会去，致成毫厘相差，天地悬隔。此《西欲醉眠芳草，可惜一溪明月，莫教踏碎瓊瑤，解鞍欹枕綠楊橋，杜宇數聲春曉。

筆記載：長公與黃門既各南謫，相遇于途中，同在村店中食湯餅，黃門澀嘗，置箸而歎，長公食之盡一器，謂黃門曰：子尚欲咀嚼耶？大笑而起。千載而下，讀此一節，長公風姿尚可想見。學人於此一重公案，且道坡公老此等處為是豪氣，為是雅量？學人如欲加以分疏，首先須對豪氣雅量加以理會，要知豪氣容易誤事，一不小心，便成顢頇，再若左性，即成痛癢不知，一味叫囂。雅量亦非可強求，須是從胸襟中流出，遮天蓋地始得，倘若誤會，便成悠悠忽忽，飄飄蕩蕩，無主底幽靈。要說坡公天性中，原自兼有此二者，早期少年，逞才使氣，有些腳跟不曾點地，亦不必為之掩飾，待到屢經坎坷，固有之美德，加以後天之磨礪，雖不能如陸士衡所謂石蘊玉而山輝，水懷珠而川媚，亦頗渾融圓潤，清光大來，所以東坡豪氣雅量，體然俱有，學人亦且不得草草會去，致成氣量相差，天地懸隔，此西江月》一章，小序已佳，大约前人为词，不曾注意及此。先河滥觞，厥维坡老，后来白石略能继响。然一任自然，一尚粉饰，天人之际，区以别矣。苦水平时常为学人分说，文人学文，一如俗世积财，须是闲时置下忙时用，且不可等到三节来至，债主临门，方去热乱。所以鲁迅先生说：『不是说时无话，只是不说时不曾想。』苦水亦常说：文章一道，不可以无心得，不可以有心求。亦复正是此意。大凡古今文人，一到有意为文，饶他惨淡经营，总不免周章作态。唯有不甚经意之时，信笔写去，反能露出真实性情学问与世人相见。吾辈所取，亦遂在此而不在彼。坡公书札、题跋与词序之所以佳妙，高处直到魏晋，亦复正是此一番道理。若有人问：苦水本是说词，扯到词序，已是骈拇枝指，今更扯到书札、题跋，岂不更是喧宾夺主？苦水则曰：要知北宋人词之妙处，与此亦更无两致。他们原个个有诗集行世，推其意，亦其自矜重其诗。若夫小词，大半是他们酒席筵前信手写来分付歌者之作。其忒煞率意者，浅而无致，亦并非没有。若其高者，则又其诗江月一章，小序已佳。大約前人為詞，不曾注意及此，先河濫觴，厥維坡老。後來白石略能繼著。然一任自然，一尚粉飾，天人之際，區以別矣。苦水平時常為學人分說，文人學文，一如俗世積財，須是閑時置下，忙時用，且不可等到三節來至，債主討門，方去熱究。所以魯迅先生說：不是說時之語，只是不說時不曾想。苦水亦常說：文章之道，不可以無心得，不可以有心求，亦復正是此意。大凡古今文人，一到有意為文，饒他慘淡經營，總不免周章作態，惟有不甚經意之時，信筆寫去，反能露出真實性情學問，與世人相見。吾輩所取，亦遂在此而不在彼。坡公書札題跋與詞序之所以佳妙，高處直到魏晉，亦復正是此一番道理。若有人問：苦水本是說詞，扯到詞序，已是駢拇枝指，今更扯到書札題跋，豈不更是喧賓奪主？苦水則曰：要知兩宋人詞之妙處，與其亦更無兩致。他們原俱有詩集行世，推其意亦甚自矜重其詩。若夫小詞，大半是他們酒席筵前信手寫來分付歌者之作，甚或怱率意者，淺而無致，亦並非沒有。若其高者，則又在詩所万不能及者也。此亦犹如右军之《乐毅论》《东方画赞》，虽是笔笔着力，字字用心，倒是兰亭一序，冠绝平生，又其短帖，亦往往得意外之意也。一首《西江月》，字句之美，有目共赏。苦水若再逐字逐句，细细说下去，便是轻量天下学人，罪过不小。不过须要注意者，坡老此词，乃酒醒人静，旷野水边，题在桥柱上面的。即此，便与彼伸纸吮毫与人争胜之作不同。更与彼点头晃脑、人前卖弄者异趣。如说此词虽写小我，而此小我与大自然融成一片，更无半点抵触枝梧，所以音节谐和，更无罅隙。这也不在话下。但所以致此之因，却在坡老此时确具此感。维其感得深，是以写得出，遂能一挥而就，毫无勉强。如问：苦水见个什么，便敢担保东坡确实如此，更无做作？苦水则曰：诗为心声，唯其音节谐和圆妙，故能证知其心与物之毫无矛盾也。不见《楞严经》中，佛问：『汝等菩萨及阿罗汉，从何方便，入三摩地？』憍陈那五比丘即白佛言：『于佛音声，悟明四谛。』又言：『我于音声得阿罗汉。佛问圆通，如我所证，音声为上。』夫音声尚可以入佛，何所萬萬不能及者也。此亦猶如右軍之樂毅論、東方畫贊，雖是筆筆著力，字字用心，倒是蘭亭一序，創絕平生；又其經帖六張，張張乃意所之至也。一首西江月字句之美，有目共賞，苦水若再逐字逐句細細說下去，便是強量天下學人，罷了罷了。不過須要注意者，坡老此詞乃酒醒人靜，曠野水邊，題在橋柱上面底，即此，便與彼伸紙吮毫，與人爭勝之作不同。更與彼點頭晃腦，人前賣弄者異趣。如說此詞寫小我，而小我與大自然融成一片，更無半點牴觸枝梧，斯以音節諧和，更無罅隙。這也不在話下，但所以致此之因，卻在坡老此時確具此感，維其感得深，是以寫得出，遂能一揮而就，毫無勉強。如問：苦水見個什麼，便敢擔保東坡確實如此，更無做作？苦水則曰：詩為心聲，惟其音節諧和圓妙，始能證其心與物之毫無矛盾也。不見楞嚴經中，佛問：汝等菩薩及阿羅漢，從何方便入三摩地？憍陳那五比丘即白佛言：於佛音聲悟明四諦。又言：我於音聲得阿羅漢。佛問圓通，如我所證，音聲為上。夫音聲尚可以入佛，何至诗人所作之韵文，吾辈读之而不能得其文心哉？古亦有言：声音之道感人深矣。苦水曰：如是，如是。世人动以苏、辛并称，而苦水则以苏为圭角尽去，而以辛为锋芒四射。然其所以致此之因，苦水仍未说破。于此不妨再行漏逗。老辛一腔悲愤，故与自然时时有格格不入之叹。饶他极口称赞渊明，半点亦无济于事。老苏豪气雅量化为自在，故随时随地，露出无入而不自得之态。乡村野店，一碗面条子，其于坡老也又何有？如此说了，更不烦再说苏、辛二人之于词有方圆、生熟、出入、难易之分也。

临江仙·送王缄

忘却成都来十载，因君未免思量。凭将清泪洒江阳。故山知好在，孤客自悲凉。　坐上别愁君未见，归来欲断无肠。殷勤且更尽离觞。此身如传舍，何处是吾乡。

至詩人所作之韻文，吾人單讀之，而不能得其文心哉。古亦有言，解音之道，戔人深矣。苦水曰：如是如是。世人動以蘇辛並稱，而苦水則以蘇為圭角盡去，而以辛為鋒鋩四射。然其所以致此之由，苦水仍未說破。於此不妨再行漏逗。老辛一腔悲憤，故與自然時時有格格不入之歎。饒他極口稱讚淵明，半點亦無濟於事。老蘇豪氣雖重，化為自然在，故隨時隨地，處處出無入而不自得之態。鄉村野店，一碗麵條子，其於坡老也何有？又何有？如此說了，更不煩再說蘇辛二人之於詞有方圓生熟出入難易之分也。

臨江仙

送王緘

忘卻成都來十載，因君未免思量。憑將清淚灑江陽。故山知好在，孤客自悲涼。　坐上別愁君未見，歸來欲斷無腸。殷勤且更盡離觴。此身如傳舍，何處是吾鄉。

诗之为用，抒情写景，其素也。渐而深之为说理，抑扬爽朗，而情与景于是乎为宾。扩而充之为纪事，纵横捭阖，情辅景佐，包抱义理，蔚为大观。词出于诗，而其为体，纪事为劣，说理或可，亦难当行，苟非大匠，辄伤浅露。唯于抒情、写景二者曲折详尽，乃能言诗所不能言。然大家之作，多为寓情于景，或因景见情。若其徒作景语而能佳胜，亦不数觏。西国于诗，抒情一体，区分独立。华夏之『词』，总核名实，谓之相符，无不可者。顾情之为辞，乃是总名。疆分界画，累楮难尽。详而长之，请俟异日。若其写之于词，普遍通常，伤感是已。平居常谓：伤感也者，人所本有。故虽非作者，而见月缺以情移，睹花落而心怨，上智下愚，或当别论，吾辈具是凡夫，陷此大网，鲜能脱离。若其施之诗词，尤为抒情诗人之所共具。唯其一触即发者，每失肤泛，不堪回味。至其衷心回荡酝酿，发之篇章，温馨朗润，感人之力，至不可忤。或出不中规，言过其实，鲁莽灭裂，乃成嘶嗄。是则小泉八云氏所谓痉詩之為用，抒情寫景其事也；漸而深之為說理，抑揚爽朗，而情與景於是乎為窮；積而充之為紀事，縱橫捭闔，情輔景佐，包抱義理，蔚為大觀。詞出於詩，而其為體，紀事為劣，說理或可，亦難當行，苟非大匠，輒傷淺露。惟於抒情寫景二者曲折詳盡，乃能言詩所不能言。然大家之作，多為寓情於景，或因景見情，若其徒作景語而能佳勝，亦不數覯。西國於詩，抒情一體，區分獨立，華夏之「詞」，綜核名實，謂之抒情詩，無忝也者。顧情之為象，乃是總名，疆分界畫，畧楷難盡，詳而長之，請俟異日。多其寓之於詞，要緣通常，傷感是已。平居常謂：傷感也者，人所本有，故雖非作者，而見月缺以情移，睹花落而心怨，上智下愚，或當別論，吾輩具是凡夫，陷此大網，鮮能脫離。若其施之詩詞，尤為抒情詩人之所共具，惟其一觸即發，著每失實，迄不堪回味。蓋其衷心回盪醞釀，發之為篇章，溫馨朗潤，感人之力，至不可忤，或出不中規，言過其實，甚而滅裂，乃至嘶嗄。是則亦泉小雲氏所謂癥挛，非所论也。亦有搔首弄姿，竞趣巧丽，浮漂不归，空洞无实。如是之作，尤无取焉。此《临江仙》一章，龙笺引朱彊村先生曰：『按本集，「仲天贶、王元直自眉山来见余钱塘，既行，送之诗。」施注：「王箴字元直，东坡夫人同安君之弟也。」王缄未知即箴否。』苦水曰：当是也。何以故？吾尝举此词与《江城子》『十年生死两茫茫』一章，为长公极度伤感之代表作。老坡平日见解既超，把握亦牢，苟非骨肉亲戚之间，生死别离之际，所言必不如此。且两章俱用阳韵，几如失声痛哭，如非情不自禁，当不至是。于此可知人类无始以来，八识田中有此一种本惑种子，复加熏习，遂乃滋生，有如乱草，雨露所濡，蔓延无际，吾人堕落日以益深。《遗教经》言：『譬如老象溺泥不能自出，真可痛也。』夫以坡老如彼才识，尚复如此，况在中下，宁有既乎？或问：子为是言，类出世法，与词何有？苦水则曰：此无二致。伤感虽为抒情诗歌创作之源，而诗家巨人，每能芟除，或以担荷，或以透出。前者如曹公，如工部，后者如彭攣，非所論也。亦有搔首弄姿，饒趣巧麗，浮漂不羈，空洞無實，如是之作，尤無取焉。此詞江仙一章，龍箋引朱彊邨先生曰：「按本集，『仲天貺王元直自眉山來見余錢塘，既行，送之詩』，施注：『王箴字元直，東坡夫人同安君之弟也』。王箴未知即箴否」。苦水曰：當是也。何以故？要當以此詞與江城子十年生死兩茫茫一章，為長公極度傷感之代表作。老坡平日見解既超，把握亦牢，苟非骨肉親戚之間，生死別離之際，所言必不如是也。且為章俱用陽韻，兼如失聲痛哭，如悲情不自禁，書不盡是。於此可知人類無始以來，八識田中有此一種本能種子，復加熏習，遂爾滋生，有如亂草，雨露所濡，蔓延無際。吾人墮落日以益深，遺教經言：譬如老象溺泥，不能自出，真可痛也。夫以坡老如彼才識，尚復如此，況在中下，寧有既乎？或問余為是言，數出世法與詞何有？吾將曰：此無二致。傷感雖為抒情詩歌創作之源，而詩家巨人，安能芟除，或以擔荷，或以透出。前者如曹公，如工部，後者如蘇泽。故其壮美也，有似海立而云垂，其优美也，一如云烟之卷舒。不同小家数者，利用伤感，蛊惑读者，又如恶疾专事传染已。夫食以养生，苟其无食，一日则饥，十日则死。此其重要当复何若？而袁安雪中忍饥高卧，又有人焉，学道辟谷，乃成飞仙。苦水虽曰伤感实为创作源泉，究其重要，非食于生。姑云云者，不独为是向中人说，亦且令学人慎重鉴彼曹公、少陵与渊明者，知所取则，虽未刬除类如辟谷飞仙，亦当忍耐如彼袁安也。或者又曰：此词结尾二句『此身如传舍，何处是吾乡』，坡公固已透出矣。苦水曰：不然，人有丧其爱子者，既哭之痛，不能自堪，遂引石孝友《西江月》词句，指其子之棺而詈之曰：『譬似当初没你。』常人闻之，或谓其彻悟，识者闻之，以为悲痛之极致也。此词结尾二句与此正同。若能于此悟入，心死一番，或有彻悟之时。遂谓此为是，未见其可也。集中尚有《临江仙》『送钱穆父』『一别都门三改火』一章，若以词致论，似较胜于今兹所说之作。其结尾曰『人生如逆旅，我亦是行人』，虽未必即到庄子所谓『送君僊。故其壯美也，有似海立而雲垂；其優美也，一如雲煙之捲舒。不同小家數者，利用仿效，蠱惑讀者，又如惡疾專事傳染也。夫食以養生，苟其無食，一日則飢，十日則死，此其重要爲何若？而袁安雪中忍飢高臥，又有人焉，學道辟穀，乃成飛僊。苦水鍾曰：仿效實爲創作源泉，究其重要，非食於生，姑云云者，不獨爲走向中人說之，且令學人慎重鑒彼曹公、少陵與淵明者，知所取則，雖未刈除，類如辟穀飛仙，亦當忍耐如彼袁安也。或者又曰：此詞結尾二句，此身如傳舍，何處是吾鄉，坡公固已透出矣。苦水曰：不然。人有喪其愛子者，既哭之痛，不能自堪，遂引古孝友西江月詞句，指其子之棺而詈之曰：譬似當初沒你。常人聞之，或謂其徹悟，識者聞之，以爲悲痛之極致也。此詞結尾二句與此正同。豈能於此悟入，心死一番，或有徹悟之時，遂謂此爲是，未見其可也。集中尚有送錢穆父調臨江仙一別都門三改火一章，若以詞鼓論，似較勝於今茲所說之作。其結尾曰：人生如逆旅，我亦是行人。雖未必即到莊子所謂「遺居者自涯而返，而君自此远矣』之境界，但亦悠然有不尽之意。其透出伤感，亦远过于适间所说之二语。苦水之终于弃彼取此者，其故有二。一者，彼为朋友，此为懿亲，已众他众之际，情感不免有厚薄之分，而透出遂亦不无难易之别。二者，兹余所选，不尽佳词，前已言之，但能借彼篇什，尽我言说，足矣。苦水尚不敢轻量天下士，其敢遂以只手掩尽天下人耳目哉！

定风波

三月七日，沙湖道中遇雨。雨具先去，同行皆狼狈，余独不觉。已而遂晴，故作此。

莫听穿林打叶声，何妨吟啸且徐行。竹杖芒鞋轻胜马，谁怕？一蓑烟雨任平生。　料峭春风吹酒醒，微冷。山头斜照却相迎。回首向来萧瑟处，归去，也无风雨也无晴。

吾观大家之作，殆无不工于发端。不独孟德之『对酒当歌』、子建之『明月照高楼』也。此在作者未必有意，推其命者自涯而返，而君自此遠矣」之境界，但亦悠然有不盡之意。其遠出仿彿，亦遠過於適間所說之二語。苦水之終於棄彼而取此者，其故有二。一者，彼為朋友，此乃懿親，已於他眾之際，情感不免有厚薄之分，而遠出遂亦不無難易之別。二者，若余所選，不盡佳詞，前已言之，但能藉彼篇什，盡我言說，足矣。苦水尚不敢輕量天下士，其敢遂以隻手掩盡天下人耳目哉！

定風波

三月七日，沙湖道中遇雨，雨具先去，同行皆狼狽，余不覺。已而遂晴，故作此。

莫聽穿林打葉聲，何妨吟嘯且徐行。竹杖芒鞋輕勝馬，誰怕，一蓑煙雨任平生。料峭春風吹酒醒，微冷，山頭斜照卻相迎。回首向來蕭瑟處，歸去，也無風雨也無晴。

吾觀大家之作，殆無不工於發端，不獨孟德之「對酒當歌」，子建之「明月照高樓」也。此在作者未必有意，推其命篇之意，尤不必在此发端，竟工至如是者，殆以不甚经意之故。盖当其开端之时，神完气足，愈不经意，愈臻自然。至于中幅，学富才优者，或不免于作势，下焉者竟至于力疲。所以者何？有意也。迨及终篇，大家或竟罗掘，下者直落败阙。所以者何？意尽也。元乔梦符之论制曲，有凤头、猪肚、豹尾之说，盖亦叹其难于兼备。吾谓此岂独然于曲，凡为夫文，莫不胥然矣。夫坡公之为是《定风波》也，其意其在『一蓑烟雨任平生』与『也无风雨也无晴』乎？世人之赏此词也，其亦或在二语乎？苦水则以为妙处全在发端之『莫听穿林打叶声，何妨吟啸且徐行』，而尤妙在首句。即以此为潘大临之『满城风雨近重阳』，亦殆无不可，或竟过之，亦未可知。何以故？潘老未免凄苦，坡仙直是自在也。且也曰『穿』，曰『打』，而风之『穿林』与雨之『打叶』，不徒使读者能闻之，且使如竟见之也，而冠之以『莫听』，继之以『何妨』，写景与用意至是乃打成一片。千载而下，吾人遂直似见风雨中髯翁之豪兴与雅量也。学人试持此与辛幼安《鹧鸪天》之『莫避春阴上篇之意，尤不必在此發端，竟工盡如是矣，殆以不甚經意之故。蓋當其開端之時，神完氣足，愈不經意，愈臻自然。至於中幅，學富才優者，或不免於作勢，下焉者竟至於力疲。所以者何？有意也。迨及終篇，大家或竟羅掘，下者直成敗闕。所以者何？意盡也。元喬孟符之論製曲，有鳳頭、豬肚、豹尾之說，蓋亦謂其難于兼備。吾謂長篇然於曲，凡為長文，莫不皆然矣。夫坡公之為是定風波也，其全具在「一蓑煙雨任平生」与「也無風雨也無晴」乎？世人之賞此詞也，其所或在二語乎？苦水則以為妙處全在此發端之「莫聽穿林打葉聲」、「何妨吟嘯且徐行」，而尤妙在首句。即以此為瀟瀟臨之「滿城風雨近重陽」，亦殆無不可，或竟過之，亦未可知。何以故？瀟瀟未免淒苦，坡僊直是自在也。且也曰「穿」曰「打」，而風之穿林与雨之打葉，不徒使讀者能聞之，且使如竟見之也。而冠之以「莫聽」，繼之以「何妨」，寫景与用意二而一，是乃打成一片，千載而下，吾人遂直似見風雨中髯翁之豪興与雅量也。學人試持此与辛幼安鷓鴣天之「莫避春陰上马迟，春来未有不阴时』比并而读之，则于吾所谓出入与透出、担荷者，或亦不复致疑矣乎？『一蓑』七字，尚无不可。然亦只是申明上二语之意。若『也无风雨也无晴』，虽是一篇大旨，然一口道出，大嚼乃无余味矣。然苦水所最不取者，厥维『竹杖芒鞋轻胜马』『谁怕』二韵。如以意论，尚无不合。唯『马』『怕』两个韵字，于此词中，正如丝竹悠扬之中，突然铜钲大鸣；又如低语述情，正自绵密，而忽然呵呵大笑。此且无论其意之善恶，直当坐以不应。所以者何？虽非无理取闹，亦是破坏调和故。是以就词论词，『料峭春风』三韵十六字，迹近敷衍，语亦稚弱，而破坏全体的美之罪尚浅于『马』『怕』二韵九字也。学人如谓苦水为深文周纳，则苦水将更吹毛求疵。夫『竹杖芒鞋』之轻，是矣，『胜马』奚为？晚食当肉，安步当车，人犹谓其心目中尚有肉与车在，则此『胜马』，岂非正复类此。拖泥带水，不挂寸丝之谓何？透网金鳞之谓何？若夫『谁怕』，此是何事而用怕耶？或者将曰：此言谁怕，是不怕也。苦水则曰：无论不与非不，总之不能用怕。当馬遲，春來未有不陰時，比併而讀之，則於吾所謂出入與透出撐荷者，或亦不復致疑矣乎？一篇七字，尚無不可。然亦祇是申明上二語之意，至也無風雨也無晴，雖是一篇大旨，然一口道出，大嚼乃無餘味矣。然吾苦水所最不取者，厥維竹杖芒鞋輕勝馬、誰怕二韻，如以意論，尚無不合，惟馬、怕為個韻字，於此詞中，正如絲竹悠颺之中，突然銅鉦大鳴；又如佳讌遊情，正自歡洽，而忽然呵呵大笑。此且無論其意之善惡，直言當以不應，所以者何？雖非無理取鬧，亦是破壞調和故。是以就詞論詞，料峭春風三韻十六字，迤邐數衍，讀亦纖弱，而破壞全體底美之罪尚淺於馬怕二韻九字也。學人如謂吾為深文周內，則苦水將更吹毛求疵。夫竹杖芒鞋之輕，是矣；駿馬實篤；晚食當肉，安步當車，人猶語之，心目中當有肉與車在，則比勝馬，豈非亦復贅也。拖泥帶水；不挂寸絲之謂何？透網金鱗之謂何？若夫誰怕，此是何為而用怕耶？或者將曰：此言誰怕，是不怕也。苦水則曰：無論不與非不，總之不能用怕。嘗年黄龙公举拳问学人曰：唤作拳头则触，不唤作拳头则背。东坡于此，纵使不背，亦忒煞触了也。吾不能起髯苏于九原而问之。学人如不肯苦水，则请别下一转语。莫只道苦水不识惭愧，只会去呵佛骂祖也。

南乡子·梅花词和杨元素

寒雀满疏篱，争抱寒柯看玉蕤。忽见客来花下坐，惊飞。踏散芳英落酒卮。　痛饮又能诗。坐客无毡醉不知。花谢酒阑春到也，离离。一点微酸已着枝。

杨诚斋绝句曰：『百千寒雀下空庭，小集梅梢话晚晴。特地作团喧杀我，忽然惊散寂无声。』苦水早年极喜之，以为写寒雀至此，真不辜负他寒雀也。『特地作团』四字，令人便直头听见啁啾即足之声，说『喧杀我』，遂真喧杀我。『忽然惊散』四字，又令人直头觉得群雀哄然一阵，展翅而去。说『寂无声』，遂真个耳根清净，更没音响也。而持以与此《南乡手黃龍三舉拳問學人曰，喚作拳頭則觸，不喚作拳頭則背。東坡於此，縱使不背，亦承認觸了也。吾人豁起脊梁於東坡而問之，學人如不有省處，則請別下一轉語。莫只管丟此不識慚愧，只會呵佛罵祖也。

南鄉子

梅花詞和楊元素

寒雀滿疎籬、爭抱寒柯看玉蕤、忽見客來花下坐、驚飛、踏散芳英落酒卮。　痛飲又能詩、坐客無氈醉不知、花謝酒闌春到也、離離、一點微酸已著枝、

楊誠齋絕句曰，百千寒雀下空庭，小集梅梢語晚晴，特地作團喧殺我，忽然驚散寂無聲。苦水早年極喜之，以為寫寒雀至此，真不孤負他寒雀也。特地作團四字，令人便直頭聽見啁啾即是之聲，說喧殺我，遂真喧殺我。忽然驚散四字，又令人直頭覺得羣雀鬨然一陣，展翅而去，說寂無聲，遂真個耳根清淨，更沒音響也。而特以與此南鄉

子》开端二语相比，苦水不嫌他杨诗无神，却只嫌他杨诗无品。『寒雀满疏篱，争抱寒柯看玉蕤』，『满』字、『看』字，颊上三毫，一何其清幽高寒，一何其湛妙圆寂耶？便觉诚斋绝句二十八个字，纵然逼真杀，纵然生动煞，与苏词直有雅俗之分，又岂特上下床之别而已？便是『忽见客来花下坐，惊飞。踏散芳英落酒卮』，亦高似他『忽然惊散寂无声』。苦水并非压良为贱，更非胸有成见，一双势利眼直下看他杨万里，高觑他苏胡子。何以故？杨诗『惊散』之下，而继之以『寂无声』，是即是，只是死却了也，不然，也是澹杀了也。苏词『惊飞』之下却继之以『踏散芳英落酒卮』，虽不能比他『高馆落疏桐』，亦自余韵悠然。烂不济，亦比杨诗为宽绰有余。若道这个又是诗词之分，苦水听了，便只有大笑而起，更不置辩，一任具眼学人自去理会。若道苦水颟顸，杨诗意在写雀，故如彼，苏之《南乡子》，明题作『梅花词』，故而如此也。于此，苦水若说诚斋不是明明道他『小集梅梢』么，便是缠夹，不免另竖起葛藤桩子。辛稼轩《瑞鹤仙》『咏梅花』曰：『倚东风、一笑嫣然，转盼万花羞落。』苦水向字開端二語相比，苦水不嫌他楊詩無神，却只嫌他楊詩無品。空雀啅踏籬，爭抱寒柯看玉蕤，滿字看字，類上三毫，一何其清幽高寒，一何其湛妙圓融耶？便覺誠齋絕句二十八個字縱然逼真殺，縱然生動煞，與東坡詞直有雅俗之分，又豈特上下牀之別而已？便是忽見客來花不語，驚飛踏散芳英落酒卮，亦高似他忽然驚散寂無聲。苦水亦非厭良為賤，更非胸有成見，一雙勢利眼直下看他楊萬里，高覷他蘇鬍子。何以故？楊詩驚散之下，而繼之以寂無聲，是即是，祇是死卻了也。不然，也是殺了也。蘇詞驚飛之下，却繼之以踏散芳英落酒卮，雖不能比他高館落疏桐，亦自餘韻悠然，爛不濟，亦比楊詩為寬綽有餘。若道這個又是詩詞之分，苦水聽了，便只有大笑而起，更不置辯，一任具眼學人自去理會。若道苦水顢頇，楊詩意在寫雀，故如彼；蘇之南鄉子明題作梅花詞，故而如此也。極是。苦水若說「誠齋不是明明道他小集梅梢麼」，便是纏夾，不免另壁起葛藤樁子。辛稼軒瑞鶴仙詠梅花曰：「倚東風一笑嫣然，轉盼萬花羞落。」苦水向日亦极喜之，以为从来写梅者不曾如此写，辛老子如此写了，真乃又使梅花既不失品格，而又活生生地与世人相见也。记得当年明公曾问苦水：此不是写杏花耶？尔时苦水便休去。及今思之，倚风嫣然，或是杏花，万花羞落，杏花纵转盼煞，却万万不办。然持以与此《南乡子》开端二语相比，又觉稼轩写来吃力，着色太浓，不如坡老笔下自在，情韵淡雅。学人或者又曰：老辛正面攻杀，老苏侧击旁敲，故尔如然。苦水曰：车行舟行，两可到家，吾辈只看他到家与否便得，分甚舟之与车？若说侧击旁敲，原自不无。但亦不过论文之士方便法，立此假名，学人切勿执为实有，以致东西悠荡，不着边际也。此义大长，如今急于说词，姑止是。一首《南乡子》，高处妙处，只此开端二语。『忽见』二韵十六个字，苦水虽曾以之压倒诚斋之诗，与前两句衡量之，已有自然与人力之差，最糟是过片之『痛饮又能诗，坐客无毡醉不知』。『坐客无毡』自可，『醉不知』也去得，然已日日極喜之。以為從來寫梅花者不曾如此寫，辛老子如此寫了，真乃又使梅花既不失品格，而又活生生地與世人相見也。記得當年明石曾問苦水：此不是寫杏花耶？爾時苦水便休去。及今思之，倚風嫣然，或是杏花；萬花羞落，杏花能轉盼然，却萬萬不辨。然特以與之南鄉子闌端二語相比，又覺稼軒寫來喫力，著色太濃，不如坡老筆下自在，情韻澹雅。學者或人或者又曰：老辛正面攻殺，老蘇側擊旁敲，故爾如然。苦水曰：車行舟行，兩可到家。吾輩只在他到家與否便得，分甚舟之與車？若說側擊旁敲，原自有之。但亦不過論文之士方便法，立此假名，學人切勿執為實有，以致東西懸隔，不著邊際也。此義太長，如今急於說詞，姑止是。一首南鄉子高妙處妙處，只此闌端二語，忽見二韻，十六個字，苦水雖曾以之壓倒誠齋之詩，與前兩句衡量之，正有自然與人力之差。最糟是過片之痛飲又能詩，坐客無氈自可，醉不知也去得，然已自嫌他作态自喜矣。若『痛饮又能诗』，则决是糟。不知怎的，后来诗人作品中只一说到自家之饮酒赋诗，纵不出丑，也总酸溜溜地。以文论之，到此之际，十九有拼补凑合之迹，且不可举他老杜之『此身饮罢无归处，独立苍茫自咏诗』。须看『无归处』是甚的情境？『立苍茫』是何等气象？到此田地说不说俱得，否则一说便不得也。又且不可举他彭泽老子之篇篇说酒。今且不须检阅全集，只如『忽与一觞酒，日夕欢相持』，后来哪个又有此胸襟情韵耶？老苏作此词时，虽曰纪实，亦不合草，以至今日竟向苦水手里纳却败阙也。至于歇拍两韵，有的喜他『一点微酸已着枝』一句。苦水却不然。学人问这『不然』么？苦水原拟待汝一口吸尽西江水时，再与汝说。如今也不必了。还记得苦水说《西江月》『照野弥弥浅浪』一章，论及词序、书札、题跋处否？倘若并不记得，只仍参此章开端二语亦得。参禅衲子好问：西来何意？这个与我辈今日无干。只今且道：那寒雀十二个字是何意？

自嫌他作態自喜矣。若痛飲又能詩，則決是糟，不知怎地，後來詩人作品中只一說到自家自家飲酒賦詩，縱不出醜，也總酸溜溜地。以文論之，到此之際，十九有拚補湊合之跡。且不可學他。老杜此身飲罷無歸處，獨立蒼茫自詠詩。須看無歸處是甚底情境，立蒼茫是何等氣象？到此田地，說不說俱得。否則一說便不得也。又且不可學他彭澤老子之一篇篇說詩酒。今且不須檢閱全集，只如忽與一觴酒，日夕歡相持，後來那個又有此胸襟情韻耶？老蘇作此詞時，雖曰紀實，亦不合草草，以至今日竟向苦水手裡納命敗闕也。至於歇拍兩韻，有底甚他一點淡酸已甚枝耳。苦水卻不然。嘗人問這「不然」麼？苦水原擬待汝一口吸盡西江水時，再與汝說。如今也不必了，還記得苦水說西江月照野瀰瀰淺浪一章，論及詞序、書札、題跋，還要否？倘或忘記得，祇似參此章開端二語亦得。參禪衲子好問：西來何意？這个與我輩今日無干。只今且道：那个个崔徽十二箇字是何意？

南乡子·送述古

回首乱山横。不见居人只见城。谁似临平山上塔，亭亭。迎客西来送客行。　归路晚风清。一枕初寒梦不成。今夜残灯斜照处，荧荧。秋雨晴时泪不晴。

坡公伤感之词，吾所选录，前此已有《木兰花令》及《临江仙》，并此一章，鼎足而三。然生离死别，其迹近似，出入变化，内容实殊。《临江仙》之送王缄，情溢乎辞，纯乎其为伤感者也。《木兰花令》笔力沉雄，气象阔大，盖于伤感有似超出，且加变化。说已详前，兹不复赘。至于斯篇，前片既叹人不如塔，亭亭无觉，迎送来去；后片复写残灯初寒，秋雨或歇，泪雨难晴。夫如是，则其伤感当至深矣。而试一观其命辞构语，工巧清丽，盖已不纯置身伤感之中，一任包围，但听支配；而已能冷眼情感之旁，细心观察，加意抒写。推究根源，一则任情，一则有想。夫情之与想，势难两大，此仆彼起，彼弱此强。当情盛时，想不易起。及想炽时，情必渐杀。

南鄉子

送述古

回首亂山橫，不見居人只見城。誰似臨平山上塔，亭亭，迎客西來送客行。　歸路晚風清，一枕初寒夢不成。今夜殘燈斜照處，熒熒，秋雨晴時淚不晴。

坡公傷感之詞，吾所選錄，前此已有木蘭花令及臨江仙，並此一首，鼎足而三。雖生離死別，其跡近似，出入變化，內容實殊。臨江仙之送王緘，情溢乎辭，純乎其爲傷感者也。木蘭花令筆力沉雄，氣象闊大，蓋於傷感有以超出，且加變化，說已詳前，茲不復贅。至於斯篇，前片既歎人不如塔，亭亭無覺，迎送來去，後片復寫殘燈熒熒，秋雨或歇，淚雨難晴。夫如是，則其傷感當至深矣。而試一窺其命意措語，工巧清雅，蓋已不純置身傷感之中，一任包圍，但聽支配；而已能冷眼情感之旁，細心觀察，加意描寫，推究根源，一則任情，而有想。夫情之與想，勢雖兩大，此仆彼起，彼弱此強。當情盛時，想不易起，及想熾時，情必漸殺。

古今中外，法尔如然。此则送述古之情固浅于送王缄，而《南乡子》之辞较工于《临江仙》者也。《孝经》有言：丧言不文。老聃亦云：美言不信。丧言不文者，意不暇及也。美言不信者，华过其实也。然则文事，难言之矣。言之无文，文之谓何？过事藻丽，情或近伪。必也情经滤净，辞能称情，施之篇章，庶乎近之。是故伤感虽为创作源泉，苟无羁勒，譬彼逸马，即有骏足，适能覂驾。若其情不真挚，修辞虽巧，藻绘粉饰，徒成浮漂，吾于说词，屡及之矣。夫创作之源，厥本乎情，遣词之工，实基于想。顾今所谓情、想二名，借自释氏，善巧方便，即何敢言。能近取譬，或助参悟。而哲人之想，一本理智，排斥感情。有如恶木遮山，伐木而山方出；乱草侵花，刈草而花始繁。其旨务在以想杀情。是其为想力求真实，排除虚妄，总归一有。若文士之想，间或不无借助理性。要其本旨，乃在显情。有如画月者，月无可画，画云而月就。绘风者，风本难绘，绘水而风生。是其为想，今世所谓幻想、古今中外法爾如然。此則送述古之情固淺於送王緘，而南鄉子之辭較工於臨江仙者也。孝經有言，喪言不文。老聃亦云，美言不信。喪言不文者，意不暇及也；美言不信者，華過其實也。然則文事難言之矣。言之之文，文之謂何？過事藻飾，情或近偽。必也情經濾淨，辭能稱情，施之篇章，庶乎近之。是故倚聲填詞為創作源泉，苟無羈勒，辟彼逸馬，即有駿足，適能覂駕。若其情不盡摯，縱辭雖巧，藻繪粉飾，徒成浮濫，至於說詞，屬及之矣。夫創作之源，雖本乎情，遣詞之工，實基於想。歐人以謂情想二名，借自釋氏。善巧方便，即何敢言。能近取譬，或助參悟，而哲人之想，一本理緒，排斥感情，有如惡木遮山，伐木而山方出；亂草侵花，刈艸而花始綻。其旨務在以想殺情，是其為想，力求真實，排除虛妄，總歸一有。若文士之想，則或不盡藉於理性，要其本指，乃在顯情。有如畫月者，月之可畫，畫雲而月就，繪風者風本難繪，繪水而風生。是其為想，今世所謂幻想联想。固亦求真，而与彼哲人，标的不同，取径亦异。籀而绎之，判然别矣。苦水于是乃说坡词，借资证明。临平山上，一塔亭亭，固已。若夫送迎去来，塔本无知，于彼何有？是则『亭亭』为真，而迎送也者，词人之想。秋雨曰晴，是已。泪既非雨，何有晴否？是则『秋雨』为真，而泪雨不晴，又词人所想也。以上二处，持较《临江仙》之『凭将清泪洒江阳。故山知好在，孤客自悲凉』，如以情论，则前者多伪，而后者多真。如以词论，则又前者较胜，后者较逊也。若是，其果伪者为优，真者为劣耶？丧言不文，美言不信，亶其然乎？然真者诚真，而伪者果伪耶？厨川白村之论文也，文学之真，科学之真，区分为二。世有二真，殆类戏论。吾兹窃谓：二者之外，当更别立哲理之真。真乃有三，大似吃语矣。屡经思维，自惭小智，迄于终竟，不得不尔。析其奥微，俟之明哲。而在英国淮尔德氏，乃复致慨于彼说谎之衰颓。是则于文，以伪立论。与吾中土古圣所谓修辞立诚，大相径庭。淮氏照堪。固亦求真，而與彼哲人標的不同，取徑亦異。獨而擇之，判然別矣。吾儕於是乃說坡詞，藉資證明。臨乎山上一坡，亭亭，固已。若夫送迎去來，墖東莫知，於彼何有，是則亭、爲真，而迎送也者，詞人之想。秋雨日晴，是已。溪既兆雨，何有晴否？是則秋雨爲真，而後雨不晴，又詞人所想也。以上二處，持較臨江仙之憑將清淚灑江陽，故山知好在，孤客自悲涼，如以情論，則吾亦爲僞，而後亦多矣。如以詞論，則又前者較勝，後者較遜也。若是，其果僞者爲優，真者爲劣耶？表言不文，美言不信，豈其然乎？然真者識真，而僞者果僞耶？厨川白村之論文也，文學之真，科學之真，區分爲二，世有二真。殆詩讖論，吾意竊謂二者之外，尚更別立哲理之真。真乃有三，大似囈語矣。屢經思維，自慚小智，迄於終竟，不得不爾。析其奥微，俟之明哲，而在英國，淮尔德氏乃復致慨於彼說謊之衰頹。是則於文，以僞立論，與吾中土古聖所謂脩辭立其誠，大相逕庭。淮氏制作，未臻上乘。若其品性，时涉乖僻。至于斯论，虽类诡辩，实有可采，未可遽尔以人废言。吾国诗教，温柔敦厚。溯在往古，允当斯旨。汉魏以来，不失平实。洎乎六代，宗老、庄者唯旷达，崇释氏者尚空无。其有志文之士，善感锐察，又刘彦和氏所谓『窥情风景之上，钻貌草木之中』者也。独于纪事长篇，奇情壮彩，推波助澜，甚苦无多。《孔雀东南飞》《木兰辞》，自推巨擘，终似贫弱，降及唐代，诗称极盛。其有作者，少陵之《北征》、奉先之《咏怀》，而其中心，究为小我。纵极张皇，亦伤局促。『三吏』『三别』，虽近客观，既无主名，非纯叙述。自兹而下，益等自郐。白乐天氏之《长恨歌》，体制近是，而抒写铺叙纵使详明，补缀破碎，究未闳阔。众口脍炙，余无取焉。遥观西国，希腊之剧，荷马之歌，敻乎远矣。莎翁之巨制及十八世纪仿古之名作，吾国至今，仍属缺如。推其大原，何其非说谎衰颓之所致欤？顾维兹义，非数言可了。吾今说词，沿流讨源，聊发其端。因念坡製作，未臻上乘。若至其性，時涉乖僻。至於斯論，雖類說辭，實有可採，未可遽棄以人廢言。吾國詩教，溫柔敦厚，泝左往古，允當斯旨。漢魏以來，不失乎實。迨乎六代，宗老莊者惟曠達，崇釋氏者尚空無。其有志文之士，善哉銳察，又劉彥和氏所謂窺情風景之工，鑽皃草木之中者也。獨於紀事長篇，寄情壯彩，推波助瀾，甚若無多。孔雀東南飛，木蘭辭，自推巨擘，終似貧弱。降及唐代，詩稱極盛。其有作者，少陵之北征，奉先之詠懷，而其中心究爲小我。縱極張皇，亦傷局促。三吏三別，雖近宏觀，既無主名，非純敘述。自茲而下，蓋等自鄶。白樂天氏之長恨歌，體製近是，而抒寫鋪敘，縱使詳明，補綴破碎，究未閎闊。眾口膾炙，余無取焉。迺觀西國，希臘之荷馬之歌，曼乎遠矣。莎翁之鉅製，及十八世紀仿古之名作，吾國至今仍乏缺如。推其大原，何莫非說謊裹顏之所致歟？顧維茲義，非片言可了。吾今說詞，沿流討源，聊發其端，自念彼公在黄州时，强人说鬼，昔者以为无聊，以为风趣，及今思之，情为作因，而想以佐情，伪以显真。此正坡老之文心，而说谎之妙用也。若然，则此临平之一塔，泪雨之不晴，殆尚其豹之一斑，而龙之半爪耶？

蝶恋花·暮春别李公择

簌簌无风花自堕。寂寞园林，柳老樱桃过。落日多情还照坐。山青一点横云破。　　路尽河回人转舵。系缆渔村，月暗孤灯火。凭仗飞魂招楚些。我思君处君思我。

一部《东坡乐府》，苦水只选他十首，人或不免嫌其太苛。而此一首《蝶恋花》居然入选，人将更笑苦水之抛却真金抱绿砖也。不须学人指摘，如今苦水且先自行检举一番。词题曰《暮春别李公择》，俨然是个搭截题。要说惜别本可包括时令，何须别标暮春？可见老坡于此，自己亦觉悟到前后片之少联络，盖前片之写暮春，既不露惜别，与后片之写惜别，更不见暮春也。为文终非写八股，只要过渡下去，便可打公在黄州時，強人說鬼，皆若以為無聊，以為風趣，及今思之，情為作因，而想以佐情，偽以顯真。此正坡老之文心，而說謊之妙用也。苟然，則此詞乃之一境，淚雨之天晴，殆尚其韻之一斑，而龍之半爪耶？

蝶戀花 一

暮春別李公擇

簌簌無風花自墮，寂寞園林，柳老櫻桃過。落日多情還照坐，山青一點橫雲破。　路盡河回人轉舵，繫纜漁村，月暗孤燈火。憑仗飛魂招楚些，我思君處君思我。

一部東坡樂府，苦水祇選他十首，人或不免嫌其太苛，而此一首蝶戀花居然入選，人將更笑苦水之拋卻真金抱綠甎也。不須學人指摘，如今苦水且先自行檢舉一番。詞題曰暮春送李公擇，儼然是箇搭截題，要說惜別，本可包括時令，何須別標暮春？可見老坡於此，自己亦覺惜別前後片之少聯絡，蓋前片之寫暮春，既不要說惜別，與後片之寫惜別，更不見暮春也。為文終非寫八股，亦要過渡下去，使可打成两橛。计出无奈，只好写成恁样一个题目，聊作解嘲。学人莫捉苦水败阙，说：稼轩岂不亦有『读《庄子》闻朱晦庵即世』的一首《感皇恩》乎？何以日前说辛时如彼招，如今说苏时便如此搦耶？且莫致疑于苦水之一眼看高，一眼看低。试看老辛前半阕之『忘言』『知道』，眼光直射到后半阕之『《玄经》遗草』，后半阕之『江河流日夜，何时了』，神情直回到前半阕之『梅雨霁，青天好』，便可证知他针线密缝，不似老苏此词之拆开来，东一片，西一片也。既如是，果何所取而录此词耶？也只爱他发端高妙耳。夫写春而写暮春，写花而写落花，诗人弄笔，成千累万，老苏于此，有甚奇特？试参他第一句『簌簌无风花自堕』，『簌簌』字、『自』字，直将落花情理写出，再不为后人留些儿地步。尤妙在『无风』，便觉落花之落，乃是舒徐悠扬，不同于风雨中之飘零狼藉。及至『堕』字，落花乃遂安闲自在地脚跟点地了也。『簌簌无风花自堕』之下，而继之曰『寂寞园林，柳老樱桃过』。澹沲之春光已去，清和之初夏将临。一何其神完气足？『落花相与恨，到地一无声』，妙句也。硬扭他落花，相与客情作么？『一片花成兩橛。計出無奈，只好寫成這樣一个題目，聊作解嘲。学人莫提苦水歇闈，說：稼軒豈不亦有讀莊子聞朱晦庵即世底一首感皇恩乎？何以日前說辛時如彼搖，如今說蘇時便如此搦耶？且無致疑於苦水之一眼看高，一眼看低。試看老辛前半闋之忘言知道，眼光直射到後半闋之玄經遺草，後半闋之江河流日夜何時了，神情直回到前半闋之梅雨霽，青天好。便可識知他鍼線密縫，不似老蘇此詞之拆開來，東一片，西一片也。既如是，果何所取而錄此詞耶？曰：只愛他發端高妙耳。夫寫春而寫暮春，寫花而寫落花，詩人弄筆，率千累萬。老蘇於此，有甚奇特？試參他第一句：簌簌無風花自墮。簌字自字，真將落花情理寫出，亦不為後人留些兒地步，尤妙在無風，便覺落花之落，乃是静悄悄地，不同風雨中之飄零狼藉。及至墮字，落花乃遂安閑自在地腳跟點地了也。簌簌無風花自墮之下，而繼之曰寂寞園林，柳老櫻桃過，淺淺之春光之去，清和之初夏將臨，一何其神完氣足？落花與恨，到地一無聲，妙句也。硬扭他落花，相與寫情作麼？一片花飞减却春，风飘万点正愁人』，健句也，减春愁人，将何以堪？更有进者，『簌簌无风花自堕。寂寞园林，柳老樱桃过』，直透出天地之妙用，自然之神机，自然而然，行乎其所不得不行。人力既无可施，造化亦只任运。更不须说瓜熟蒂落，水到渠成也。到这里，虚空纵尚未成齑粉，而悲戚欢喜早已一齐百杂碎了也。不说品之高，即只此韵之远，坡公以前以后，词家有几个到得？学人莫只道他写景好。苦水当日读简斋诗，极喜他『归鸦落日天机熟』一句。今日持较苏词，嫌他简斋老子一口道破，反成狼藉耳。如论蕴藉风流，仍须是髯公始得也。大凡大英雄行事，岂必件件尽属惊天动地，但总有一二事，做到前人做不到处。大文人之作，岂必句句震古烁今，但总有一二语，说到前人说不出处。若不如是，屋上架屋，床下安床，纵非依草附木的精灵，也是贼德害道的乡愿。争怪得苦水为此两韵，录此一词？但两韵之后，『落日多情』十四字，读来总觉硬骨碌地，不似坡公平日笔致之圆融。过片飛減却春，風飄萬點正愁人，健句也。減甚愁人，將何以堪。更有進者，簌簌無風花自墮，寂寞園林，柳老櫻桃過，直透出天地之妙用，自然之神，描摹自然而然，行乎其所不得不行，人力既無可施，造化亦只任運。更亦須說瓜熟蒂落，水到渠成也。到這裡，靈空縱尚未成齏粉，而悲感歡喜早已一齊百雜碎了也。不說品之高，即只此韻之遠，坡公以前以後，詞家有幾個到得？學人莫祇道他寫景好。苦水嘗日讀簡齋詩，極喜他「歸鴉落日天樣熟」一句。今日持較蘇詞，嫌他有齋老子一口道破，反嫌狼藉耳。如論蘊藉風流，仍須是髯公始得也。大凡大英雄之事，豈必件件盡屬驚天動地，但總有一二事，作到前人作不到處。大文人之作，豈必句句震古鑠今，但總有一二語，說到前人說不出處。若不如是，屋上架屋，床下安床，縱非依草附木底精靈，也是賊德害道底鄉愿。爭怪得苦水為此高談，錄此一詞，但兩韻之後，舊日多情十四字，讀來總覺硬骨碌地，不似坡公平日筆致之圓融。過也

『路尽』两韵，吾观宋人之词，送别之作，往往写送客一程，居人独归之情景，坡词于此，想亦是也。『月暗孤灯火』，『火』字须是『明』字，修辞格律始合。今以为韵所牵，易『明』为『火』，不得，不得。如谓『灯火』二字合成一名，原无不可，但只着一『孤』字形容，未免凑合。结尾之『我思君处君思我』，虽乏远韵，亦自去得。但上句之『凭仗飞魂招楚些』，又何耶？《水浒传》李铁牛大哥见了罗真人归来之后，乃云不省得说些甚的。苦水于苏词此处亦复不省得苏胡子说些甚的。或当是楚些招飞魂之意。若然，则又是削足适履了也。老坡此词，如是败阙。苦水今日一一分明举似学人，岂是苦水才情高似东坡，苦水更别有说在。尝观名家之作，一集之中，往往有几篇，一篇之中，往往有数语，简直一败涂地。数语在一篇，瑕不掩瑜，且自听之。几篇之在全集，何似删之为愈？如说前人有作，后人编集，不免求备，故有斯愚，则作者当时何如不作？作了又何必示人？这个便是中土文人颟顸处，不经意路盡兩韻。吾觀宋人之詞，送別之作，往往寫送客一程，居人獨歸之情景，坡詞於此想亦是也。月暗孤燈火，火字須是明字，循聲律格律始合。今以為韻所牽，易明為火，不得已也。如謂燈火二字合成一名，亦無不可，但只着一孤字形容，未免湊合。歇拍結尾之我思君處君思我，雖之遠韻，亦自去得。但上句之憑仗飛魂招楚些，又何耶？水滸傳李鐵牛大哥見了羅真人歸來之後，乃云不省得說些甚底。苦水於蘇詞此處亦復不省得。蘇鬍子說些甚底，或者是些楚些招飛魂之意，若然，則又是削足適屨了也。老坡此詞，如是歇闋。苦水今日一一分明舉似學人，豈是苦水才情高似東坡。苦水更別有說在。嘗觀名家之作，一集之中，往往有幾篇，一篇之中，往往有數語，簡直一敗塗地。或語在一篇，瑕不掩瑜，且自聽之，然篇之在全集，何似刪之之為愈？如說前人有作，後人編集，不免求備，故有斯累，則作者當時何如不作，作了又何必示人？這個便是中土文人顢頇處，不經意处。极而言之，不自爱惜处。何况词在北宋，尚未列入正统文学之中乎？然而有一利必有一弊的反面，却又是有一弊也有一利。更不用说短处即是长处。古人神来之笔，不必另起葛藤，即此《蝶恋花》发端两韵，苦水再三赞美而不能已者，也还是此颟顸、此不经意、此不自爱惜。刘彦和《文心雕龙·总术》篇曰：『执术驭篇，似善弈之穷数。弃术任心，似博塞之邀遇。』又曰：『博塞之文，借巧傥来，虽前驱有功，而后援难继。』又曰：『善弈之文，则术有恒数，按部整伍，以待情会，因时顺机，动不失正。数逢其极，机入其巧，则义味腾跃而生，辞气从杂而至。』论文之文，善巧方便，一至于此，而其行文，亦复大有『义味腾跃而生，辞气从杂而至』之乐。苦水只有顶礼赞叹，而又虽不能至，心向往之矣。但苦水却亦有小小意见，要共者位慧地大师理会一向。博塞之文，不如善弈之文，此在学人参修，原自不误。若大家创作，神游物化，却不拘拘于此。所以陆士衡曾说『或竭情而多悔，或率意而寡尤』也。若處極而言之，不自愛惜處，何況詞在北宋，尚未列入正統文學之中乎。然而有一利必有一弊，底反面，卻又是有一弊也有一利，更不用說短處即是長處。古人神來之筆，不必另起爐灶，即此縱意花發端高歎，若水每三讀美而不能已者，也還是此顢頇，此不經意，此不自愛惜，倒是和文心雕龍總術篇曰：執術馭篇，似善弈之窮數，棄術任心，似博塞之邀遇。又曰：博塞之文，借巧儻來，雖前驅有功，而後援難繼。又曰：善奕之文，則術有恒數，按部整伍，以待情會，因時順機，動不失正。數逢其極，機入其巧，則義味騰躍而生，辭氣叢雜而至。論文之文，善巧方便，一至於此，而其行文，亦復大有義味騰躍而生，辭氣叢雜而至之樂。若水亦有頂禮讚歎，而又雖不能至，心嚮往之矣。但若水卻亦有小小意見，要共者位慧地大師理會一向。博塞之文，不如善奕之文，此在學人參修，原自不誤。若大家創作，神遊物化，卻不拘拘於此。所以陸士衡曾說，或竭情而多悔，或率意而寡尤也。若邀遇绝对不如穷数，陆氏便不如是说了也。诚如彦和所云善弈强似他博塞，何以下文又说『以待情会，因时顺机』乎？所谓情会与时机者，岂非仍有类于博塞邀遇的『遇』耶？如只任术便得，尚何须乎机与会之顺与待耶？即以博弈而论，谚亦有云：棋高无输，牌高有输。其故亦在穷术与任运，饶你赌中妙手，无如牌风不顺，等张不来，求和不得，仍是大败亏输。若棋则不然，高手决不会输。若偶尔漏着，输却一盘，定是棋术尚未十分高妙也。然而此亦言其常耳。若是手气旺盛，则虽赌场雏手，无奈他随手掷去，尽成卢雉。此则东坡词中所谓六只骰六点儿，赛了千千并万万者。饶你多年经验，不免向他雏手手中，落花流水一般纳败阙也。若是着棋却不然。纵使高手，倘遇劲敌，所差不过一子半子，即便费尽心机，赢则决定是赢，而所赢仍不过此一子半子，决定不会楸枰之上，黑子尽死，白子全活也。虽曰文事不能適遇絶對不如窮數，陸氏便不如是說了也。誠如彥和所云善弈強似他博塞，何以上文又說以待情會，因時順機乎？所謂情會與時機者，豈非仍有類於博塞邀遇底遇耶？如祇任術便得，尚何須乎機與會之順與待耶！即以博弈而論，諺亦有云：棋高無輸，牌高有輸。其故亦在窮術與任運。饒你賭中妙手，亦如牌況不順，善張不來，求和不得，仍是大敗虧輸。若棋則不然，高手決不會輸。若偶亦偏着，輸卻一盤，定是棋術尚未十分高妙也。然而此亦言其常耳。若是手氣旺盛，則雖賭場雛手，亦奈他隨手擲去，盡成盧雉。此則東坡詞中所謂六隻骰六點兒，賽了千千並萬萬者。饒你多年經驗，不免向他雛手之中，落花流水一般納敗闕也。若是着棋卻不然。縱使高手，偶遇勁敵，所差不過一子半子。即使費盡心機，贏則決定是贏，而所贏仍不過此一子半子，決定不會楸枰之上，黑子盡死，白子全活也。雖曰文事不能全类博弈，然而那颟顸，那不经意，甚至那不自爱惜，有时如着棋，真能输却全盘。若是如赌博，忽然大运亨通，合场彩物便尽归他一人手里。若然则坡老此词之开首两韵，其博塞之遇来，是以如有神助，而其以下直至歇尾，又其弈棋之术疏，是以全军俱覆也乎？

减字木兰花

钱塘西湖有诗僧清顺，所居藏春坞，门前有二古松，各有凌霄花络其上，顺常昼卧其下。时余为郡，一日屏骑从过之。松风骚然，顺指落花求韵，余为赋此。

双龙对起。白甲苍髯烟雨里。疏影微香，下有幽人昼梦长。
湖风清软。双鹊飞来争噪晚。翠飐红轻，时下凌霄百尺英。

两株古松，上络凌霄，而清顺却常昼卧其下，者位阇黎，忒煞风流。而东坡又屏骑从过之，且为作此小词，者位太守，也忒煞好事。虽公案分明，而往事成尘，如今也不索掂掇。且就此小词，与学人葛藤一番。『双龙对起』，妙哉，妙哉，便真有拔地百尺，突兀凌云全類博奕，然而那顢頇，那不經意，甚至那不自愛惜，有時如着棋，真能輸卻全盤。若是如賭博，忽然大運亨通，合場彩物便盡歸他一人手裏。若然，則坡老此詞之開首五韻，其博塞之遇來，是以如有神助，而其以下直至歇尾，又其弈棋之術疏，是以全軍俱覆也乎？

減字木蘭花

錢塘西湖有詩僧清順，所居藏春塢，門前有二古松，各有凌霄花絡其上，順常晝臥其下。時余為郡，一日屏騎從過之，松風騷然，順指落花求韻，余為賦此。

雙龍對起，白甲蒼髯煙雨裏。疏影微香，下有幽人晝夢長。　湖風清軟，双鵲飛來爭噪晚。翠颭紅輕，時下凌霄百尺英。

兩株古松，上絡凌霄，而清順即常晝臥其下，者位闍黎，忒煞風流。而東坡又屏騎從過之，且為作此小詞，者位太守，也忒煞好事。雖公案分明，而往事成塵，如今也不索攷證，且就此小詞，與學人葛藤一番。雙龍對起，妙哉妙哉，便真有拔地百尺，突兀凌雲之势也。『白甲苍髯』，着迹矣，尚自可。『烟雨里』，倘不是真指烟雨，便不知其何所指；倘真指烟雨，不与『昼梦长』抵触耶？如谓『烟雨里』谓特殊有雨之时，『昼梦长』言其常也。然则常之与殊，于此连续说之，不益相矛盾耶？『疏影微香』，其指凌霄花矣，『下有幽人昼梦长』，此大似隐士，岂复是和尚，殆欲逃禅矣乎？『湖风清软』，恰好，恰好。若只是两株古松，着此四字，不得，不得。为是松上络有凌霄花，得也，得也。『双鹊飞来』，无不可，但何必定是双？若再一边树上一个，不独呆相，亦是笑话了也。『争噪晚』，着一噪字，与清软之湖风又抵触矣，是又大不可者也。若道尔时，恰值有双鹊在松上争噪，苦水于此，将大喝一声：有也写不得。而况『疏影微香』之中，幽人梦长之际，噪已不可，争个什么？一争，一噪，好容易拈出清软，与影与香与人与梦融成一片，至是，俱被他搅得稀糟，使不得也。此又是苏长公颟顸处、不经意处、不自爱惜处。苦水亦不复替他谦了也。夫如是，苦水之于此词，半肯半不肯，选而说之，何为也？只为他『翠飐红轻，时下凌霄百尺英』二韵，割舍不得而已。学人莫只看翠之飐，红之轻。若只如是，又是错认驴鞍桥作阿爷下颏。

々勢也。白甲蒼髯，着迹矣，尚自可。煙雨裏，倘不是真指煙雨，便
不知其何所指；倘真指煙雨，不与畫夢長牴觸耶？如謂煙雨裏謂
特殊有雨之時，畫夢長言其常也，然則常之与殊，於此連續說
之，不益相矛盾耶？蹤影淅香，其指凌霄花矣。下有幽人畫夢
長，此大似隱士，豈復是和尚，殆欲逃禪矣乎？湖風清軟，恰好，
恰好。若祇是兩株古松，着此四字，不得不得。為是松上絡有凌霄
花，得也得也。雙鵲飛來，無不可。但何必定是雙雙？若再一邊樹
上一個，不獨呆相，並是笑話了也。爭噪晚，着一噪字，与清軟之湖風
又牴觸矣，是又大不可者也。若道爾時恰值有幾鵲在松上爭噪，
苦水於此，將大喝一聲：有也寫不得。而況蹤影微香之中，幽人晝夢
長之際，噪已不可，爭個什麼？一爭一噪，好容易拈出清軟与影
與香与人与夢融成一片，至是俱被他攪得稀糟，使不得也。此又
謙了也。夫如是，苦水之於此詞，半肯半不肯，還而說之，何為也？只
是蘇長公顢頇處，不經意處，亦自愛惜處。苦水亦不復替他
為他翠飐紅輕時下凌霄百尺英二韻，割捨不得而已。學人莫只
看翠之飐，紅之輕，若祇如是，又是錯認驢鞍橋作阿爺下頷。

近代修辞论文，有所谓形容与描写之二名也者。苦水不怨此二名误尽天下苍生，却只惜有许多人错认却定盘星，以致自误。处处寻枝摘叶，时时掂斤播两。自夸形容之工，描写之细，其实十足地心为物转，将境杀心，沉沦陷溺，永无觉醒，熏习日甚，只成诗匠，更非诗人，简直自救不了，说甚超凡入圣？所以苦水平日堂上说诗，每每拈举韩翰林『惜花』一章，警戒学人。若说此诗之『皱白离情高处切，腻红愁态静中深』，亦自杀够工细。亦自为他贴将去，脱不开，死却了，不肯活，更无半点高致，不须再检举他无神韵也。有一塾师出杜诗『好雨知时节』题，令其弟子作五言八韵的试帖诗，即得时字。一本卷子中有一联曰：『不先还不后，非早亦非迟。』说时迟，者老夫子一见此诗，便扯将那学生子过来，教他自读此十字一过。那时快，更不说甚青红皂白，便痛痛与他廿戒尺。完了，方说：『我只打你个不先还不后，非早亦非迟。』若说不先不后，非早非迟，岂不扣得那杜诗『好』字、『知』字、『时节』字，严严地，密密地？但廿戒尺打得定是，决不冤枉那学生子也。

近代修辭論文，有所謂形容与描寫之二名也者。苦水不怨此二名之誤盡天下蒼生，卻祇惜有許多人錯認卻定盤星，以致自誤。處處尋枝摘葉，時時攧斤播兩，自誇形容之工，描寫之細，其實十足地心為物轉，將境殺心，沉淪陷溺，永無覺醒，熏習日甚，以成詩匠，更非詩人，簡直自救不了，說甚超凡入聖。所以苦水平日堂上說詩，每每拈舉韓翰林惜花一章，警戒學人。若說此詩之皺白離情高處切，賦紅愁態靜中深，亦自殺够工細，亦自為他貼將去，脫不開，死卻了，不肯活，更無生氣高致，不須再拈舉他氣神韻也。有一塾師出杜詩好雨知時節題，令其弟子作五言六韻底試帖詩，即得時字。一本卷子中有一聯曰：不先遠不後，非早亦非遲。說時遲者，老夫子一見此詩，便扯將那學生子過來，教他自讀此十字一遍。那時快，更不說甚青紅皂白，便痛痛与他廿戒尺。完了，方說：我只打你个不先遠不後，非早亦非遲。若說不先不後，非早非遲，豈不扣得那杜詩好字、知字、時節字，嚴嚴地，密密地。但廿戒尺打得定是，決不冤枉那學生子也。

至如苏词之『翠飐红轻』，岂可与此学生子之柢能相提并论？亦尚还不至如致尧那二句之呆板。苦水何必如此神经过敏，哓哓不休？不见道涓涓不塞，将成江河。又道南辕北辙，发脚便错。只缘婆心，遂成苦口耳。至于『时下凌霄百尺英』，又是前说所谓坡老的赌运亨通。王静安先生说宋景文之『红杏枝头春意闹』曰：『着一「闹」字，而境界全出』；说欧公之『绿杨楼外出秋千』曰：『着一「出」字，而境界全出』。难道苦水于此不好说：着一『下』字而境界全出耶？一个『下』字，抉出神髓，表出韵致，无意气时添意气，不风流处也风流。尚何有乎形容与描写，何处更着得工与细耶？学人于此会得，苦水得好休时便好休。倘不，苦水更有第二勺恶水在。北宋以后，词人咏物之作，正文不露题字。苦水曰：他自作灯虎，我无闲心哄他猜谜；他自绕弯子，莫更怪我不陪他吃螺蛳也。坡公于此，明点出凌霄花，吾辈今日难道不能赏其『下』字之妙耶？夫凡花之落，皆可曰下，此有甚奇特？然而须理会得此是凌霄花百尺之英，自古松白甲苍髯里，徐徐坠落，所以是『下』也。莫又怪苦水何以知其徐徐，不曰：『湖风清软』乎？准物理学，苟无至如蘇詞之「翠飐紅輕」，豈可與此等字之低徊相提並論，亦尚還不至如致堯那二句之呆板。苦水何必發神經過敏，曉曉不休？不見道「滑滑不塞，將成江河」，又道「南轅北轍，發腳便錯」，只緣婆心，遂成苦口耳。至於「時下凌霄百尺英」，又是另說。所謂坡老底賭運亨通。王靜安先生說宋子京之「紅杏枝頭春意鬧」，曰：着一「鬧」字而境界全出。說歐公之「綠楊樓外出秋千」，曰：着一「出」字而境界全出。難道苦水於此不好說：着一「下」字而境界全出耶！一個「下」字，扶出神髓，表出韻致，無意氣時添意氣，不風流處也風流。尚何有乎形容與描寫？何處更着得「工」與「細」耶？學人於此會得，苦水得好休時便好休；倘不，苦水更有第二杓惡水在。北宋以後，詞人詠物之作，正文不露題字。苦水曰：他自作燈謎，我無閑心哄他猜謎；他自繞彎子，莫更怪我不陪他喫螺螄也。坡公於此所點出凌霄花，吾輩今日難道不能賞其「下」字之妙耶？夫凡花之落，皆可曰下，此有甚奇特？然而須理會得此是凌霄花百尺之英，自古松白甲蒼髯裡，徐徐墜落，所以是下也。莫又怪苦水何以去其徐徐，不曰：渺風清轉乎？準物理學，苟無空气之阻隔，物之下坠，同此迟速，无分重轻。但大气之中，花体本轻，高处坠落，只缘阻隔，更觉徐徐。且凌霄之花朵较大，花色金红，而其落也，不似他花碎瓣离萼，而为全朵辞枝，试思昼卧百尺之树下，仰见苍髯之枝间，忽然一点金红，悠悠焉，渐降渐低，愈落愈近，安然而及地焉。盖良久，良久，而又一点焉。良久，良久，而又一点焉。不说『下』，而将奚说耶？莫又怪苦水何以知其是良久一点也。苦水于此，更自叹息，说词至是，惹火烧身。夫文士为文，亦须格物。凌霄之落，既不是风飘万点之愁人，亦不似桃花乱落之红雨也。凡夫落朵而不落瓣之花，当其落也，盖无不是如此之良久，良久，而始一点也。不道是『下』，道个什么？苦水说时，用坠、落、降等字，只是不得已而用之。先自供出，省得又被告发。『时下』，本或作『时上』。大错，大错，决不可从。试问的底上？又上个甚的？莫是双鹊上他凌霄么？笑杀，笑杀。两个野鹊上在花上，有甚风光？若再问：者个较之上章『簌簌无风』一句，何如？苦水则曰：那个多，者个少。者个是朵，那空氣之阻隔，物之下墜，因之遲速，遂分輕重。但大氣之中，花體本輕，亦受墜落，只緣阻隔，更覺徐徐。且凌霄之花朵較大，花色全紅，而其落也，亦似他花碎瓣離萼，而為全朵離枝。試思晝臥百尺之樹下，仰見參差之枝間，忽然一點金紅，悠悠焉，漸降漸低，愈落愈近，安然而及地焉，蓋良久良久，而又一點焉，良久良久，而又一點焉。不說下，而將奚說耶？苦水又怪苦水何以知其是良久一點也。苦水於此，更自嘆息，說詞至是，甚大饒身。夫文士為文，亦須格物，凌霄之落，既不是風亂落瓣之愁人，亦不似桃花究竟之紅雨也。凡夫落朵而不落瓣之花，當其落也，蓋無不是如此之良久良久，而如一點也。不道是下，道箇什麼？苦水說時用墜落降等字，只是不得已而用之。先自供出，省得又被告發。時下本或作時上，大錯大錯，決不可從。試問甚底上？又上箇甚底？莫是雙鵲上地凌霄麼？笑殺笑殺。與个嬰鷁上在花上，有甚風光？又要再問著个鈍之上辛殺殺，黃風一句，何如？苦水曰：那个多，者个少，若个是朵，那个是瓣。那个若是自然的大机大用，者个只是道心底虚空昭灵。不会么？不会，者里尚有个末后句在：者个只是个无意。莫见苦水如此说，便又大惊小怪。不见古德说达摩西来，也只是个无意。好好一首《减字木兰花》，今被苦水说东话西，肢解车裂，真真何苦。其实一部《东坡乐府》，其中好词，也亦俱不许如此说。然而苦水十日之间，居然说了整整十首。虽然心不负人，面无惭色，也须先向他东坡居士忏悔，然后再向天下学人谢罪。

东坡词说终

箇是難解，那个是自然底大樣大用，者个只道是道心底靈靈只昭靈。不會麼？不會，者裏尚有個末後句在，者个只是个無言，莫見恁麼如此說，便又大驚小怪。不見古德說，達摩西來，也祇是個無意思，好好一首減字木蘭花，今被恁麼說東話西，支解車裂，苦苦何苦。其實一部東坡樂府，其中好詞，也俱不許如此說。然而者好十日之間，居然說了整整十首，雖然心不負人，面無慚色，也須先向他東坡居士懺悔，然後再向天下學人謝罪。

傳燈十二段

東坡詞說終

倦驼庵东坡词说　附录

吾拟说苏词，选目既定，细检一过，而觉诸选家所俱收，或盛脍炙人口而未入吾录者，得五首焉。夫诸家俱选，且盛脍炙矣，是有目共赏之作也，将不须吾之说耳。初故舍之。然吾于此五章，亦不无欲言者在，故终取而略说之。汇为说苏之附录云尔。卅二年九月霍乱预防之际，苦水识于净业湖南之倦驼庵。

念奴娇·赤壁怀古

大江东去，浪淘尽、千古风流人物。故垒西边，人道是、三国周郎赤壁。乱石穿空，惊涛拍岸，卷起千堆雪。江山如画，一时多少豪杰。　遥想公瑾当年，小乔初嫁了，雄姿英发。羽扇纶巾，谈笑间、强虏灰飞烟灭。故国神游，多情应笑我，早生华发。人间如梦，一樽还酹江月。

坡公以此词得名。世之目坡词为豪放，且以苏与辛并举

倦駝菴東坡詞說　附錄

吾擬說蘇詞，選目既定，細檢一過，而覺諸選家所俱收，或盛膾炙人口而未入吾錄者，得五首焉。夫諸家俱選，且盛膾炙矣，是有目共賞之作也，將不須吾之說耳，初故捨之。然吾於此五章，亦不無欲言者在，故終取而略說之。彙爲說蘇之附錄云爾。卅二年九月霍亂預防之際，苦水識於淨業湖南之倦駝庵。

念奴嬌

赤壁懷古

大江東去，浪淘盡千古風流人物。故壘西邊，人道是三國周郎赤壁。亂石穿空，驚濤拍岸，捲起千堆雪。江山如畫，一時多少豪傑。　遙想公瑾當年，小喬初嫁了，雄姿英發，羽扇綸巾，談笑間，強虜灰飛煙滅。故國神遊，多情應笑我，早生華髮。人間如夢，一尊還酹江月。

坡之以此詞得名，世之目坡詞爲豪放，且以蘇與辛並舉者，亦未尝不以此词也。吾于论词，虽不甚取豪放之一名，然此《念奴娇》，则诚豪放之作。『大江东去，浪淘尽、千古风流人物』，本极可悲可痛之事，而如是表而出之，遂不觉其可悲可痛，只觉其气旺神怡。即其过片『故国神游』以下直至结尾，亦皆如是。更无论其『江山如画』两句，及『遥想公瑾当年』以下直至『灰飞烟灭』之两韵也。然谓之豪放即得，遂以之与稼轩并论，却未见其可。辛词所长：曰健，曰实。坡公此词，只『乱石』三句，其健、其实，可齐稼轩。即以其全集而论，如谓亦只有此三句之健、之实，可齐稼轩，亦不为过也。全章除此三句外，只见其飘逸轻举，则仍平日所擅场之出字诀耳。即以飘逸轻举论，亦以前片为当行。若过片则浮浅率易矣，非飘逸轻举之真谛也。公瑾之雄姿英发，何与小乔之嫁？然如此说，尚无不可。若夫强虏，顾可谈笑间使之灰飞烟灭耶？昔读左太冲《咏史》诗曰：『左眄澄江湘，右盼定羌胡。功成不受爵，长揖归田庐。』以为功成身者，亦未嘗不以此詞也。吾於論詞，雖不甚取豪放之一名，然此念奴嬌，則誅為豪放之作。大江東去，浪淘盡千古風流人物，本極可悲可痛之事，而如是表而出之，遂不覺其可悲可痛，祇覺其氣旺神怡。即其過片故國神遊以下直至結尾，亦皆如是。更無論江山如畫兩句，及遙想公瑾當年以下直至灰飛煙滅之兩韻也。然語之豪放即得，遂以之與稼軒並論，却未見其可。辛詞所長，曰健，曰實。坡公詞，只前舉三句，其健其實，可敵稼軒。即以其全集而論，如語上只有此三句之健之實，可敵稼軒，亦不為過也。全章除此三句外，只見其飄逸輕舉，則仍舊日一時擅場之出字訣耳。即以飄逸輕舉論，亦只為中書行。若過此則浮淺矣。易矣，非飄逸輕舉之真諦矣也。公瑾之雄姿英發，何與小喬之嫁，然如此說，尚無不可。若夫強虜，豈可談笑間使之灰飛煙滅耶？昔讀左太沖詠史詩曰：左眄澄江湘，右盼定羌胡。功成不受爵，長揖歸田廬。以為功成身退或尚不难，若江湘左盺而澄，羌胡右盼而定，遂开文士喜为大言之风气，窃尝笑其如非欺人，定是不惭也。坡词于是，虽谓周郎，而非自谓，然其神情，无乃类之。至『故国神游』，想指三国。『多情应笑』，其谓公瑾乎？『早生华发』，则自我矣。然三语蝉联，一何其无聊赖耶？稼轩之『不恨古人吾不见，恨古人不见吾狂耳』，人或犹嫌之，而况此之空肤耶？煞尾二句，更显而易见飘逸轻举之流为浮浅率易。至于后人学之不善，成为滥调，则后人自负其责。苦水尚不忍以是为坡公罪。

水调歌头

丙辰中秋，欢饮达旦，大醉，作此篇，兼怀子由。

明月几时有，把酒问青天。不知天上宫阙，今夕是何年。我欲乘风归去，又恐琼楼玉宇，高处不胜寒。起舞弄清影，何似在人间。　转朱阁，低绮户，照无眠。不应有恨，何事长向别时圆。人有悲欢离合，月有阴晴圆缺，此事古难全。但愿人长久，千里共婵娟。

退，或尚不難，若江湖左盼而涕，羌部右盼而定，遂開文士豪而大言之風氣，竊意嘆其如非欺人，定是不懂也。坡公詞於是，雖謂周郎，而非自況，無其神情無乃欺之。至故國神遊，直指三國，多情應笑，其語不堪乎。早生華髮，則自我矣。然三語譁縱，一何乎無聊賴耶？稼軒之不恨古人吾不見，恨古人不見吾狂耳，人或猶嫌之，而況此之空靈耶？無尾二句，更顯而易見飄逸輕舉之流為浮淺率易。至於後人學之不善，未可濫調，則後人自負其責。吾故尚不忍以是為坡公罪。

水調歌頭

丙辰中秋，歡飲達旦，大醉，作此篇，兼懷子由。

明月幾時有，把酒問青天。不知天上宮闕，今夕是何年。我欲乘風歸去，又恐瓊樓玉宇，高處不勝寒。起舞弄清影，何似在人間。轉朱閣，低綺戶，照無眠。不應有恨，何事長向別時圓。人有悲歡離合，月有陰晴圓缺，此事古難全。但願人長久，千里共嬋娟。

东坡之作，举世所钦，震烁耳目，首推前篇。沦浃髓骨，厥维此章。何者？《念奴娇》篇，大气磅礴，易于骇俗；《水调歌头》，情致圆熟，善中人意也。以余观之，此章精华乃在前片之琼楼玉宇，高处自寒，起弄清影，人间可住耳。西国诗人，信道之士，时或赞美大神，倾心天国，唾弃现实，向往永生。其有抱愤怀疑，崇情尚智，又复鄙薄往生，别寻乐土，执着地上，歌咏人间，窃谓二者俱非所论于中土。则以吾国智士，习论性天，否亦喜庄、列者每任自然，崇释氏者辄宗空无。虽有三别，实归一玄。缀文之士，专命骚雅，逊世之士，托身岩阿，大都不免纵情诗酒，流连风月。至于发愤抒情，慷慨悲歌，献酬奉酢，歌功颂德，尚匪所论。综上以观，韵文神致，西国中土，实不同科。故夫高举者既非同乎热烈之信仰，而住世者仍有异于现实之执着也。吾曩者读苏词此章前片之『不知』以下直迄『人间』，颇喜其有与西洋近代思想相通之处。及今思之，坡公之意，若有若无，唯其東坡之作，舉世所欽，震鑠耳目，首推前篇，淪浹髓骨，厥維此章。何者？念奴嬌篇，大氣磅礴，易於駭俗，水調歌頭，情致圓熟，善中人意也。以余觀之，此章精義乃在前片之瓊樓玉宇，高處自寒，起舞清影，人間所佳耳。西國詩人，信道之士，時或讚美大神，傾心天國，唾棄現實，嚮往永生。其有抱憤懷疑，崇情尚智，又復鄙薄往生，別尋樂土，執着地上，歌詠人間。竊謂二者俱非所論於中土。則以吾國智士，所論性天，至若喜莊列者，每任自然，崇釋氏者輒宗空無。雖有三別，實歸一玄。綴文之士，專命騷雅，遯世之士，託身巖阿，大都不免縱情詩酒，流連風月。至於發憤抒情，忼慨悲歌，獻酬交酢，歌功頌德，尚匪所論。綜上以觀，敬天神祇，西國中土，實不同科。故夫高舉者既非同乎熱烈之信仰，而往世者仍有異於現實之執着也。吾曩者讀蘇詞此章前片之不知以下，直近人間，頗喜其有與西洋近代思想相通之處。及今思之，坡公之意，蓋有然而無，惟其才富，故纵情而言，自具高致。与彼西士有意入世，固自不同。《樵歌》词曰『玉楼金阙慵归去，且插梅花醉洛阳』，与此相近。唯朱语浅露，易见作态；坡词朗润，遂更移人。究其源流，尚非异致。韩吏部诗曰：『我能屈曲自世间，安能从汝巢神山？』则语意愤激，未若坡老情致蕴藉矣。过片而后，圆融太过，乃近甜熟。此在长公，放情称意，不失本色。后者学人，步趋失真，滋多流弊，吾意弗善，不复费辞。

水龙吟·次韵章质夫杨花词

似花还似非花，也无人惜从教坠。抛家傍路，思量却是，无情有思。萦损柔肠，困酣娇眼，欲开还闭。梦随风万里，寻郎去处，又还被、莺呼起。　不恨此花飞尽，恨西园、落红难缀。晓来雨过，遗踪何在，一池萍碎。春色三分，二分尘土，一分流水。细看来，不是杨花，点点是离人泪。

静安先辈之论词，吾所服膺，其论咏物之作，首推是篇。

才富，故縱情而言，自具高致，與彼西士有意入世，固自不同。樵歌詞曰：玉樓金闕慵歸去，且醉梅花醉洛陽，與此相近。惟朱語淺露，易見作態；坡詞朗潤，遂更移人。究其源流，尚非異致。韓吏部詩曰：我能屈曲自世間，安能從汝巢神山？則語氣憤激，未若坡之情致醖藉矣。過此而後，圓融太過，乃近甜熟。此在長公，放情稱意，不失本色。後者學人步趨，失真，滋為流弊。吾意弗善，不必復贅辭。

水龍吟

次韻章質夫楊花詞

似花還似非花，也無人惜從教墜。拋家傍路，思量卻是，無情有思。縈損柔腸，困酣嬌眼，欲開還閉。夢隨風萬里，尋郎去處，又還被鶯呼起。　不恨此花飛盡，恨西園、落紅難綴。曉來雨過，遺蹤何在，一池萍碎。春色三分，二分塵土，一分流水。細看來，不是楊花，點點是離人淚。

靜安先輩之論詞，吾所服膺。其論咏物之作，首推是篇。

又曰：『虽和韵而似元唱。』苦水则不以其似元唱而喜此词。或吾于诗词，不喜咏物之作之故耶？总之，不复能强同于王先生而已。少陵之诗有拙笔而无俗笔，太白有俗笔矣。稼轩之词有率笔而无俗笔，髯公有俗笔矣。此或以才虽高，而学不足以济之，即李与苏之于诗词，稍不经意，犹不免于俗耶？吾于上章，不取过片，即嫌其近俗，然犹未至于俗也。至于是篇，直俗矣。前片开端至『呼起』，滥俗类如元明末流作家之恶劣散曲。『抛家傍路』，『寻郎去处』，其尤显而易见者也。过片『不恨』两句，可。然曰『恨西园、落红难缀』，则无与于杨花也。『晓来雨过』，『一池萍碎』，好。虽不免于拘相，乏于韵致，而思致微妙，可喜也。嫌他『遗踪何在』一句楔在中间，累玉成瑕耳。『春色』三句，苦水不理会这闲账、歇账。结尾『是离人泪』，苦水直报之曰：不是，不是，再还他第三个不是。几见离人之泪如斯其没斤两也耶？亏他还说是细看。因知老坡言情并非当家。刻骨铭心，须让他辛老子出一头地。

又曰：雖和韻而似元唱。苦水則不以其似元唱而喜此詞。或吾於詩詞，不喜詠物之作之故耶？總之，不復能強同於王先生而已。少陵之詩有拙筆，而無俗筆。太白有俗筆矣。稼軒之詞有率筆，而無俗筆。髯古有俗筆矣。此或以才雖高，而學不足以濟之，即李與蘇之於詩詞，猶不經意，往往不免於俗耶？吾於上章，不取過片，即嫌其近俗。然猶未至於俗也。至於是篇，直俗矣。前片開端至呼起，濫俗類如元明末流作家之惡劣散曲。抛家傍路，尋郎去處，其尤顯而易見者也。過片不恨云句，可。然曰恨西園落紅難綴，則無與於楊花也。曉來雨過，一池萍碎，好。雖不免於拘相，乏於韻致，而且致微妙，可喜也。嫌他遺蹤何在一句楔在中間，累玉本環耳。本色三句，苦水不理會這閑賬、歇賬。結尾是離人淚，苦水直根之曰：不是，不是。再道他第三個不是，筆見離人之淚如斯其沒斤兩也耶？虧他還說是細看。因知老坡言情並非當家，刻骨銘心，須讓他辛老子出一頭地。

蝶恋花

花褪残红青杏小。燕子飞时，绿水人家绕。枝上柳绵吹又少。天涯何处无芳草。墙里秋千墙外道。墙外行人，墙里佳人笑。笑渐不闻声渐悄。多情却被无情恼。

笔记谓朝云每歌『枝上柳绵』二句，便如不胜情。又谓其随坡至南海，日诵二语，病极犹不释口。而朝云既没，子瞻亦终身不复听此词。吾意此说或当不虚。然陆平原曰：『落叶俟微风以陨，而风之力盖寡。孟尝遭雍门以泣，而琴之感以末。何者？欲陨之叶，无所假烈风；将坠之泣，不足繁哀响也。』彼朝云之有动于此二句也，此物此志也夫。而王渔洋顾乃曰：『枝上柳绵，恐屯田缘情绮靡，未必能到，孰谓彼但解作「大江东去」耶？髯公直是超伦绝群。』夫超伦绝群，或者不无，若缘情绮靡，直恐未必。何者？心与物既为缘，情与致即俱生。二语致过于情，是以出而非入。虽曰柳绵渐少，芳草遍生，有情于此，不免伤春。然柳绵之少，无大重轻，芳草青青，至可

蝶戀花

花褪殘紅青杏小，燕子飛時，綠水人家繞。枝上柳綿吹又少，天涯何處無芳草。　牆裏鞦韆牆外道，牆外行人，牆裏佳人笑。笑漸不聞聲漸悄，多情卻被無情惱。

筆記謂朝雲每歌枝上柳綿二句，便如不勝情。又謂其隨坡至南海，日誦二語，病極猶不釋口。而朝雲既沒，子瞻亦終身不復聽此詞。吾意此說或有不實。然陸氏原曰：落葉俟微風以隕，而風之力蓋寡；孟嘗遭雍門以泣，而琴之感以末。何者？形隕之葉，無所假烈風；將墜之泣，不足繁哀響也。彼朝雲之有動於此二句也，此物此志也夫。而王漁洋顧乃曰：枝上柳綿，恐屯田緣情綺靡，未必能到。孰謂彼但解作大江東去耶？髯乃直是超倫絕羣。夫超倫絕羣，或者不無，若緣情綺靡，直恐未必。何者？心與物既為緣，情與致即俱出。二語致遠於情，是以出而非入。雖曰柳綿漸少，芳草遍生，有情於此，不免傷春。然柳綿之少，無大重輕，芳草青青，至而玩赏，况乃天涯无处而非芳草，则吾人随地皆可自怡，吾之所云致过于情、出而非入者，不益信耶？试再以辛词『待得来时春尽也，梅结子，笋成竿』，与此相较，则吾之言不益明耶？苟其吹毛求疵，挦章摘句，不独天涯芳草，已嫌于损情而益致，而枝上柳绵尤为不揣本而齐末。此不当云柳枝上绵耶？枝为遍名，总赅万木，柳乃特举，何有众枝？虽然，吾如是说，聊为学人修辞警戒，非于坡公深文周纳。彼自豁达，不妨疏阔耳。至于过片，如非滥俗，亦近轻薄，说详上章，不复述焉。

卜算子·黄州定慧院寓居作

缺月挂疏桐，漏断人初静。谁见幽人独往来，缥缈孤鸿影。惊起却回头，有恨无人省。拣尽寒枝不肯栖，寂寞沙洲冷。

附录五篇，吾肯此章。如是短什复三『人』字，豁达可想，无事吹求。『缺月』二语，境况幽寂，『幽人』之『幽』，坡老自道。鸿影玩賞，況乃天涯無處而非芳艸，則吾人隨地皆可自怡，吾之所云致，過於情出而非入者，不益信耶？試每以本詞待得來的春者也。梅結子，筍成竿，與此相較，則吾之言不益明耶？苟其吹毛求疵，擇章摘葉句，不獨天涯芳草，已嫌於換情而益致，而枝上柳綿尤爲不掃而齋末，此不嘗云柳枝上綿耶？枝爲通名，總駭眾木。柳乃特舉，何有眾枝？雖然，吾如是說，柳爲無人備駕警戒，非於坡公深文周內，彼自豁達，不妨姑存瀾耳。至於過片，如非濫俗，亦近輕薄，說詳上章，不復述焉。

卜算子

黃州定慧院寓居作

缺月挂疏桐，漏斷人初靜。誰見幽人獨往來，縹緲孤鴻影。驚起卻回頭，有恨無人省。揀盡寒枝不肯棲，寂寞沙洲冷。

坿錄五篇，吾肯此章，如是短什復三人字，豁達可想，無可吹求。缺月二語，境況幽寂，幽人之幽，坡老自道，鴻影缥缈，既实指鸿，亦以自况。『惊起』者何？人为鸿惊也。『回头』者谁？东坡老人也。『有恨』者，人与鸿同此恨也。『无人省』者，坡公有触，他人不省也。结尾二语，谓鸿不栖树，自宿沙洲，无枝叶之托庇，有霜露之侵陵也。所谓『恨』者，其指此也。于是而人之与鸿，一而二，二而一，不复可辨也。若是，则吾于此词殆全肯矣。竟不入选而归附录者，抑又何耶？吾于是几无以自解，然而有说焉。以文字之表现论，如是即可。如以意境论，则是固吾国诗人千百年来之传统，而非坡公之所独有也。文士之文，固不可刻意怪险，以致自外于天理人情；亦不可坠落坑堑，以致无别于前贤旧制。坡老此作，尚不至如吾后者所云。然格调既暗合乎曩篇，即酸咸乃无殊乎众味。况乎风骨未甚遒上，以诏后学，易生枝蔓者哉。如曰：苦水虽复哓哓苦口，亦属鳃鳃过虑。人娶少妻，极相爱悦，既见妻母皤然一婆，归而出妻。亲朋诧异，询其何说。乃云：『日后吾妻必类其母。』苦水于此，正复如然。顾学者立身，希圣希贤，释者发心，成佛作祖。取法乎縹緲，既實指鴻，亦以自況。驚起者何？人為鴻驚也。回頭者誰？東坡本人也。有恨者，人與鴻同此恨也。無人省者，坡公有觸，他人不省也。結尾二語，謂鴻不棲樹，自宿沙洲，無枝葉之托庇，有霜露之侵陵也。所謂恨者，其指此也。於是而人之與鴻，一而二，二而一，不復可辨也。若是，則吾於此詞殆全背矣。竟不入選而歸於附錄者，抑又何耶？吾於是筆無以自解，然而有說焉。以文字之表現論，如是即可，如以意境論，則是因吾國詩人千百年來之傳統，而非坡公之所獨有也。文士之文，固不可刻意怪險，以致自外於天理人情；亦不可墮坑落塹，以致無別於前賢舊製。坡老此作，當不至如吾後者所云。然格調既皆合乎曩篇，即酸鹹乃無殊乎衆味。況乎風骨未甚遒上，以語後學，易生枝蔓者哉。如曰：苦水雖復嘵嘵，亦屬鰓鰓過慮。人娶少妻，極相愛悅，既見妻母，皤然一婆，歸而出妻。親朋詫異，詢其何說，乃云：日後吾妻必類其母。苦水於此，正復如然。顧學者立身，希聖希賢，釋者發心，成佛作祖，取法乎上，仅得乎中。防微杜渐，着眼不妨过高耳。此自吾意，不关苏词。私心不满，匪宁唯是。忆吾每诵此章，辄觉虽非恶鬼森然扑人，亦似灵鬼空虚飘忽，只有惝恍，了无实质。即彼天仙不食烟火，吾犹弗喜，矧此鬼趣无与人事者哉？或曰：《楚辞·山鬼》，子亦将如是说之耶？则曰：屈子之作，离忧后来，艰难辛苦，命曰《山鬼》，实皆世谛，未似苏公之虽曰『幽人』，乃只幽灵，虽曰『有恨』，徒成幽恨也。吾如是说，人或不谅。言发由衷，吾意至诚，岂独于苏词，轩轾殿最一准乎是，吾于一切前贤篇什，无不如此。即吾个人学文，创作批评，取径发足，亦复胥然也。

东坡词说附录终

上，僅得乎中。防微杜漸，看眼不妨過高耳。此自吾意，不關蘇詞。私心不滿，匪啻惟是。憶吾每誦此章，輒覺縱非惡鬼森然撲人，亦似靈鬼空虛飄忽，只有惝恍，了無實質，即彼天仙不食烟火，吾猶弗喜。矧此鬼趣，無與人事者哉？或曰：楚辭山鬼，子亦將如是說之耶？則曰：屈子之作，離憂後來，艱難辛苦，命曰山鬼，實皆世諦。未似蘇公之縱曰幽人，乃祇幽靈，縱曰有恨，徒成幽恨也。吾如是說，人或不諒。言發由衷，吾意至誠。豈獨於蘇詞，軒輊厥最一準乎是，吾於一切前賢篇什無不如此。即吾个人學文，創作批評，取徑發足，亦復胥然已。

東坡詞說附錄終

倦驼庵东坡词说　卷末

自序

苦水既说辛词竟，于是秋意转深，霖雨间作，其或晴时，凉风飒然。夙苦寒疾，至是转复不可聊赖。乃再取《东坡乐府》选而说之，姑以遣日。所幸事少身暇，进行弥速，凡旬有二日而卒业。复自检校，不禁有感，乃再为之序焉。《典论》之论文也，曰：『文以气为主。』而继谓：『气之清浊有体，不可力强而致。』曰『清浊』，曰『有体』，曰『不可力强』，则子桓所谓气者，殆气质之气，禀之于文者也。吾读《论语》，不见所谓气，至孟氏乃曰：『我善养吾浩然之气。』王充《论衡·自纪》篇曰：『养气自守。』吾于浩然无所知，姑舍是。若仲任之意，乃在养生，与子舆氏似不同旨。以气论文，文帝之后则有彦和。《文心雕龙》，篇标《养气》。盖至是而子桓之气，孟氏之养，并为一名，施之论文。顾刘氏曰：『神之方昏，再三愈黩，是以吐纳文艺，务在节宣。清和其心，调畅其气，烦而即舍，勿使壅滞。』语意至显，义匪难析，约而言之，气即文思，故

倦駝庵東坡詞説 卷末

自序

苦水既説辛詞竟，於是秋意轉深，霖雨間作，其或晴時，涼風颯然，夙苦寒疾，至是輒復不可聊賴，乃再取東坡樂府選而説之，姑以遣日，所幸事少身暇，進行殊速，凡旬有二日而卒業，復自檢校，不禁有感，乃再爲之序焉。典論之論文也，曰：文以氣爲主。而繼謂：氣之清濁有體，不可力彊而致。曰清曰濁，曰有體，曰不可力彊，則子桓之説氣者，殆氣質之氣稟之於文者也。吾論讀論語，不見所謂氣，至孟氏乃曰：我善養吾浩然之氣。王充論衡自紀篇曰：養氣自守。吾於浩然無所知，姑舍是。若仲任之言，乃在養生，與子輿氏似不同旨。以氣論文，文帝之後，則有彥和。文心雕龍，篇標養氣，蓋至是而子桓之氣，孟氏之養，併爲一名，施之論文。頗劉氏曰：神之方昏，再三愈黷，是以吐納文藝，務在節宣，清和其心，調暢其氣，煩而即捨，勿使壅滯。 語至至顯，義匪雜析，約而言之，氣即文思，故其前幅有曰『志盛者思锐以胜劳，气衰者虑密以伤神』也。是与子桓亦正异趣。至唐韩愈则曰：『气盛则言之长短高下皆宜。』至是气之于文，始复合流孟子所言『浩然之气』。故苏子由直谓气可以养而至。自是而后，文所谓气，泰半准是。子桓言气，授自自先天，韩氏曰盛，苏氏曰养，尽须乎养，养之始盛。是则后天熏习，大异文帝所云不可力强者矣。及其末流，乃复鼓努为势，暴恣无忌，自命豪气，实则客气。施之于文，既无当于立言，存乎其人，尤大害于情性。吾于论词，不取豪放，防其流弊或是耳。世以苏、辛并举，双标豪放，翕然一辞，更无区分。见仁见智，余不复辩。今所欲言，乃在二氏之同异。吾于说中已建健、实之二义，为两家之分野。说虽非玄，义尚未晰，今兹聊复加以浅释。东坡之词，写景而含韵；稼轩之作，言情以折心。稼轩非无写景之作，要其韵短于坡。东坡亦多言情之什，总之意微于辛。至其议论说理，统为蹊径别开。而辛多为入世，苏或涉仙佛。说中所立出入二名，即基乎是。世苟于是仍不我谅，我非至圣，亦叹无言矣。吾尝稽之史编，汉、魏以还，庄、列之说，变其前幅有曰：志盛者思銳以勝勞，氣衰者慮密以傷神也。是與子桓之正異趣。至唐韓愈則曰：氣盛則言之長短高下皆宜。正是氣之於文，始復合流。孟子所言浩然之氣。故蘇子由直認氣可以養而至。自是而後，文所謂氣，泰半準是。子桓之氣，按自有先天，韓氏曰盛，蘇氏曰養，盡源乎養，養之始盛。是則後天熏習，大異文帝所云不可力彊者矣。及其末流，乃復鼓努為勢，暴怒無忌，自命豪氣，實為客氣，施之於文，既無當於立言，存乎其人，尤大害於情性。吾於詞，不取豪放，防其流弊或是耳。世以蘇辛並舉，雙標豪放，翕然一辭，更無區分。見仁見智，余不復辯。今所云言，乃在二氏之同異。吾於說中已建健寔之二義，為兩家之分野。說雖非玄，義尚未晰，今茲聊復加以淺釋。東坡之詞，寫景而含韻，詠物之作，言情以折心。稼軒非無寫景之作，要其韻短於坡；東坡亦多言情之什，總之遜於辛。至其議論說理，統為蹊徑別開，而辛多為入世，蘇或涉仙佛。說中所立出入二名，即基乎是。世苟於是仍不我諒，我非至聖，亦欲無言矣。吾嘗稽史之史編，澤觀以遠，莊列之說，辛是为方士，极之为不死，为飞升。大慈之教，蜕为禅宗，极之为参学，为顿悟。其继也，流风所被，举世皆靡，善玄言者以之为指归。说义理者，借之见心性。而诗家者流，未能自外，扇海扬波，坠坑落堑。即以唐代论之，太白近仙，摩诘宗佛，其著者矣。其在六代，翘然杰出，不随时运，得一人焉，曰陶元亮。其为诗篇，平实中庸，儒家正脉，于焉斯在，醇乎其醇，后难为继。其有见道未能及陶，而卓尔自立，截断众流，诗家则杜少陵，词人则辛稼轩。虽于世谛未能透彻，唯其雄毅，一力担荷，不可谓非自奋乎百世之下，而砥柱乎狂澜之中者矣。至于东坡，虽用释典，并无宗风。故其诗曰：『溪声便是广长舌，山色岂非清净身。』又曰：『两手欲遮瓶里雀，四条深怕井中蛇。』若斯之类，于禅无干，吃棒有分。倘其有悟，不为此言矣。即其词集，凡作禅语，机至浅露。如《南歌子》『师唱谁家曲』一章与『浴泗州雍熙塔下』之《如梦令》二章，虽非谰言，亦属拾慧。固知髯公于此，非唯半途，直在门外也。昔与家六吉论苏诗，六吉举其《游金山寺》之『怅然归卧心莫爲方士，極之爲不死，爲飛昇，大慈之衰，稍爲禪宗，極之爲參學爲頓悟。其緒也，流風所被，舉世皆靡。晉玄言者以之爲指歸，說義理者藉之見心性，而詩家之流，未能自外，扇海揚波，隱然抗衡。暫即以唐代論之，太白近儒，摩詰宗佛，其著者矣。其在六代，巍然傑出，不隨時遷，得人焉，曰陶元亮。其爲詩篇，平實中庸，儒家正脈，於焉斯在，醇乎其醇。後雖爲繼，其有見道未能及陶，而卓尔自立，截然衆流，詩家則杜少陵，詞人則辛稼軒。雖於世諦未能透徹，惟其雄毅一力擔荷，不可謂非自奮乎百世之下，而砥柱乎狂瀾之中者矣。至於東坡，雖用禪典，亦無宗風。故其詩曰：溪聲便是廣長舌，山色豈非清淨身；又曰：高手所遊飄裏雀，[illegible]深怕井中蛇。若斯之類，於禪無干，喫棒有分，備其有悟，不爲無言矣。即其詞集，凡作禪語，標玄識要語，如南鄉子師唱誰家曲一章與浴泗州雍熙塔下之如夢令二章，雖非讕言，亦屬拾慧，固知其本不於此，非惟未達，直在門外也。舊與家六吉論蘇詩，六吉舉其游金山寺詩之悵然歸臥心莫识，非鬼非人定何物』，谓为老坡自行写照，相与轩渠。夫非鬼非人，殆其仙乎？其诗无论。即吾所选，如《南乡子》之『争抱寒柯看玉蕤』，《减字木兰花》之『时下凌霄百尺英』，皆净脱尘埃，不食烟火。又凡其词每作景语，皆饶仙气，而非禅心。吾向日甚爱其《水龙吟》之『推枕惘然不见，但空江月明千里』，与《满江红》之『忧喜相寻，风雨过、一江春绿』，谓有禅家顿悟气象。今则以为前语近是，然集中亦只此一处。后者仍是词家好语，作者文心，特其阔大有异恒制耳。然则东坡之词，于仙为近，于佛为远，昭然甚明。远韵移人，高致超俗，有由来矣。或曰：在道在禅，同出非人，意态至近，区分胡为？则以禅家务在透出，故深禅师致赞美透网金鳞。明和尚谓：『争如当初并不落网？』深师诃之以为欠悟。若夫道流务在超出，故骑鲸跨鹤，翼凤乘鸾，蝉蜕尘埃，蹴踏杳冥，沧溟飞过，八表神游，虽亦不无神通变化，衲子视为邪魔外道者也。至两家于『生』，町畦尤判。道曰长生，佛曰无生。道家为贪，佛家为舍矣。纵论及此，实属赘疣，自维吾意在说韵致。学人用心，其详览焉。抑吾观东坡常不满于柳七，然《乐章識，非鬼非人，究之何物，謂為東坡自行寫照，相與軒渠。夫非鬼非人，殆其仙乎。其詞無論，即去化遐如南鄉子之爭抱寒柯看玉蕤，減字木蘭花之時下凌霄百尺英，皆淨脫塵埃，不食煙火。又凡其詞每作禪語，皆饒仙氣，而非禪心。吾嘗日甚愛其水龍吟之推枕惘然不見，但空江月明千里，與滿江紅之憂喜相尋，風雨過，一江春綠，謂有禪家頓悟氣象。今則以為前語亦還是，然集中亦只此一處。後者仍是詞家好語，作者文心，特其闊大有異恒製耳。然則東坡之詞於儒為近，於佛為遠，昭然甚明。遠故務入高致超俗，有由來矣。或曰：老道在禪，同出非入，意態至近，區分胡為？則以禪家務在透出，故深禪師讚美透網金鱗，明和尚謂：爭如當初不入羅網？深師訶之以為欠悟。若夫道流務在超出，故騎鯨跨鶴，翼鳳驂鸞，蟬蛻塵埃，蹴踏杳冥，滄溟飛過，八表神遊，雖亦不無神通變化，衲子視為邪魔外道者也。至兩家於「生」，町畦先判，道曰長生，佛曰無生。道家為貪，佛家為捨矣。所論如此，實屬贅疣，自維吾至此說數段。學人用心，其詳覽焉。抑吾觀東坡常常薄於柳七，然樂章集·八声甘州》之『霜风凄紧，关河冷落，残照当楼』，坡尝誉之，以为此语于诗句不减唐人高处。坡公此言，或谓传自赵德麟，或谓传自晁无咎，赵、晁俱与苏公过从甚密，语出二子，皆当可谓。然则坡所致力，可得而言。夫柳词高处，岂非即以高韵远致，本是成篇，故其写悲哀，既常有以超出悲哀之外；其写欢喜，亦复不肯陷溺于欢喜之中。疏写景物，遥深寄托，情致超出，于是乎见。柳词既为坡公所誉，坡公为词时，八识田中必早具有此种境界，可断言也。今吾所选，若《木兰花令》之『霜余已失长淮阔』，《蝶恋花》之『簌簌无风花自堕』，以及集中凡作景语，高处皆然。至《永遇乐》之前片，又其变清刚而成绵密，去圭角以为圆融者也。向说辛词《青玉案》之『众里寻他』三句，以为千古文心之秘。而辛词混杂悲喜而为深，故当之入。苏词超越悲喜而为高，故偏之出。吾如是说二家之词，豪放之义早已不成，豪气一名，将于何立矣？是故稼轩非无景语，要在转景以益情；东坡亦有情语，要在抒情以寄景。吾于说中已略及之，学人于是将更不疑吾为戏论也。夫写情之词，而有集之八聲甘州之霜風淒緊，關河冷落，殘照當樓，坡公嘗譽之，為此語於詩句不減唐人高處。坡公此言，或得傳自趙德麟，或謂傳自晁无咎，趙晁俱與蘇公過從甚密，語出二子，皆當可謂。然則坡所致力，可得而言。夫柳詞高處，豈非在以高韻遠致，本是失篇，故其寫悲哀，既常有以超出悲哀之外；其寫歡喜，亦復不肯陷溺於歡喜之中。既寫景物，兼涉寫記，情致超出，於是乎見。柳詞既為坡公所賞，坡公為詞時，亦識田中嘗具有此種境界，可斷言也。今吾所選，若木蘭花令之香餘已失，長淮闊，縹緲之穀穀，久風花自墜，以及集中凡作景語，高處皆然。至永遇樂之前片，又其送清劉而未綿密，玄圭角以為圓融者也。嚮說辛詞青玉案之衆裏尋他三句，以為千古文心之秘，而辛詞混糅悲喜而為深，故當之入。蘇詞超越悲喜而為高，故係之出。吾如是說二家之詞，豪放之義早已不成，豪氣一名，將於何立矣。是坡稼軒詞亦兼深，要在轉景以益情，東坡亦有情語，要在抒情以寫景。吾於說中已略及之，學人於是將更不難吾為戲論也。夫寫情之詞，而有耆卿，出语淫鄙，为世诟病。宋人诗话载：东坡谓少游曰：『不意别后，公却学柳七作词。』少游曰：『某虽无识，亦不至是。』东坡曰：『「销魂当此际」，非柳七语乎？』审如是，则东坡于词，其作情语，所立标的，亦可准知。顾情之一名，义有广狭。凡夫生缘所遇，感动触发，举谓之情，此则广义。至若男女两性悲欢离合，是所谓情，乃是狭义。广狭虽分，渊源无别。取其易晓，始举后者。孔子说诗，其谓『《关雎》乐而不淫』，《大序》乃曰：『不淫其色。』混淆视听，殊乖蕉旨。金圣叹氏鲁莽灭裂，遂谓好之于淫，相去几何。以吾观之，中土文人每写女性，既轻蔑其人格，遂几视为异类。声色狗马，同为玩好；子女玉帛，尽等货币。其在前古，尚不至是。降自六代，遂乃同声。则以文人多习官妓之歌舞，尽忘良家之德行，坏心术，伤风化，庸讵尚有甚于是者乎？诗教滋衰，民族不振，自命风雅，实则淫鄙。唐代之诗，尚多蕴含；宋代之词，至成扇炀。有心之士，作品之中务避异性，欲求雅正，乃成枯淡。先圣有言：『食色，性也。』意在创作，至忘本性，缘木求鱼，是之谓夫。伟哉居士，呵彼屯田，不唯具眼，实乃自爱。然吾读其词，除『十年生死两茫耆卿，出語淫鄙，為世詬病。宋人詩話載：東坡問少游曰：不意別後，公却學柳七作詞。少游曰：某雖無識，亦不至是。東坡曰：銷魂當此際，非柳七語乎？審如是，則東坡於詞，其作情語，所立標的，蓋可準知。顧情之一名，義有廣狹。凡夫生緣所遇，感動觸發，舉謂之情。此則廣義。至若男女兩性悲歡離合，是所謂情，乃是狹義。廣狹雖分，淵源無別。取其易曉，姑柔後者。孔子說詩，其評關雎，樂而不淫。大序乃謂曰：不淫其色。渠儕視聽，殊乖舊旨。金聖歎氏，鹵莽滅裂，遂謂好之於淫，相去幾何。以吾觀之，中土文人每寫女性，既輕褻其人格，遂算視為異類，聲色狗馬，同為戲好；子女玉帛，盡等貨幣。其在蒙古，尚不至是。降自六代，遂乃同揉。則以文人多習宮伎之歌舞，盡忘良家之德性，壞心術，傷風化，庸詎尚有甚於是者乎？詩教淪喪，民族不振，自命風雅，實則淫鄙。唐代之詩，尚多蘊含；宋代之詞，至成扇煬。有心之士，作品之中務避美性，孜求雅正，乃成枯淡。先聖有言：食色性也。意在刻作，至忘本性，緣木求魚，是之謂矣。偉哉居士，呵彼屯田，不唯具眼，寔乃自愛。然吾讀其詞，除十年生死兩茫茫』之《江城子》外，缘情之作，未臻骚雅。即非玩弄，亦为玩赏。不过昔者视如犬马，坡公拟之琴鹤，较之柳七，五十步百步之间耳。佛法平等，既未梦见，儒曰同仁，夐乎远矣。以视稼轩之作，苏公不独逊其真情，亦且无其卓识。是以吾取稼轩写情，东坡写景。世乃于苏徒喜其铁板铜琶，于辛亦只赏其回肠荡气。口之于味，即有同嗜，味之在舌，乃复异觉。则吾之说辛、说苏，真有孟氏所云不得已者在耶？自维素性褊急，习成疏阔，学识既苦谫陋，思想亦未成熟。篇中立说或有矛盾。一二三子须会马祖前说即心即佛，后说非心非佛之旨。务通意前，勿死句下。孟氏有言：『人之患在好为人师。』如苦水者，敢居表率唱导之列？然舌耕为业，既已有年，会众听讲，为数不鲜，德不称师，迹实无别。古亦有云：『师不必质于弟子。』诸子有超师之见，吾之是说，譬之椎轮大辂可，以之覆瓿引火亦无不可。如其不然，不得错举。至于行文，体每苦杂，语时不达。则以平生学文，鲜为散行，七载以来，衣食逼迫，疾病纠缠，愈少余暇，留心此事。今兹说词，每于率兴信手，辄复逾闲荡检。或亦稍求工整，亦非务事艰深。盖

莚之江城子外，縁情之作，未臻騷雅，即非玩弄，亦非為玩賞，不過
昔者視如犬馬，坡公擬之琴鶴，鼓之柳七，五十步百步之間耳。佛
法平等，既未夢見，儒曰同仁，會更乎遠矣。以視稼軒之作，蘇公
亦獨遜其真情，亦且無其卓識。是以吾取稼軒寫情，東坡寫景。
世乃於蘇徒喜其鐵板銅琶，於辛亦只賞其回腸盪氣。口之於味，
即有同嗜，味之在舌，乃復異覺，則吾之說辛說蘇，先有孟氏亦
云不得已者在耶？自維素性褊急，加之疏闊，學識既苦譾
陋，思想亦未成熟，篇中主說或有矛盾。二三子須會馬祖前
說即心即佛，後說非心非佛之旨，務通意旨，勿死句下。孟氏有
言：人之患在好為人師。苦水者，敢居表率唱導之列？然舌耕
為業，死已有年，會眾聽講，為數不鮮，德不稱師，迹近無
別。古亦有云：師不必賢於弟子。諸子有超師之見，吾之是說，
辟之椎輪大輅可，以之覆瓿引火亦無不可。如其不然，不得錯舉。
至於行文，體每苦難，語時不達，則以平生學文甚少為散行，七載以來，
衣食逼迫，疾病糾纏，愈少餘暇，留心此事，今茲說詞，每於字
與信筆手，輒復渝閑蕩檢，或亦稍求工整，亦非務事艱深。蓋

仿诸语录者，成之稍易，疏乃滋甚。自觉此病，一至古人篇章理致细密，情趣微妙，吾之说之即专用文言，力排语体，下笔较迟，用心庶密耳。复次，口语用字，含义未周。未若文言，所包为广。纪述情事，或尚不觉，说明义理，方知其弊，维兹短说，并非宏著。文章得失，尚在其次。所冀海内贤达，见其俳谐之辞，不视为戏论；遇其恢诡之笔，勿目为怪诞。鉴其至诚，知其苦心，庶乎彼此两不相负。然而不虞求全，责虽在我，报毁致誉，岂能自必。言念及此，弥深慨叹矣。至吾自视，说苏较之说辛，用心较细，行文较畅。此是我事，无关他人。又凡书之有序，类冠诸篇前。吾之是序，乃置诸文后。吾向于说辛之序，曾有所谓综合、补足与恢宏者。此序之旨亦复如是。夫既曰综合、补足与恢宏矣，自应后附，方合条贯。若夫前贤之作，马迁之自序，班氏之叙传，体既弗同，岂敢援以为例。《论衡》之《自纪》，《雕龙》之《序志》，意亦有殊，不必引以解嘲。盖吾之自序，实等于结论尔。至其泛滥枝蔓，吾亦自知之。

卅二年九月十日苦水自序于旧京净业湖南之倦驼庵

倦驼庵东坡词说自序终　全书终

仿諸語錄者，成之猶易，疏乃滋甚。自覺此病，一至古人為辭理致細密，情趣微妙，吾之說之，即專用文言，力排語體。下筆較遲，用心應密耳。復次，口語用字，含義未周，未若文言，所包為廣。紀述情事，或尚不覺，說明義理，方知其弊。維茲短說，並非宏著，文章得失，尚在其次，所冀海內賢達見其俳諧之篇，不視為戲論；遇其恢詭之業，勿目為怪誕。鑒其區誠，知其苦心，庶乎彼此兩不相負。然而不寘求全，責維在我，根毀致譽，豈能自必。言念及此，彌深慨歎矣。至吾自視，說稼軒之說辭，用心較細，行文較暢，此是我事，無關他人。又凡書之有序，數冠諸篇前，吾之是序，乃置諸文後。吾獨於說辭之序，曾有所謂綜合、補足與恢宏者，此序之旨亦復如是。夫既曰綜合、補足與恢宏矣，自應後附，方合條貫。若夫前賢之作，馬遷之自序，班氏之敘傳，體既弗同，豈敢援以為例。論衡之自紀，雕龍之序志，意亦有殊，不必引以解嘲。蓋吾之自敘，實等於結論爾。至其泛濫枝蔓，吾亦自知之。卅二年九月十日苦水自序於舊京淨業湖南之倦駝庵。

倦駝庵東坡詞說自序終　全書終

抄校后记

右吾羡季师清河顾随先生所著《苏辛词说》三卷，玉言于甲申季秋手录竟。忆辛巳之冬，城西罢讲，自翌岁二月以来，乃复得与先生以书翰往还。壬午二月廿二日来书云：『大作清新有余而沉着稍差，此半系天性，半系工夫；宜取稼轩词研读之。不过辛集瑕瑜杂糅，切宜分别观之，不可不慎。』吾复函谓分别取观固已，然初学又何以知若者为瑜，若者为瑕？意盖欲求为选定篇目也。三月初八日来书告：辛集已选出廿首，本拟录目寄去，以时时奔走风沙中，致患针眼，不能多作字，故遂不可能。至四月初八日书中乃寄来稼轩词最目录二纸，并谓且将细为之说。盖即今之词目与其识语，录付莘园，委抄而未说者也。词目今昔之变更，已见后记；此外则与今不同者识语中字句一二处而已。又原来词目每调之下，除录注首句外，并附词题与注明原在《稼轩长短句》何卷之卷数，今已并删。揆其意，盖词题有过长者，摘录不便，一也；稼轩词版本纷歧，如四集十二卷之别，注明卷数，不尽资读者用，二耳。然先生未果即说。后

鈔校後記

右吾 羨季師清河顧隨先生所著蘇辛詞說三卷，玉言 於甲申
季秋手錄竟。憶辛巳之冬，城西罷講，自翌歲二月以來，乃復得
與 先生以書翰往還。壬午二月廿二日來書云：「大作清新有餘，而沉
着稍差，此半係天性，半係工夫，宜取稼軒詞研讀之。不過辛集
瑕瑜雜糅，切宜分別觀之，不可不慎。」吾復函謂分別取觀，固已；然
初學又何以知若者為瑜，若者為瑕？意蓋欲求為選定篇目也。三
月初八日來書告：辛集已選出廿首，本擬錄目寄去，以時時奔走風
沙中，致患鍼眼，不能多作字，故遂不可能。至四月初八日書中乃寄來
稼軒詞最目錄二紙，並謂且將細為之說，蓋即今之詞目與其識
語，錄付苹園，妥鈔而未說者也。詞目今昔之變更，已見後記；此外則
與今不同者，識語中字句一二處而已。又元來調目每調之下，除錄注首
句外，並附詞題與注明原在稼軒長短句何卷之卷數，今已并刪。揆
其主，蓋詞題有過長者，摘錄不便，一也；稼軒詞版本紛歧，如四集
十二卷之別，注明卷數，不盡資讀者用，二耳。然 先生未果即說，後

吾数曾于去函中问及之，先生亦未尝有答。至癸未六月忽得一书，曰：『暑雨蒸湿，《稼轩词说》终于脱稿。日来精神疲敝，眠食俱不能佳，唯此一业既已告竣，不独可以自慰，亦可以远慰我巽父也。所恨生性阔疏，行文说理，细处仍恐不能到。若得巽父在此，时时加以拶迫，当更为精密。又字数三万左右，属稿时信手写去，蚓蛇纠纷；比来又加削改涂乙，殆不可辨认。自己下手誊真，既不可能，属之他人，亦殊难得其选。使巽父而在此也，亦必为我代劳，今则无可如何矣。三日来读《东坡乐府》，所得上较胜前；亦颇思选十数首说之，而强弩之末，尚不能穿鲁缟，况属弱弓，宁有远力乎？是以又不能不暂行搁置。转瞬开课，更无暇晷，恐动笔须待来年耳，如何，如何！』盖自选目至说成，已历月十有七矣。癸未七月廿八日来书末云：『日昨又选得东坡居士词十二首，拟说，亦写一首矣；以身心交病，今日竟未能下笔，若搁置下去，恐又须明年见也。如何，如何！』吾于是既私幸说辛之已成，又深恐说苏之顿置，乃重复怂恿撺掇吾师，谓：『《东坡词说》，但得继续，便请勉力为之，明夏更知有此兴会否？』八月初之来书已云：『十日以来，又吾數曾於去函中問及之，先生亦未嘗有答。至癸未六月忽得一書，曰：「暑雨蒸溼，稼軒詞說終於脫稿。日來精神疲敝，眠食俱不能佳。惟此一業既已告竣，不獨可以自慰，亦可以遠慰我巽父也。所恨生性闊疏，行文說理，細處仍恐不能到。若得巽父在此，時時加以撥迫，當更為精密。又字數三萬左右，屬稿時信手寫去，蟠蛇糾紛，比來又加削改塗乙，殆不可辨認。自己下手謄真，既不可能，屬之他人，亦殊難得其選。使巽父而在此也，亦必為我代勞，今則無可如何矣。三日來讀東坡樂府，所得之較勝前；亦頗思選十數首說之，而強弩之末，尚不能穿魯縞，況屬弱弓，寧有遠力乎？是以又不能不暫行擱置。轉瞬開課，更無暇晷，恐動筆須待來年耳。如何如何！」蓋自選目至說成，已歷月十有七矣。癸未七月廿八日來書末云：「日昨又選得東坡居士詞十二首，擬說，亦寫一首矣；以身心交病，今日竟未能下筆，只管擱置下去，恐又須明年見也。如何如何。」吾於是既私幸說辛之已成，又深恐說蘇之頓寘，乃重復慫恿攛掇吾師，謂：「東坡詞說，但得繼續，便請勉力為之。明夏更知有此興會否？」八月初之來書已云：「十日以來，又说苏词，选得十首，又附四首；今日已说至第六首，字数逾六千矣。开课前或能完卷，亦未可知。』又云：『说苏较说辛为细密，文笔亦似更有可观。』凡既读此书者，当知此言之不虚矣。至八月中又奉书，即日历九月十二，说苏脱稿之日所书，乃曰：『讫昨说苏已告毕，昨夕复细改一过，又恨不得与巽甫共论之。新生子女，为父母者日日抚摩，不必以其俊美也。一笑！』后又云：『说辛手稿已自郑公处取还（按郑公即郑骞因百先生，有《辛稼轩先生年谱》《稼轩词笺注》，甚精。前书云：《稼轩词说》昨被郑因百先生携去，以《说》中有数处拟与之商略，故令其先检阅一番耳），昨复为辅大校友携去，亟思令巽甫一见，但寄出尚无期耳。苏目另纸抄呈。』所谓苏目，即今《东坡词说》之目，并无差异。目末云：『前允为巽甫作楷，终不竟作。比写《东坡词说》，巽甫复索阅词目，因楷抄一过寄之。两债一还，未免取巧。又以日来伏案工作，为时稍多，腰背痛楚，腕臂无力，字画不佳，未免愧对。至于劣纸退笔，尚未肯分吾责耳。卅二年九月十三日驼庵苦水自记。』嗣后唯互寄词章，唱和甚勤，诚如先生所云：『计今秋得词廿余首，大半都写寄矣。』吾亦但有日盼說蘊詞，選得十首，又附四首，今日已說至第六首，字數逾六千矣。閑課所或能完卷，亦未可知。」又云：「說蘇較說辛為細密，文筆亦似更有可觀。」凡既讀此書者，當知此言之不虛矣。至八月中又奉書，即日曆九月十二，說蘇脱稿之日所書，乃曰：「近昨說蘇已告畢，昨夕復細改一過，又恨不得與巽甫共論之。新生之女，為父母者日日按摩，不必以其俊美也。一笑！」後又云：「說辛手稿已自鄭公處取還（按鄭公即鄭騫因百先生，有辛稼軒先生年譜、稼軒詞箋注，甚精。前書云：稼軒詞說昨被鄭因百先生取攜去，以說中有數處擬與之商略，故令其先檢閱一番耳。）昨復為輔大校友攜去，亟思令巽甫一見，但寄出尚無期耳。蘇目另紙抄呈。」所謂蘊目，即今東坡詞說之目，並無差異，目末云：「前允為巽甫作楷，終不竟作。比寫東坡詞說，巽甫復索閱詞目，因楷鈔一過寄之，兩債一還，未免取巧。又以日來伏案工作為時稍多，腰背痛楚，窮臂無力，字畫不佳，未免醜對。至於多紙退筆，尚未肯以吾責耳。卅二年九月十三日駝庵苦水自記」嗣後唯互寄詞章，唱和甚勤，誠如先生所云：「計今秋得詞廿餘首，大半都寫寄矣。」吾亦但有日盼

《词说》之早为寄到而已。九月杪来书云：『说辛词两卷已由城西旧雨滕君抄出，据云不久将寄津，巽甫倘能见之。』至腊月廿五日书来始告以《稼轩词说》早已有人录副寄往津门，未能以时通知，极致歉意，嘱吾往西北城角孟君铭武处取之。是年腊月廿七日说辛两卷乃真取至而得快读。盖自初录目见示，亦将满二载矣。又迟至甲申中秋，《东坡词说》亦入吾手焉。迤逦至重阳后悉数录竟，长为吾箧中珍秘。因念先生此《说》，实乃《人间词话》以后第一伟著。在吾之先，虽已有数公读过，然世之高人硕士知有此书者当不甚多。吾以一村童子而竟得先乎诸高人硕士读其所不得读之书，其庆幸宜为何如？回溯其因缘经历，是乌可无记？因复记其颠末如此云。

先生于说辛自序中有所谓『年来函询面问之诸友』者，准如上云，吾甚幸吾当忝居此函询诸友中也。说苏前言中有云：旧在城西校中，一日上堂，取《永遇乐》『明月如霜』一首为学人拈举，敷衍发挥，听者动容。回忆尔时座中情形，历历在耳目间。孰谓三年之后，得有此《词说》；又孰谓三年之间，人事沧桑有如是者；而吾犹得暖衣饱食，净几明窗，手录此千古名著也耶？嗟嗟，佛氏有言：如梦幻泡影，如雾亦如电。系人詞說之早爲寄到而已。九月杪來書云：「辛說辛詞兩卷已由城西舊雨滕君抄出。據云不久將寄津。冀甫倘能見之」。至臘月廿五日書來始告以稼軒詞說早已有人錄副寄往津門，未能以時通知，極致歉意，囑吾往西北城角孟君銘武處取之。是年臘月廿七日說辛兩卷乃真取至而得快讀。蓋自初錄目見示，尔將滿二載矣。又遲至甲申中龝，東坡詞說亦入吾手焉。迤邐至重陽後忠數錄竟，長爲吾篋中珍秘。因念 先生此說，实乃人間詞話以後第一偉著。在吾之先，雖已有數公讀過，然世之高人碩士知有此書者當不甚多，吾以一鄉童子而竟得先乎諸高人碩士讀其所不得讀之書，其慶幸宜爲何如？回溯其因緣經歷，是烏可無記，因復記其顛末如此云。

先生於說辛自序中有所謂「年來屢詢面問之諸友」者。準如上云，吾甚幸吾當忝居此角詢諸友中也。說蘇前言中有云：舊在城西校中，一日上堂，取永遇樂明月如霜一首爲學人拈舉，敷衍發揮，聽者動容。回憶尔時座中情形，歷歷在耳目間。孰謂三年之後，得有此詞說，又孰謂三年之間，人事滄桑有如是者，而吾猶得暖衣飽食，淨几明窗，手錄此千古名著也耶？嗟嗟！佛氏有言：如夢幻泡影，如露亦如電，系人感慨矣。又兹录本所据之莘园抄本，时有漏误，疑莫能明，随见随抄，每读每记，悉为汇寄吾师，求与原稿校雠；批还后，其经印可者，皆为改正。二说各得百数十条。其间又间有字句，本非抄误，而先生竟从吾意改定者，亦所在不少。固不须说千虑之得，脱在一愚；刍荛之言，圣人或采。盖既自幸吾于此《词说》因缘更进一层，又愿乐欲读者知此录视莘抄为可据，他日或两本并行，尤不可致疑于斯本之妄改也。至如吾个人读是《说》，有何会何解？是否能如临济参了大愚，重归黄檗，向他随声便掌？自维深愧上智，直恐未能。前曾发心为此二《说》写一序，吾师亦既已勖之矣。证悟发明，即何敢必？小纾所感，以与后之读者印契，容有微济。唯所会尚浅，不敢轻易下笔；酝酿抽缫，尚有待焉。故虽不无欲言，胥有望于一序，此不具赘。

甲申九月十八日即卅三年十一月三日

周玉言自记于古隋豆子䴚之悯庵

感慨矣。又茲錄本所錄，據之華園鈔本，時有漏誤，疑莫能明，隨見隨鈔，每讀每記，悉為彙寄吾師，求與原稿校讎，批還後，其經印可者，皆為改正。二說各得百數十條。其間又間有字句，本非鈔誤，而先生竟從吾意改定者，亦所在不少，固不須說千慮之得，脫在一愚；芻蕘之言，聖人或采。蓋既自幸吾於此詞說因緣更進一層，又願樂欲讀者知此錄視華鈔為可據，他日或兩本並行，尤不可致疑于斯本之妄改也。至如吾個人讀是說，有何會何解，是否能如臨濟參了大愚，重歸黃檗，向他隨聲便掌？自維深愧上智，直恐未能。前曾發心為此二說寫一序，吾師亦既已畀之矣。證悟發明，即何敢必；小紓所感，以與後之讀者印契，容有微濟。惟所會尚淺，不能敢輕易下筆；醞釀抽繹，尚有待焉。故雖不無欲言，胥有望於一序，此不具贅。甲申九月十八日即卅三年十一月三日周玉言自記於古隋豆子畂之憫庵。

稼轩词说手抄本误字臆校

（驼庵阅过，手批寄还。二月三日。）

上卷

封皮　稼轩词说——苦水拈古之二下卷。『下』为『上』之误。

页二　自序　然既苦病缠，又疲饥躯。『躯』疑为『驱』之误。

页三　曰：既非为人而以自为，又何不可为词说也？『也』疑当作『耶』。

作『也』亦得，《左氏传》中似有之。

同上　且夫宇宙之奥，事物之理，吾人其必不能知耶？苟其知之，吾人又必能言之耶？疑『吾人其必不能知』句衍『不』字。非衍。吾意若曰：宇宙之奥，事物之理，吾人未必不能知。但即使知之，而表之于文字语言，却并非易易耳。

页六　故能操纵殺活，太阿在手。『殺』疑是『杀』字。

页七　吾之为此词说也，岂有冀于世之必吾肯也。『也』疑当作『耶』。

页八　出家大事，如此斜纷，亦固其所。『斜』当作『纠』。

同上　漆园老叟，千古达人。『漆』当作『漆』。

同上　吾辈具足凡夫。『足』疑是『是』之误。『具足』出佛经，十足之意。

同上　稼轩长短自在，天壤之间。『在』下衍逗点。『短』下遗『句』字，『在』下逗点非衍，『天壤』四字，联下不联上。

页十　词目《江神子·宝钗飞凤》。『凤』下以足『鬓惊鸾』三字为宜。

页十一　镗铬。凡三『铬』字皆当作『鞳』。

稼軒詞説手抄本誤字臆校

馳菴閲已，手批寄還。二月三日

上卷

封皮　稼軒詞説　若非拈古之一下卷　下為上之誤

頁二 自序　然既苦病纏又疲饑軀　軀疑為驅之誤

頁三　曰：既非為人而以自為，又何不可為詞説也？　也疑當作耶

作也亦洵，左氏傳中似多之。

仝上　且夫宇宙之奥，事物之理，吾人豈其必不能知耶？苟其知之，吾人又必能言之耶？　豈疑吾人其必不能知句衍不字　淅淅。

吾意若曰：宇宙之奥，事物之理，吾人未必不能知，但即使知之，而表之於文字語言，卻並非易易之事。

頁六　故能操縱殺活，太阿在手　殺疑是殺字

頁七　吾之為詞説也，豈有冀於世之必吾肯也　也疑當作耶

頁八　出家大事，然此糾紛，直國其所　糾當作紏

仝上　漆園老叟，千古達人　漆當作漆

仝上　吾輩具足凡夫　足疑是足之誤　具足是佛經，十足之意。

仝上　稼軒長短自在，天壤之間　在下衍逗點　短下遺句字，在下逗點衍邪。天壤四字聯

頁十 詞目　江神子 賓鉞分鳳　鳳下以足髮驚鸞三字為冒　下不諧上。

頁十一　鏜鎝　凡三鎝字皆當作鞳

页十三　《贺新郎》词文：『高上离愁三万里。』『高』疑应是『马』。

页十三　好容易挣得一片家缘。『家缘』二字疑有误，『缘』或系『园』字之误，是否？宋元人小说戏曲中多是此『缘』字，作『园』字，则后来晚出。

页十四　妆腔作势。『妆』当作『装』。

页十六　《沁园春》词文：『检校长身万松。』漏『十』字。

同上　我觉其间，虽深雅健。『虽』当作『雄』。

页十九　不见阮嗣宗口不藏否人物。『藏』当作『臧』。

页廿一　汉宫春词文　年时燕子，斜今宵梦到西园。『斜』似当作『料』。

页廿五　若谓苦水于此，是为老辛辨护。『辨』当作『辩』。

页廿六　《破阵子》词文：『嬴得生前身后名。』『嬴』当作『赢』，以下『嬴』字同。

同上　又如大风徒起。『徒』当作『陡』。

同上　则虽是二十年太平宰相。『宰』当作『宰』。

同上　但看看钟鸣漏尽。『鸣』当作『鸣』。又除下卷页十三之『鸣』字外，所有『鸣』字皆书作『鸣』字，临帖作字或可，抄录文辞，似非所宜。

页廿七　其八识田中总有一段悲哀种子在那里作祟。又倘无此种子在八识田中作祟。『祟』应作『祟』。

頁十三　賀新郎詞文　高上離愁三萬里　高疑應是馬

頁十三　好容易捋得一片家緣　家緣二字疑有誤，緣或係園字之誤，是否？宋元人小說戲曲中多是借緣字作園字，出陵本晚出。

頁十四　妝腔作物　妝當作裝

頁十六　沁園春詞文　檜校長身萬松　漏十字

仝上　我覓其間雖深雅健　雖當作雄

頁十九　不見阮嗣宗口不藏否人物　藏當作臧

頁廿一　漢宮春詞文　年時燕子斜今宵當到西園　斜似當作料

頁廿五　若謂蔡琰悲憤是西老年辭護　辭當作辯

頁廿六　破陣子詞文　贏得生前身後名　贏當作贏　與贏同

仝上　又如大風徒起　徒當作陡

仝上　則經是二十年太平宰相　宰當作宰

仝上　但看看鐘鳴漏盡　鳴當作鳴

又除下卷頁十三之鳴字外，所有鳴字皆書作鳴字，臨帖作字或可，抄錄文辭似非所宜

頁廿七　其識田中總有一段悲哀種子在那裡作祟又倘豈

種子在心識田中作祟　祟應作祟

同上　亦复忒煞可怜人也。「忒」当作「忒」。又下卷页五「忒煞孤寂」句亦同。

同上　无论是慷慨悲歌，或委婉细赋。「赋」当作「腻」。

页廿八　受鲁莽灭裂之报。「莽」当作「莾」。

页廿八　圣人有云：「不得中道而与之，必也狂狷乎。」按《论语》作「不得中行而与之」云云。《孟子》则作「中道」。第「狷」字作「獧」，征引似应一致为是。驼庵自供：读书不熟，老而善忘。临文时信手写去，不复检校，致有此误，多谢巽父提此败阙。又供：此责自负，不干莘上座事。

下卷

页一　今人真觉有「不恨古人不吾见」云云。「今」疑当是「令」之误。

页二　若就文论文，原本不必缠夹。「缠夹」二字疑倒置。二字是江浙方言，尚待考查。

同上　即此二语，岂非便桶底脱？「便」下疑漏「是」字。

页三　《青玉案》词文：「笑盈盈暗香去。」「笑」下漏「语」字。

页四　是固不入宝马雕车之队，不遂盈盈笑语之群。「遂」疑是「逐」之误。

同上　有同圣胎须得好好将养。「胎」下似应有一逗点。亦可。

仝上　亦復感歎可憐人也　感當作惑　又下卷頁五感歎張歎句同

仝上　若論是悵惋悲歌或委婉細賦　賦當作膩

頁廿八　受鹵莽滅裂之報　莾當作莽

頁卅　聖人有云不得中道而與之必也狂狷乎　按論語作「不得中行而與之」云云。孟子則作「中道」，第狷字作獧，徵引似應一致爲是。

駝庵自供：讀書不熟，老而善忘，誤字時有手寫者，不復檢校，致多此誤。多後然又捉住敗闕。又供：此書自負，本千此筆上座矣。

下卷

頁一　今人真覺有不恨古人不吾見云云　今疑當是令之誤

頁二　若就文論文原亦不必纏夷　纏夷二字疑倒置　二字是江浙方言，尚待考查。

仝上　即此二語豈非便桶底脫？　便下疑漏是字

頁三　青玉案詞又　笑盈盈暗香去　笑下漏語字

頁四　豈因不入寶馬雕車之隊不遂盈盈笑語之罪　遂疑是逐之誤

仝上　有同聖始須得好好收拾　始下似應有一逗點　六〇

页五　分明说似，谛听，谛听：『众里寻他千百度，蓦然回首，那人正在，灯火阑珊处』聻。『正在』当作『却在』佳，『聻』疑即是『耳』之误。

『聻』字读若呢。语录中多用之，不误。

页六　如但震于『枯荷』一联之烹炼。『烹炼』上之字不明。

页七　虽曰『壮心不已』，其柰已到莫年。『柰』当作『奈』。自六朝来，二字形近，可互用。（按指『莫』和『暮』）

同上　卫生使不夭，以须异人之主。『主』疑是『至』之误。

同上　但奇才异人间世而一出。『人』下似应加一逗点。亦可。

页九　最不喜他『看人獲稻午风凉』一句。又『獲稻一事』。又『假使亲手獲稻』。『獲』当是『穫』之误。

页十　教他从何处自在起？从何处闲起？况何处恬适起？　『况』疑亦是『从』之误。

页十　《鹊桥仙》词文：『白沙远哺。』『哺』当作『浦』。

页十一　不须苦水哓舌。『哓』当作『饶』。

页十二　学人将无不笑苦水为刻划无盐。『划』以作『画』为宜。

頁五　分明說似，歸駐之之：衆裏尋他千百度　驀然回首那人正在
燈火闌珊處聻。　正在當作卻在，佳。聻疑即是耳之誤、　聻字讀如呢，語助辭中多用之，不誤
頁六　如但震於枯荷一般之熏鍊，　熏鍊上之字不明
頁七　縱日壯心不已其柰已到莫年　自六朝來二字形近，可互用。柰當作奈
仝上　衛生便不失以須要人之主　主疑是至之誤
仝上　但奇才異人間世而不一出　人下似應加一逗點　亦可
頁九　最不喜他看人獲稻午風涼一句、又獲稻一事　獲當是穫之誤
又做使親手獲稻
頁十　教他從何處自在起？從何處閑把，況何妨恬適起！　況疑亦是從之誤
頁十　鵲橋仙題　白沙遠哺　哺當作浦
頁十一　不須苦求嘵舌　嘵當作饒
頁十二　學人的之言之吸吾求為刻劃之嫌　劃以作畫為宜

页十三　阵阵鸣哇声之聒耳乎哉？『哇』当作『蛙』。

页十六《南歌子》词文：『是中无有利合名。』『合』当作『和』。

页十七　日『邻』，则近也。『日』字当是『曰』。

页十六　则过片『月到愁边白，鸡先远处鸣』，何为其而奔赴于辛老子之笔下耶？『何为其』下疑有漏字，如『然』字类，是否？老衲原稿即如此。今日细看，若不加『然』字，须是删去其字始得。

页十八　故登京口寻治之尘表亭。『寻』当是『郡』之误。

同上　而者老汉又岂与人较量于字法句者哉。『句』下漏『法』字。

頁十三　陣〻鳴哇聲之聒耳乎哉〻　　哇當作畦

頁十六　南鄉子詞文　是中無有利合名　　合當作和

一頁十七　日隣，則近也。　日字當是曰

一頁十六　則過片日到甚處白鶴先生還受唱　何以其而麥赴於辛老子之筆下耶？　何為其下疑有漏字，如然字類，是否

老衲原稿即如是。今日細看，若不加然字，逕是刪去其字亦得。

頁十八　故址之京口尋治之塵表亭　尋當是郡之誤

仝上　而者曾讀文豈與人較量於字句者哉　句下漏法字

稼轩词说手抄本误字臆校补遗

上卷

页一　自序　老杜《题诸葛武侯词》诗。『词』当系『祠』之误。是。抄误。

页三　然其《序志》，亦曰……『序志』下衍逗点。是。

页十三　狮子不离球，球不离狮。狮子全副精神……　疑『球不离狮』下漏『子』字。亦可。

页十四　这自然不是『曲终人不见，江山数峰青』。『江山』为『江上』之误。是。抄误。

又《念奴娇》词文：『凄凉千古，眼中三两飞蝶。』『千古』疑当作『今古』。是。苦水之笔误。

页十五　登高独立，⿰耳少⿰耳少余怀。『⿰耳少』当作『眇』。是。

页十六　若道不肯，明明说道高情千古。若道肯，却又请试把空杯。『却又请』下疑有漏字。原稿如此，或当增『他』字耶？

页十八　虽非金声玉振，要是轩钉截铁。『轩』当是『斩』之误。是。

页二〇　而且『千里清秋』，『水随天去』，浩浩落落，苍苍茫茫。『落落』疑当作『荡荡』。原稿如此。从玉言。

又　⿹戈心煞作态。『⿹戈心』当作『忒』。是。

页廿一　到淮河，见人⿳宀大牛网。『⿳宀大牛』疑即是『牵』。是。

页廿二　夫美人头上，金步摇，王搔头。『王』当是『玉』之误。是。

稼軒詞說手鈔本誤字肊校補遺

上卷

頁一　自序　詞當係祠之誤，是。抄誤。

頁三　老杜題諸葛武侯詞詩

頁十三　然其序忘之亦曰……序志不行還是。

師子不離毬，毬不離師，師子全副精神……　疑毬不離師下漏了字。六句。

頁十四　這自然不是曲終人不見，江山數峰青。　江山為江上之誤，抄誤。

又　念奴嬌詞又　淒涼千古，眼中三兩飛蝶。　千古疑當作今古，是。君記之筆誤。

頁十五　空高獨立，[耳少][耳少]余懷。　[耳少]當作眇，是。

頁十六　若道(不)肯，叫叫說道高情千古。若道肯，卻又請試把空杯。　卻又請下疑有漏字，原稿如此。或當增他字耶？

頁十八　須此金聲玉振，要是軒釘截鐵。　軒當是斬之誤，是。

頁廿　要千里清秋，水隨天去，浩浩落落，蒼蒼茫茫。　落落疑當作蕩蕩。原稿如此。玉言。

頁又　感疑作慼　感當作感，是。

頁廿一　到淮河，見人牽網　牽疑即是牽，是

頁廿二　失美人頭上，金步搖，王搔頭。　王當是玉之誤，是

下卷

页一《感皇恩》文：「一壑一丘，短衫短帽。」「短衫」疑当作「轻衫」。

又「壑」疑当作「壑」。皆是。

页二 令人想起韩蕲王当年骑驴湖上……「蕲」疑当作「蕲」。是。以上诸条皆抄误。

页六《鹧鸪天》词文：「断云流水晚来收。」「流水」疑当依毛本作「依水」为较通洽。是。

又「不知筋力衰多少。」「筋」疑本作「筋」。古帖时作「筋」。

页十一 更不说：吃棒有分，或有人问……「分」下逗点疑当作句点。抄误。原文：「更不须说吃棒有分。」

页十四 何不一读杜陵之七言绝句？「杜陵」疑作「杜少陵」为宜。是。

页十七 一何其杳冥耶也。一何寥廓也？疑「寥」上漏「其」字。「。」点亦当作「？」，是。抄遗。

又 乃忍出于此 疑当作「忍于出此」。抄误。

苦水吾师再正之 玉言记 甲申上元前日

稼轩词说手抄本质疑一束

上卷

页一 案上灯光摇摇颤动者久之，乃挺起而为穗。莫有漏字否？无。「穗」指烛光，不误。

下卷

頁一（感皇恩之又）一壑一丘，輕衫短帽，——短衫短帽疑當作輕衫。又壑一壑疑當作壑壑 是

頁二 合人想起韓蘄王當年騎驢湖上…… 蘄疑當作蘄，是。以上諸條係抄誤。

頁六 鷓鴣天詞之 斜雲流水晚來收、 流水疑當依毛本作依水，應校通。是

又 不知筋力衰多少 抄誤 更不說頭喫棒有分，或有人問……、筋疑本作筋力、古帖時作筋 原文當更不須說喫棒有分，分下逗點疑當作句點

頁十四 何不一讀杜陵之七言絕句？ 杜陵疑作杜少陵為宜。是

頁十七 一何其杳冥耶也。一何[illegible]窔廓也？ 疑窔上漏其字。○上一亦當作？ 是

又 乃忍出於民 疑當作君於此，抄誤 抄誤

善如吾師再正之

玉言記 甲申上元前日

稼軒詞說手鈔本質疑一束

上卷

頁一 案上燈光搖搖顫動者久之，乃提起而為種、 莫有漏字否？是 穗結燈花 不誤。

页二　恐亦不免不详与失真。　何不作『恐亦难免不详与失真』（亦可从）或『恐亦不免欠详与失真』（此不必），以避二『不』字连缀？

又　吾之是说，如谓为为人，则不如谓为自为之为当。此其故有三焉。其一，……遂得而董理之。其二，吾初为上卷时，笔致甚苦生涩，思致甚苦艰辛，情致甚苦板滞，及至下卷，时时乃有自得之趣。　其故二，意可会，然以语气论之，则非所以释其故者，何不稍增一句以足其语气？玉言有理。吾意欲仍旧耳。

页三　古来说文之作，吾所最喜，陆士衡《文赋》，刘彦和《雕龙》。　『吾所最喜』下似应有一字为较明顺。吾有意少一字也。

又　是故知之愈多，言之愈寡；知之弥深，说之弥艰。　以音节论，何不作『知之弥邃，说之弥艰』，读去较为有力。此可从。

页四　夫子之言性与天道，不可得而闻。彼村氓山樵，释耒弛担，田边林下，亦间谈天。此岂能与夫子并论？　句法过简，以致文气似欠贯串，可以增一二字以足之。『亦间谈天』何不作『间亦谈天』，似较顺。可从。吾原稿作『亦间谈性天』。

又　殆必如儒家之正心诚意，佛家之持戒修行而后可。虽然，审如是，即超凡入圣，生天成佛，于为文乎何有？且吾即将如是以说耶？则虽谈天雕龙，辨析秋毫，于说文又何有？而学文者又决不可忽视上所云之涵养与敦励。……　两问之下，末句单用一『而』字，力不足，转不过来，亦勒不住，应加字足字以重其语力语气，方明洽。是。玉言极是。但苦水于此力尽，不复能改矣。

頁二　恐亦不免不详与失真、

何不作「恐亦难免不详与失真」、或「恐亦不免欠详与失真」，以避二「不」字连缀？　此不必

文　吾之是说，如谓为之人，则不如谓为自为之为当。比其故有三焉。其一，……遂由而董理之。其二，吾视为上卷时，笔致甚若生涩，思致甚若艰辛，情致甚若板滞，及至下卷，时时乃有自得之趣，

其故二，意可会，然此语气论之，则非所以释其故者，何不稍换一句以足其语气？

吾三字仍旧可。

玉言有理。

頁三　古業说文之作，吾所最喜，陆士衡文赋，刘彦和雕龙，

吾所最喜下似应有一[illegible]字为较明顺。　吾三亦一字也。

文　是故知之愈多，言之愈宜；知之弥深，说之弥显，

以音节论，何不作知之弥邃，说之弥显，较为有力。　读去　此言。

頁四　夫子之言性与天道，不可得而闻。彼村氓山樵，释耒投擿，田父

以音节论（夫子之言性与天道），不可得而闻。

林下，亦闻谈天。此处似与夫子并论，

句法过简，以致文气似欠贯串，可以增一二字以足之。亦闻谈天何不作「闻亦谈天」，似较顺。

玉原稿作「亦可谈性天」。

文　殆如儒家之正心诚意，佛家之持戒修行而后可。虽然，审如是，即趣凡入圣，生天成佛，于为文乎何有？且吾即将如是以说耶？则经读之腔说，辨析秋毫，于说文又何有？而学文者又决不可忽视上所云之涵养与该历。……

两间之下末句单用一「而」字，力不足，犹不过来，亦勤不住，应加字并字以重其语力语气，方始治、是、

玉之按是。但吾承於此力者、不改疑改令。

页八　而六祖目不识丁，且谓诸佛妙理，非关文字，尚有《坛经》。『尚有《坛经》』四字上应加转词方明，不然易被人误会为『六祖』『且谓』之语，与『非关文字』为一事者。『尚』字上原有『顾』字。抄遗。

页十七　踠足郁怒。『踠』字音义皆所『不晓』，望示知。见《文选·舞赋》。

页廿四　村夫子依高头讲章作应举制义，掐黑豆和尚傍文字说禅伎俩。『掐』字，『掐黑豆』，非所得知，望示悉。『高头讲章』（旧日四书注也）；『掐黑豆』即数豆念佛之意。

页廿五　若于棒喝下死去，虽未得『向上关捩子』。四字不晓，望示知。『向上』，最高之义。『关捩子』，犹言机关也。五字合成一词。此犹言『末后义』，『第一义』，『无等等』也。

下卷

页十　如只以清新活泼目之，尚是皮相之论也。『之论』二字，删去为得。亦可。

页十四　又如闭关老僧，千峰结茅，破衲遮身，嘴与瓶钵，一齐挂壁。『嘴与瓶钵』四字望解释。禅家谓『这张嘴只可挂在墙上』。言妙法不可说，且不须说也。衲僧家瓶钵随身，盖瓶注水，钵盛饭。及其住山，瓶钵往往挂壁也。

驼庵苦水吾师再鉴　玉言拜上　甲申元夕前日

页八　而六祖目不识丁，且说禅佛妙理，非关文字，尚有坛经。

尚有坛经四字上应加略词方明，否则易被人误会为六祖且谓之语，与非关文字为一事矣。

尚字上原多一欲字。抄者。

页十七　踠足郁怒　踠字音义皆所不晓，望示知。见文选舞赋。

页廿四　村夫子依高头讲章作应举制义，搘里豆和尚傍文字

高头讲章，应作旧日四书之注也。

搘字，搘里豆，非所得知，望示悉。

说禅作偈。

搘黑豆，即数豆念佛之之。

页廿六　向上一窍高之义。

吾於棒喝下死去，铁未得向上一关“〇〇”。“关棙子”

关棙子，犹枢要也。

此犹之“末后义”、“第一义”、“无等等”也。

“关棙子”四字不晓，望示知。五字合成一词

下卷

页十　然以清新活泼目之，尚是皮相之论也。“之论”二字删去为得。亦一句。

页十四　又如开阖之后，乞与结茅，被袖而去，嘴与瓶钵，一高挂壁也。

衲僧家瓶钵随身。

嘴与瓶钵　四字望解释

禅家谓“这张嘴只可挂在墙上”。亦乃如此不可上也。

驼庵　善水吾师再谈

玉言在上　甲申元夕前日

盖瓶注水，钵盛饭。及说，且示源说

壶注水，瓶钵注之，挂壁也。

出版说明

《苏辛词说》是顾随的代表作《稼轩词说》《东坡词说》的合称，全书对苏东坡和辛弃疾的词进行了独到的解说，具有浓厚的独创特色。周汝昌对《苏辛词说》进行了抄录，并就自己对《苏辛词说》的一些思考与顾先生进行了探讨，深得先生认可。两位先生对《苏辛词说》的交流探讨乃首次面世，为周伦玲的最新发现。

本书影印周汝昌的手抄原稿，并有简体文字一一对照，不仅是一部可窥中国优秀传统文化之一斑的学术著作，更真实再现了经典作品传承的动态过程。周汝昌亲笔所抄，文学的魅力在书法艺术的力透纸背下熠熠生辉。与已出版的同类图书相比，本书更能还原著作的本意与原貌，为相关研究者提供了更加权威的学术研究一手资料。

在编辑环节，我们对繁体字进行了简化，对异体字及推荐字形按照最新标准进行了规范，为便于阅读及体例统一，本书『误字臆校』及『补遗』部分，顾随先生批注回复之文字以变体呈现，圈注披红未特殊标示。未尽之处，请读者批评指正。

本书获评『2021年度河北省优秀出版物选题』。

河北大学出版社

二〇二一年八月